Né en Suisse en 1948, publicitaire de formation, journaliste et scénariste, Martin Suter est l'auteur suisse vivant le plus lu dans le monde. Il est notamment l'auteur de *Small World, La Face cachée de la lune, Un ami parfait, Lila, Lila, Le Diable de Milan, Le Dernier des Weynfeldt, Business class* et *Le Cuisinier*. *Small World* a été adapté au cinéma par Bruno Chiche, sous le titre *Je n'ai rien oublié* en 2011.

Martin Suter

JE N'AI
RIEN OUBLIÉ

(SMALL WORLD)

ROMAN

*Traduit de l'allemand
par Henri-Alexis Baatsch*

Éditions Christian Bourgois

Une première édition de cet ouvrage
est parue aux éditions Christian Bourgois
et aux éditions Points
sous le titre *Small World*.

TEXTE INTÉGRAL

TITRE ORIGINAL
Small World
© original : 1997 by Diogenes Verlag AG, Zurich

ISBN 978-2-7578-2139-8
(ISBN 2-267-01467-X, 1re édition
ISBN 978-2-02-037475-7, 1re édition poche)

© Christian Bourgois éditeur, 1998, pour la traduction française

Pour mon père

1

Lorsque Conrad revint, tout était en flammes, sauf le bois dans la cheminée.

Il habitait à la villa Koch de Corfou, à quelque quarante kilomètres au nord de Kerkira. Elle était constituée d'un complexe de bâtiments emboîtés qui par des cascades de chambres, de jardins, de terrasses et de piscines descendait vers une crique sablonneuse. On ne pouvait accéder que par la mer à son étroit rivage ou bien par une sorte de téléférique qui traversait tous les étages de ce dispositif.

Au sens strict, Conrad Lang n'habitait pas dans la villa, mais dans la maisonnette du portier, une construction adjacente, froide et humide, à l'ombre du bosquet de pins qui bordait l'entrée. Conrad Lang n'était pas un hôte de la villa, mais plutôt une sorte de régisseur. En échange du gîte et du couvert, ainsi que d'une somme forfaitaire d'argent, il devait veiller à ce que la maison — sur un simple appel téléphonique — soit en état de recevoir des membres de la famille ou des invités. Il lui appartenait de payer les gages des employés et les factures des artisans qui avaient constamment des travaux d'entretien à y faire. Le sel et l'humidité rongeaient l'édifice.

Quant aux travaux agricoles et leurs produits — olives, amandes, figues, oranges et un petit troupeau de moutons —, ils étaient confiés à un fermier culti-vateur.

Pendant les mois d'hiver, pluvieux et frais, qui voyaient se succéder les tempêtes, Conrad n'avait pratiquement rien à faire, sauf descendre une fois par jour en voiture à Kassiopi pour y rencontrer quelques compagnons en souffrance comme lui, qui passaient l'hiver sur l'île : un vieil Anglais antiquaire, la propriétaire allemande d'une boutique qui ne sui-vait plus que de très loin la mode, un peintre déjà âgé qui venait d'Autriche et un couple de la partie ouest de la Suisse qui veillait également sur une villa. Ils passaient leur temps à bavarder dans l'un des quelques cafés restés ouverts hors saison, buvant un verre ou deux, le plus souvent trop.

Il consacrait le reste de ses journées à se protéger de ce froid humide qui pénétrait jusqu'aux os. Comme beaucoup de villas de vacances de l'île de Corfou, la villa Koch n'était pas construite en prévi-sion de l'hiver. La maison du portier n'avait même pas de cheminée et n'avait que deux radiateurs élec-triques qu'il ne pouvait même pas faire fonctionner en même temps. Sinon cela faisait sauter les plombs.

Aussi arrivait-il qu'il séjournât, lors de certaines journées particulièrement froides, et même parfois certaines nuits, dans le living de l'aile la plus basse réservée aux invités. Ce séjour lui plaisait parce que, face à ces fenêtres, il se sentait comme le capitaine d'un paquebot de luxe sur la passerelle : il voyait au-dessous de lui une piscine d'un bleu turquoise, et devant lui rien d'autre que l'humeur égale de la mer. À ceci s'ajoutaient les commodités de la cheminée qui tirait bien et le téléphone. À l'origine la maison du portier avait été l'habitation réservée au personnel de service pour l'aile basse des invités, et, de là, il pouvait donc répondre et réagir comme s'il était à la place qui était convenue pour lui.

Conformément aux instructions d'Elvira Senn, les espaces de la villa devaient être interdits à Conrad.

C'était février. Un vent d'est tempêtueux avait secoué les palmiers toute la journée, chassant des traînées de nuages gris devant le soleil. Conrad décida de se retirer avec quelques enregistrements de concertos de piano dans le salon le plus bas prévu pour les hôtes de passage. Il chargea un peu de bois et un jerricane d'essence sur le téléférique et descendit avec lui.

L'essence était nécessaire pour allumer le bois. Deux semaines auparavant il avait commandé une charge de bois d'amandier, de ce bois qui brûle long-temps et donne beaucoup de chaleur quand il est sec. Mais celui qu'on lui avait livré était humide. Il n'y avait donc pas d'autre méthode pour l'allumer. Pas très élégant mais très efficace. Conrad avait déjà procédé comme ça des dizaines de fois.

Il empila quelques bûches, les arrosa d'essence et frotta une allumette. Puis il remonta en téléférique pour aller se chercher deux bouteilles de vin, une demi-bouteille d'ouzo, des olives, du pain et du fromage dans sa petite cuisine.

Sur le chemin du retour, il rencontra le fermier qui tenait à lui montrer un endroit du mur où le salpêtre avait rongé l'enduit.

Lorsque Conrad revint vers le bas, il sentit de la fumée qui montait vers lui. Il attribua cela au vent, qui soufflait dans la cheminée depuis un coin peu habituel de la mer, et il ne s'en soucia pas davantage.

Mais lorsque la cabine arriva au niveau de l'aile la plus basse des invités, tout était en flammes, sauf le bois dans la cheminée. C'était une de ces mésaventures qui surviennent quand on pense à autre chose : il avait bien empilé des bûches dans la cheminée, mais il avait mis le feu au tas à côté de celle-ci. Pendant son absence les flammes avaient pris aux sièges de rotin et de là aux ikats qui étaient sur les murs.

Il aurait peut-être encore été possible d'éteindre l'incendie si juste au moment où Conrad Lang voulait descendre de la cabine, le jerricane d'essence, resté ouvert, n'avait explosé. Il fit la seule chose raisonnable qu'il y avait à faire : il appuya sur le bouton supérieur pour remonter.

Tandis que la cabine glissait lentement vers le haut, l'abrupt vallon eut tôt fait de s'emplir d'une âcre fumée. Entre l'avant-dernier niveau et le niveau supérieur la cabine commença à se bloquer, il y eut quelques secousses, puis elle s'arrêta.

Conrad Lang mit son pull-over devant sa bouche et regarda la fumée qui devenait rapidement plus noire et plus impénétrable. Pris de panique, il fit levier sur la porte de la cabine, réussit tant bien que mal à l'ouvrir, reprit sa respiration et à quatre pattes se mit à grimper les marches près de la terrasse. Après quelques mètres, il avait déjà atteint le niveau supérieur et il s'échappa à l'air libre en toussant et en gémissant.

Peu avant l'incendie, la villa Koch de Corfou avait été complètement réaménagée par une femme architecte d'intérieur, d'origine hollandaise. Elle était bourrée d'antiquités indonésiennes et marocaines, de tissus et d'œuvres kitsch de pays exotiques. Le tout avait brûlé comme de l'amadou.

Le vent poussa les flammes par le sillon du téléférique dans les espaces d'habitation de tous les étages et de là dans les chambres à coucher et dans les pièces annexes.

À l'arrivée des pompiers, l'incendie s'était déjà calmé mais la tempête le chassait maintenant, par les palmiers et les bougainvillées, vers la forêt de pins. Les hommes limitèrent leurs efforts à éviter que les flammes n'embrasent les pins et les oliviers des entourages. Il n'avait pas beaucoup plu pour la saison.

Conrad se retrancha dans la maison du portier avec une bouteille d'ouzo. Ce ne fut que lorsque le pin royal devant sa fenêtre explosa dans une torche de flammes qu'il se résigna à sortir de là en titubant, pour regarder de loin le feu qui détruisait la maisonnette blanche avec toutes ses affaires.

Deux jours plus tard Schöller était sur place. Il se fit conduire par Apostolos Ioannis, l'administrateur de la filiale grecque de *Koch Ingeneering* sur les lieux du sinistre, tisonnant ici ou là de la pointe du pied dans les décombres calcinés. Il eut tôt fait de ranger son bloc de papier. La villa avait complètement brûlé.

Schöller était le secrétaire personnel d'Elvira Senn. C'était un homme mince et soigneux, de cinquante-cinq ans environ. Il n'occupait aucune fonction officielle au sein du groupe, et on l'aurait cherché en vain son nom dans l'annuaire du commerce, mais il était le bras armé d'Elvira et à ce titre il était redouté jusqu'au sommet de la hiérarchie.

Jusqu'alors Conrad avait camouflé sa crainte de Schöller en le traitant avec la condescendance de celui qui est de plus haute naissance. Bien que Schöller fût celui qui lui transmît ses instructions, Conrad les recevait comme si elles étaient le résultat de consultations confidentielles préalables avec Elvira. Schöller savait bien pourtant que tous les contacts entre Elvira Senn et Conrad Lang passaient par lui. Comme il savait aussi que la grande dame de la haute finance suisse tirait toujours pour lui de nouveaux fils, l'impliquant, lui, Schöller dans les multiples ramifications de son empire et de son cercle international de connaissances — que ce soit comme homme de compagnie, régisseur ou bonne à tout faire — et cela entraînait qu'il avait comme une rancune envers le prétentieux vieillard. Avec distance peut-être, mais d'une manière ou d'une autre en tout cas, Elvira se sentait obligée d'aider Conrad à tenir la tête hors de l'eau, pour la seule raison qu'il avait passé une partie de sa jeunesse avec son beau-fils Thomas Koch.

Dans son cahier de charges, Lang occupait l'un des postes les plus fastidieux. Schöller espérait que l'incendie suffirait à s'en défaire une bonne fois pour toutes.

Conrad Lang était resté des heures le regard fixe dans la réverbération des flammes au milieu du tumulte des équipes de pompiers. Il ne faisait un geste que lorsqu'il voulait prendre une gorgée à sa bouteille ou bien lorsqu'il rentrait la tête entre les épaules parce que le Canadair vrombissait au-dessus des pins pour lâcher un nouveau chargement d'eau. À un moment donné le fermier arriva avec deux hommes qui voulaient l'interroger sur ce qui s'était passé. Lorsqu'ils eurent remarqué que Conrad Lang n'était pas en état d'être entendu, ils l'emmenèrent avec eux à Kassiopi, où il passa la nuit dans une cellule de la police.

Le lendemain matin, lors de l'interrogatoire, il ne sut pas s'expliquer comment le feu avait pris. Ce n'était même pas un mensonge.

Les souvenirs de la manière dont le feu avait pris ne resurgirent, et encore par bribes, que dans le courant de la journée. Mais il avait déjà rejeté avec indignation toute culpabilité et il s'en tenait désespérément à cette déclaration. Peut-être s'en serait-il sorti ainsi, si le fermier n'avait pas assuré qu'il avait vu Conrad Lang cet après-midi-là gagner l'aile la plus basse des invités muni d'un jerricane d'essence.

Sur quoi, en attendant que le doute soit levé, Lang fut conduit au quartier général de la police à Kerkira sous l'accusation d'incendie volontaire.

C'était là qu'il se trouvait encore quand Schöller prit une douche dans sa chambre du *Hilton International* de Corfou pour se laver de la suie, se changea et prit un tonic au minibar.

Lorsque, une heure plus tard, on vint tirer Conrad Lang de sa cellule pour le conduire dans le bureau dépouillé où le secrétaire d'Elvira l'attendait avec un fonctionnaire, il avait passé plus de cinquante heures sous contrôle policier et il avait jeté bas toute condescendance. Lui qui mettait un point d'honneur à se montrer en toute circonstance bien habillé et rasé de près, portait maintenant un pantalon de corde couvert de suie, des chaussures pleines de boue, une chemise sale, une cravate chiffonnée et le pull en cachemire jaune et sali dont il s'était servi pour protéger sa respiration. Sa courte moustache se distinguait à peine des poils raides de sa barbe. Les mèches de ses cheveux gris lui pendaient devant le visage et ses poches sous les yeux étaient plus sombres et plus lourdes que d'habitude. Il était agité et tremblait, cela n'était pas seulement dû à la nervosité mais surtout au fait d'avoir été brusquement sevré d'alcool. Lang avait un peu plus de soixante-trois ans, mais cet après-midi-là on aurait dit qu'il en avait soixante-quinze. Schöller fit mine de ne pas voir la main qui se tendait vers lui.

Conrad s'assit, attendant que Schöller parle. Mais Schöller ne disait rien. Il se bornait à secouer la tête. Et lorsque Lang haussa les épaules d'un air désemparé, il continua de la secouer.

« Eh bien ? » demanda Lang pour finir.

Schöller continuait de secouer la tête.

« Le bois d'amandier. Il ne brûle pas quand il est humide. C'est un accident. »

Schöller croisa les bras et attendit.

« Vous n'avez aucune idée du froid qu'il fait ici en hiver. »

Schöller regarda par la fenêtre. C'était une belle journée ensoleillée qui tirait vers sa fin.

« Ce n'est pas un temps normal pour la saison. »

Schöller opina du chef.

Lang se tourna vers le fonctionnaire qui parlait un peu d'anglais. « Dites-lui qu'une journée comme celle-ci est tout à fait inhabituelle pour cette saison. »

Le fonctionnaire haussa les épaules. Schöller regarda sa montre.

« Dites-leur que je ne suis pas un incendiaire. Sinon ils vont me garder ici. »

Schöller se leva.

« Dites-leur que je suis un vieil ami de la maison. »

Schöller toisa Conrad Lang et secoua de nouveau la tête.

« Avez-vous expliqué à Elvira qu'il s'agissait d'un accident ?

— Je ferai mon rapport demain à Madame Senn. »

Schöller gagna la porte.

« Que lui direz-vous ?

— Je lui recommanderai de porter plainte. »

« Un accident », bredouilla encore une fois Conrad Lang, comme Schöller quittait la pièce.

Le jour suivant, Schöller prit l'unique appareil qui hors saison faisait la liaison entre l'aérodrome de Ioannis-Capodistria et Athènes. Il avait une correspondance convenable et vers la fin de l'après-midi il se retrouva dans le bureau d'Elvira Senn au *Stöckli*. C'était ainsi que les Koch appelaient le bungalow de verre, d'acier et de béton apparent qu'Elvira s'était fait construire pour sa vieillesse par un architecte espagnol réputé dans le parc de la *Villa Rhododendron*. Ce parc de dix-neuf mille mètres carrés environ descendait en pente douce, et ses petits chemins se perdaient dans d'innombrables massifs de rhododendrons, d'azalées et d'arbres plus anciens. Comme toutes les pièces, le bureau était orienté au sud-ouest, et l'on avait de là une vue magnifique sur le lac, la ligne de collines sur l'autre rive et, quand le temps était dégagé, on voyait même jusqu'à la chaîne des Alpes.

Elvira Senn était entrée comme gouvernante à l'âge de dix-neuf ans chez Wilhelm Koch, qui était le fondateur, désormais veuf, des usines Koch. Sa femme était morte peu après la naissance de leur unique enfant. Elvira l'avait épousé peu de temps après et deux ans après sa mort prématurée elle s'était remariée avec, cette fois-ci, le directeur général des usines Koch, Edgar Senn. C'était un homme capable et, durant les années de guerre, il avait rendu les usines florissantes — celles-ci n'étaient peut-être pas très innovantes, mais fabriquaient de bonnes machines. Il produisait des pièces détachées introuvables pour voitures, moteurs, machines allemandes, anglaises, françaises et américaines. Après la guerre, il avait mis à profit cette expérience et fabriqua beaucoup de ces mêmes produits sous licence. Il avait massivement investi pendant les années du miracle économique, achetant dans l'immobilier, revendant quand il était temps, déployant ainsi un large éventail d'activités. C'est ainsi que les usines Koch avaient tenu bon lorsque la crise avait surgi. Non sans dommages, mais elles avaient bien résisté.

On avait déjà chuchoté plus d'une fois que l'habileté de sa main était en fait guidée par l'habileté encore plus grande de celle de sa femme. Lorsque Edgar Senn mourut d'un infarctus en 1965 et que l'entreprise continua de prospérer comme si de rien n'était, beaucoup de gens se trouvèrent confortés dans ce soupçon. À l'heure qu'il était, les usines Koch formaient un groupe industriel diversifié et bien équilibré, qui faisait des machines, du textile, de l'électronique, de la chimie, de l'énergie. Et même un peu d'écotechnique.

Dix ans auparavant, quand Elvira avait fait savoir qu'il était temps de faire place aux jeunes, elle s'était retirée au *Stöckli*. Mais bien qu'elle ait déclaré à ce moment dans un communiqué de presse confier les rênes à son beau-fils Thomas qui, dans l'intervalle, avait eu cinquante-trois ans, elle n'en continuait pas moins de les tenir d'une main ferme. Certes, elle avait cessé d'être membre du conseil d'administration, mais les décisions des réunions qui se tenaient régulièrement chez elle au *Stöckli* avaient plus de portée et étaient beaucoup plus contraignantes que tout ce qui se décidait dans cette instance. Et elle entendait bien tenir ces rênes jusqu'à ce qu'Urs, le fils de Thomas, fût en état de tenir le rôle qu'elle-même assumait. Elle pensait sauter l'étape de Thomas. Pour des raisons qui tenaient au caractère de celui-ci.

Elle accueillit la nouvelle du sinistre complet de Corfou avec le flegme que l'on pouvait attendre d'elle. Elle n'était allée qu'une seule fois là-bas dans toute sa vie — il y avait de cela plus de vingt ans.

« De quoi cela aura l'air si je le fais jeter en prison ?

— Vous ne le faites pas jeter en prison. La justice est là pour ça. Même en Grèce, provoquer un incendie est officiellement considéré comme un délit.

— Conrad n'est pas un incendiaire. Il se fait vieux, voilà tout.

— Si vous voulez que cela soit qualifié d'incendie par imprudence, il faut que nous fassions une déclaration en sa faveur.

— Et qu'est-ce qu'ils feront de lui alors ?

— Il sera condamné à une amende. S'il peut la payer, il ne sera pas obligé d'aller en prison.

— Je n'ai pas à vous demander ce que vous feriez à ma place.

— Non. »

Elvira réfléchit. Il ne lui était pas totalement désagréable d'imaginer Conrad bien gardé à quelque mille cinq cents kilomètres plus au sud. « Comment sont les prisons grecques ?

— Avec quelques drachmes on peut les rendre très supportables », dit Ioannis.

Elvira Senn sourit. Elle était une vieille femme, bien qu'elle ne parût pas son âge. Toute sa vie elle avait dépensé beaucoup de temps, d'énergie et d'argent pour ne pas vieillir. À peine avait-elle passé la quarantaine qu'elle s'était soumise à intervalles

réguliers à de petites corrections esthétiques, princi-
palement sur le visage. Pendant un temps cela lui
avait donné un air « bien conservé » un peu prématuré, mais depuis elle avait atteint soixante-dix-huit
ans et les bons jours on lui aurait à peine donné la
soixantaine. Ce n'était pas dû seulement à l'argent et
à la chirurgie, la nature aussi avait été généreuse avec
elle. Elle avait une bonne figure de poupée bien
ronde et de ce fait elle n'avait pas dû choisir à un
moment ou à un autre entre le visage et la silhouette
comme tant d'autres femmes. Elle pouvait se permettre de rester mince. Elle était en bonne santé,
hormis son diabète (« un diabète de vieillissement »,
avait dit le médecin de famille sans aucune galante-
rie) qu'elle traitait depuis quelques années par une
injection d'insuline deux fois par jour qu'elle se faisait avec une sorte de stylo à plume. Elle s'en tenait à
son régime avec discipline, faisait de la natation tous
les jours, se soumettait à des massages et à des drai-
nages lymphatiques. Deux fois l'an, elle passait trois
semaines dans une clinique d'Ischia et elle s'efforçait
de ne pas se mettre en colère, ce qui ne lui était pas
toujours facile.

Schöller ne lâchait pas. « On ne peut vraiment pas
vous faire de reproches après tout ce que vous avez
fait pour lui. Après ce qui s'est passé vous ne pouvez
plus le placer nulle part. Ou bien vous pensez-vous
encore en mesure de vous porter responsable pour
lui ?

— On dira que je l'ai fait jeter en prison.

— Au contraire. On vous estimera très haut de
ne pas réclamer de lui des dommages et intérêts.

Personne n'attend de vous que vous alliez sortir de prison une personne qui a mis le feu à une de vos villas qui valait cinq millions de francs.

— Cinq millions ?

— La valeur déclarée pour l'assurance est d'environ quatre.

— Combien nous a-t-elle coûté ?

— Environ deux. À quoi s'ajoute un million et demi, que M. Koch a investi l'an dernier.

— Avec l'architecte d'intérieur hollandaise ? »

Schöller fit signe que oui. « Nous ne retrouverons plus d'occasion aussi favorable de nous débarrasser de lui.

— Que dois-je faire ?

— Tout ce qu'il y a de plus simple : rien.

— Alors je le fais. »

Elvira prit ses lunettes de vue et se tourna vers un papier qui se trouvait devant elle sur le pupitre. Schöller se leva.

« Et Thomas », dit-elle sans lever les yeux, « Thomas ne doit pas être prévenu de cet aspect de l'histoire. »

— Monsieur Koch ne saura rien par ma bouche. »

Avant même que Schöller ait atteint la porte, on sonna et Thomas Koch se trouvait au milieu de la pièce.

« Koni a tout fait brûler à Corfou. » Il ne remarqua pas le regard qu'Elvira et Schöller échangèrent alors.

« Trix van Dijk vient juste d'appeler. Elle dit que la villa est comme si elle avait été bombardée. » Puis il se mit à ricaner. « Elle était là-bas avec une équipe de *World of Interiors*. Ils voulaient en faire le sujet d'un numéro et le développer. Mais il n'y avait plus d'intérieurs. Elle dit qu'elle veut tuer Koni. À la manière dont elle parle, je la crois. »

Thomas Koch était chauve, à l'exception d'une couronne de cheveux noirs, qui avait quelque chose de pas naturel dans ses reflets quand le soleil émergeant d'un paquet de nuages jetait sa lumière dans la pièce. Son visage avait l'air trop petit pour sa tête charnue. Même quand il ricanait sans retenue comme il le faisait à présent.

« Je crois, Schöller, que vous devriez voir à régler les choses à Corfou. Faites les formalités nécessaires et, pour l'amour du ciel, éloignez de moi la van Dijk. » Koch alla vers la porte.

« Ah, et puis sortez Koni de prison. Déclarez-leur qu'il n'est pas un incendiaire, seulement un soûlard. »

Lorsqu'il ferma la porte derrière lui, ils l'entendaient encore s'esclaffer : « *The World of Interiors !* »

Trois semaines plus tard, Conrad Lang et Schöller se rencontraient de nouveau. Sur instruction du siège central de la société en Suisse, Apostolos Ioannis avait versé une caution, procuré à Conrad Lang des papiers provisoires, le strict nécessaire en vêtements, un peu d'argent de poche et des billets de seconde classe pour le bateau et le train.

Par une mer agitée Conrad avait mis huit heures avec le ferry pour gagner Brindisi, puis il avait passé là trois heures à tourner en rond à la gare. Lorsque le lendemain, à 17 h 15 exactement, il arriva à l'adresse que Ioannis lui avait donnée comme point de rendez-vous, il commençait déjà à faire sombre.

Le 134 de l'Avenue des Sapins était un bloc d'habitations le long d'une route à grande circulation où il n'y avait pas un seul sapin. Il était situé dans un quartier ouvrier de la ville. Conrad Lang resta un moment indécis devant le porche d'entrée. Sur le billet qu'on lui avait remis il n'y avait pas d'indication d'étage. Il se mit à lire les plaques les unes après les autres. Elles étaient toutes noires et propres, insérées dans un cadre d'aluminium. À côté d'une sonnette au troisième étage était inscrit le nom « Conrad Lang ». Il sonna. Le bruit d'ouverture de la porte ne tarda pas à se faire entendre. Trois étages plus haut, Schöller l'attendait dans l'entrebâillement d'une porte. « Bienvenue chez vous », ricana-t-il.

Le voyage de Lang avait duré trente-trois heures. Il avait l'air presque en aussi piteux état que lors de leur dernière rencontre au quartier général de la police à Kerkira.

Schöller lui fit visiter le petit deux-pièces. Il était équipé de meubles pratiques et simples ; dans les buffets et dans les tiroirs, il y avait le strict nécessaire en couverts et en vaisselle. Il y avait aussi quelques poêles, quelques produits alimentaires de base, et dans l'armoire de la chambre à coucher, il y avait des draps, des couvertures et des serviettes-éponges, et dans la salle de séjour un téléviseur. Tout cela était neuf, les sols étaient recouverts de moquette et les peintures avaient été refaites. C'est comme un appartement pour les vacances qui n'a encore jamais été utilisé, pensa Conrad. S'il n'y avait pas eu le grincement des trams et les klaxons des autos. Il s'assit sur le fauteuil modulable devant la télévision.

« Voici l'accord qui a été conclu », dit Schöller en prenant place sur le petit sofa à côté et en posant un papier devant lui sur le guéridon. « Madame Senn équipera l'appartement. Si vous voulez compléter l'équipement, vous pouvez établir une liste de vos souhaits. J'ai pleins pouvoirs pour y répondre dans les limites du raisonnable. Les assurances, la caisse de maladie, le dentiste seront pris en charge. Également votre habillement. Une de mes collaboratrices viendra vous rendre visite demain et elle vous accompagnera et vous conseillera pour les achats dont vous aurez besoin. Ce conseil sera surtout d'ordre financier, car son champ d'intervention est d'emblée limité. »

Schöller retourna son papier. « De l'autre côté de la rue, un peu de biais, il y a le *Café Dauphin*, un salon de thé très agréable, où vous pouvez prendre votre petit déjeuner. Pour les autres repas on a prévu *La Croix Bleue*, un restaurant véritablement sans alcool, qui est à quatre stations de tram d'ici. Vous le connaissez ? »

Conrad secoua la tête.

« Dans ces deux établissements vous pouvez commander à votre guise, l'addition sera prise en charge par Madame Senn. Pour les dépenses qui sortent du cadre de cet arrangement, vous disposerez de trois cents francs d'argent de poche par semaine, que vous pourrez retirer chaque lundi auprès du directeur de l'agence *Rosenplatz* du Crédit Suisse. Il a pour instruction de ne pas vous accorder d'avance. Madame

Senn m'a prié de vous dire qu'elle n'attendait ni ne souhaitait aucune contrepartie en échange de tout cela. Sinon que vous vous montriez prudent avec le feu, aimerais-je pourtant ajouter personnellement. »

Schöller plaça le papier sur la tablette devant Conrad Lang et tira un stylo à bille de la poche intérieure de son veston. « Lisez cela de près et signez-le en deux exemplaires. »

Lang lui prit le stylo des mains et signa. Il était trop fatigué pour lire. Schöller se saisit de la copie qui était pour lui, se leva et sortit. Arrivé à la porte d'entrée, il se retourna et revint sur ses pas. Il ne pouvait se retenir de le dire : « Si l'on m'avait écouté, vous seriez resté à Corfou. Madame Senn est beaucoup trop généreuse. »

Il ne reçut pas de réponse. Conrad Lang s'était endormi devant la télé.

2

Espérons qu'Urs n'est pas à la maison, pensa Conrad en appuyant sur la sonnette. Autrefois, il l'aurait entendue résonner au loin dans la villa, et plus loin encore dans le temps, lorsque le carillon de fer forgé était encore en service, il l'aurait entendu sonner sous l'auvent par-delà la porte d'entrée. Mais, maintenant, il allait avoir soixante-cinq ans bientôt, et son ouïe n'était plus aussi bonne.

Aussi n'entendit-il pas les pas du couple qui venait de descendre d'une voiture tout-terrain et qui maintenant s'avançait vers lui. Tous deux étaient en tenue d'équitation et portaient des bottes couvertes de glaise. L'homme allait sur les trente ans, il était grand et avait belle allure, mis à part le menton, un peu fuyant.

La femme était plus jeune, pas beaucoup plus de vingt ans, brune et plutôt jolie que belle. Elle regarda celui qui l'accompagnait d'un air interrogateur. Celui-ci porta son index à ses lèvres.

Ils s'approchèrent doucement du vieux monsieur qui se tenait à la porte du jardin et attendait. Il portait un Burberry et un chapeau de feutre vert, qui de loin lui donnait un peu l'allure d'un hobereau prussien.

C'est l'un des nombreux amis de la maison, se dit la jeune femme et elle tabla là-dessus. Ils s'approchèrent sur la pointe des pieds.

Conrad Lang colla son oreille contre la porte et fit un effort pour écouter. Est-ce que c'étaient des pas ?

Tous deux étaient arrivés jusqu'à lui et l'homme donna un coup violent du plat de la main sur la tôle du portail.

« Alors, Koni, tu as besoin d'argent ? » cria-t-il.

Conrad eut le sentiment que quelque chose venait d'exploser dans sa tête. Il appuya ses deux mains sur ses oreilles. Il avait le visage crispé comme s'il s'attendait à entendre un autre coup. C'est alors qu'il reconnut le jeune homme.

« Urs, dit-il doucement, tu m'as fait peur. »

Il remarqua la jeune femme qui se tenait consternée derrière Koch, il ôta son chapeau et se passa la main dans ses cheveux gris bien peignés sur son grand front. Même s'il y avait quelque chose d'un peu déchu en lui, il faisait toujours distingué.

« Conrad Lang. » Et il tendit sa main vers elle.

Elle la lui prit sans hésiter. « Simone Hauser.

— Urs et moi sommes de vieux amis. Il n'y a rien de mal à ça. »

Entre-temps, Urs avait ouvert le portail. On entendit une voix qui crachouillait à l'interphone. « Oui ? dit une voix de femme avec un accent. Qui est là ?

— Personne, Candelaria », répondit Urs Koch. Il

tint le portail ouvert pour Simone tout en fouillant dans la poche de sa culotte de cheval. Lorsque Simone se retourna, ce fut pour voir Urs qui tendait un billet froissé au vieux monsieur avant de lui refermer le portail au nez.

La rencontre malvenue avec Urs avait eu son bon côté : il en avait jailli un billet de cent francs. Peut-être parce que Urs regrettait la rudesse de son attaque, peut-être parce qu'il voulait impressionner sa nouvelle amie, peut-être tout simplement parce que dans sa hâte il n'avait pas trouvé d'autre billet. En tout cas cent francs, c'était toujours bon à prendre. D'ordinaire il serait reparti les mains vides d'une rencontre avec Urs Koch.

Avec Tomi aussi, c'est certain. À moins qu'il ne l'ait trouvé dans l'une de ses humeurs sentimentales. Mais ces derniers temps celles-ci s'étaient faites plus rares. Ou bien Conrad choisissait-il de plus en plus mal ses heures. La plupart du temps Tomi était énervé lorsque Conrad surgissait. Il faisait dire qu'il n'était pas là ou bien l'envoyait au diable. Par l'interphone ou, ce qui était pire encore, en personne, au portail.

D'ordinaire c'était quelqu'un du personnel qui venait lui ouvrir. Quand il avait de la chance, c'était Candelaria, qui parfois lui prêtait vingt ou cinquante francs. Ses dettes auprès d'elle se montaient à quelques centaines de francs, et de temps en temps en début de semaine il lui rendait quelques petits billets sur son argent de poche. En geste de bonne volonté et pour des motifs tactiques, en prévision de la prochaine occasion.

On n'allait pas très loin avec cent francs au bar du *Grand Hôtel des Alpes*, c'est vrai, mais au moins on y était traité comme un être humain, et c'était ce dont Conrad avait besoin à ce moment-là. La serveuse de l'après-midi s'appelait Charlotte et elle lui disait « Koni », comme une vieille amie. Elle aussi avait l'âge qui lui aurait permis de l'avoir connu à l'époque où il lui arrivait d'habiter quelquefois la suite de la tour. Ou plutôt Tomi et lui. Ou plutôt Tomi la suite de la tour et lui la chambre qui était juste au-dessous. Mais elle lui avait raconté qu'à l'époque elle n'était pas encore obligée de travailler. Elle était alors comme lui-même : pas riche, mais indépendante.

« À ta santé, Koni », dit-elle, en lui apportant son Negroni.

« Un Negroni, prétendait-il toujours, c'est la boisson idéale de l'après-midi : ça a l'air d'un apéritif, mais ça fait l'effet d'un cocktail. »

Celui que Charlotte lui apportait maintenant n'était jamais que le deuxième. Cela suffirait avec trois, si l'on comptait aussi les flûtes de champagne qu'à chaque fois elle se servait sur un signe de lui, et qu'elle posait derrière le bar, près du cendrier où se consumait sa Stella filtre.

« Yamas », dit Conrad en portant le verre à ses lèvres. Son oreille droite résonnait encore du coup qu'avait donné Urs sur le portail de tôle, et sa main tremblait plus que d'habitude à cette heure de la journée.

Comme souvent en fin d'après-midi, le bar était presque vide. Charlotte répartissait de petites coupelles d'argent pleines de gâteaux salés sur les petites tables. Une pâle lumière filtrait au travers des rideaux. Derrière le bar, près de la caisse, une lampe était déjà allumée et dans son cône de lumière s'élevait la fumée bleue de la cigarette oubliée par Charlotte. Roger Whittaker chantait *Smile, though your heart is aching*, et de la petite table placée près du piano on entendait de temps en temps le bruit des tasses de thé des deux sœurs Hurni qui, installées à leur place habituelle, attendaient silencieusement l'arrivée du pianiste.

Les sœurs Hurni avaient bien plus de quatre-vingts ans et elles s'étaient retirées depuis quelques années au *Grand Hôtel des Alpes*. Tout comme d'autres gens, qui n'ont pas hérité de douze pour cent d'une brasserie, se retirent dans une maison de retraite. Toutes deux étaient très maigres et extrêmement frêles, à l'exception de leurs jambes informes, serrées dans des bas de contention couleur chair qui avaient l'air de saucisses sous leurs robes à grandes fleurs. À chaque fois qu'elles pénétraient solennellement dans le bar, un très ancien souvenir remontait à la mémoire de Conrad. Si lointain qu'aucune image précise ne se formait. Un sentiment familier, depuis longtemps oublié l'envahissait qu'il ne pouvait pas décrire, et cela déclenchait toujours en lui un sourire amical, que les sœurs Hurni ignoraient à chaque fois d'un air indigné.

Conrad Lang avala une petite gorgée et reposa son verre sur la tablette. Il fallait que le Negroni dure jusqu'à l'arrivée du pianiste. À ce moment-là il en commanderait encore un autre. Et une flûte pour Charlotte, « avec une bière pour l'homme au piano ». Après quoi il lui faudrait se résoudre s'il investirait les vingt francs restants dans un taxi ou s'il prendrait le tram et irait dépenser le reste chez Barbara, au *Rosenhof*, à boire quelques schnaps ordinaires.

Il n'était pas fréquent qu'une des amies d'Urs Koch fût présentée à Elvira Senn. Elles étaient toutes du même genre et il en changeait si souvent qu'Elvira ne pouvait pas les distinguer les unes des autres. Mais ces derniers temps elle s'était enquise plusieurs fois de « cette Simone ». C'était un signe qu'il serait utile à ses plans qu'Urs noue un lien plus solide.

Pour cette présentation, Elvira avait opté pour le thé de l'après-midi dans le petit salon de la villa. C'était assez intime pour une première impression, mais ce n'était pas aussi familier qu'une invitation à déjeuner et moins contraignant qu'un dîner.

Urs et Simone, qui n'étaient plus maintenant en costume de cheval, étaient assis main dans la main sur un sofa de Breuer en cuir. Thomas Koch versa le champagne dans quatre coupes.

« Quand on dit " pour le thé ", il faut entendre par là le cadre, pas la boisson », dit-il en riant. Il replaça la bouteille dans le seau à glace, tendit à chacun une coupe pleine, en prit une pour lui-même et la leva. « À quoi buvons-nous ?

— À notre santé », dit Elvira, pour devancer Thomas, qui était de nouveau prêt à dire quelque chose de prématuré. Manifestement ce n'était pas aujourd'hui son premier verre d'alcool et ses sentiments envers celle qui pourrait peut-être devenir sa belle-fille étaient euphoriques. Comme envers toutes les jeunes et jolies femmes.

Après avoir trinqué et pour dissiper le silence un peu pénible qui suivit, Urs dit : « Lorsque nous sommes revenus de notre promenade à cheval, Koni était devant le portail.

— Que voulait-il ? demanda son père.

— Aucune idée. Probablement l'aile ouest et une Bentley avec chauffeur et pourquoi pas aussi des ancêtres et un apanage ! Je lui ai donné cent francs.

— Peut-être ce n'était pas du tout de l'argent qu'il voulait. Peut-être voulait-il seulement rendre visite.

— Il ne s'en est pas plaint en tout cas. » Tous deux éclatèrent de rire.

Elvira secoua la tête et soupira. « Vous ne devriez pas lui donner d'argent. Vous savez pourquoi.

— Simone me prend pour un monstre si je ne le fais pas », dit Urs d'un air béat.

Simone se sentit interpellée. « C'est normal qu'il fasse un peu pitié.

— Koni est un cas tragique, déclara posément Thomas Koch tout en resservant du champagne.

— Mais Urs vous a tout dit à propos de Monsieur Lang ? s'enquit Elvira.

— N'allez pas vous méprendre. Je trouve admirable tout ce que vous avez fait pour cet homme. Et que vous continuez de faire après ce qui s'est passé.

— Il est la mascotte de ma grand-mère. »

Thomas Koch gloussa et faillit s'étouffer. « Je croyais que les mascottes étaient des porte-bonheur.

— Elle s'est choisi un porte-poisse. Elle a toujours eu quelque chose d'excentrique. » La manière dont Elvira le regardait poussa Urs à se lever et à se pencher vers elle pour l'embrasser en signe de réconciliation.

Thomas Koch s'inclina vers Simone. « Koni est très bien, simplement il boit trop.

— Ça ne peut tout simplement pas lui entrer dans le crâne qu'il n'est pas membre de la famille. C'est ça son problème, ajouta Urs. Il ne sait pas où sont ses limites. Il fait partie de ces gens à qui il ne faut pas donner seulement le petit doigt. C'est pourquoi il vaut mieux le tenir à distance.

— Ce qui n'est pas toujours si simple, comme vous avez pu le voir aujourd'hui, Simone. » Thomas Koch se saisit d'une clochette d'argent et sonna. « Vous prendrez bien aussi un peu de thé ?

— Je ne sais pas », répondit-elle et ne sachant trop quoi dire elle regarda Urs. Comme celui-ci opinait positivement, elle fit aussi signe que oui.

Lorsque Thomas Koch ouvrit la seconde bouteille, Simone dit : « C'est triste de voir quelqu'un renoncer à son ultime fierté. »

Thomas fit comme s'il la comprenait mal. « Nulle crainte, je n'ai pas abandonné toute fierté après trois coupes de champagne. »

Père et fils se mirent à rire. Simone devint rouge. C'est une femme qui paraît faite sur mesure pour cet égocentrique d'Urs, pensa Elvira Senn. Elle est peut-être un peu trop maquillée pour un milieu d'après-midi, mais elle est charmante, pas capricieuse et indulgente.

Le bar du *Grand Hôtel des Alpes* avait commencé à se remplir. Les lampes des tables étaient maintenant allumées, Charlotte prenait les commandes et le pianiste jouait son répertoire pour l'heure du cocktail. Les sœurs Hurni étaient parties en pensée dans un tout autre temps avec les mêmes mélodies. Conrad s'imaginait que c'était lui qui jouait.

À l'été 1946 il s'était mis en tête de devenir un pianiste célèbre. Ce printemps-là Elvira avait retiré son beau-fils du lycée privé, après que la direction de l'établissement lui ait fait savoir avec ménagement que celui-ci serait mieux éduqué à l'école secondaire. Elle l'avait placé dans un internat fort cher des bords du Léman, et Thomas avait persisté à dire que Conrad devait l'accompagner. Conrad, qui ne rencontrait aucune difficulté au lycée, avait suivi à contrecœur.

Au collège Saint-Pierre il y avait ainsi une belle part de la progéniture de cette couche sociale que la guerre avait enrichie ou du moins n'avait pas appauvrie. Tout ce qui était resté de l'Europe et qui avait eu de l'argent ancien ou nouveau envoyait ses enfants dans ce manoir du XVIIe siècle pour les préparer à leur tâche de future élite. Là-bas, Conrad habitait avec des jeunes gens dont auparavant il ne connaissait les noms que comme ceux de moteurs, de banques, de groupes industriels, de cubes de bouillon et de dynasties.

À Saint-Pierre la règle était que quatre garçons se

partagent une chambre. Les camarades de chambrée de Thomas et de Conrad étaient Jean-Luc de Rivière, rejeton d'une ancienne dynastie de banquiers, et Peter Court, un Anglais. Dans les années trente, son père avait fait breveter le masque à gaz Court, dont tous les Alliés, pratiquement, avaient acheté la licence.

« Vous êtes un Koch des usines Koch ? » demanda Jean-Luc à Thomas, comme ils étaient avec leurs malles au milieu de la chambre et qu'ils se donnaient la main.

Thomas fit oui de la tête et demanda en retour : « Et vous, de la banque ? »

Jean-Luc acquiesça à son tour. Puis il tendit la main à Conrad, le regarda et, comme il hésitait, regarda Thomas d'un air interrogateur.

Thomas était loyal aussi longtemps qu'il était seul avec Conrad. Mais dès que quelqu'un d'autre surgissait, et qu'il voulait faire impression sur ce dernier, il changeait de bord en faisant claquer ses drapeaux. « C'est le fils d'une employée de maison que nous avons eue autrefois, déclara Thomas. Ma mère l'aide. »

Cela résolut aussitôt la question de savoir qui aurait le lit près de la porte.

Dès lors Conrad fut traité par tous les élèves avec une politesse qui sentait son bienfaiteur. Jamais — durant tout le temps qu'il devait passer à Saint-Pierre — il ne fut inclus dans l'une de leurs nombreuses intrigues et jamais non plus il ne fut la victime d'aucun de leurs tours pendables et cruels. Ils n'auraient pas pu mieux lui faire savoir qu'ils ne le considéraient pas comme l'un des leurs.

Conrad tenta tout ce qui était possible. Il se montra plus blasé que les plus blasés, plus cool que les plus cools, montra moins de froideur d'esprit que les plus délurés. Il se rendait ridicule juste pour les amener à rire, et il s'attirait des punitions juste pour les impressionner. Il faisait le mur et il allait acheter du vin au village. C'est lui qui s'occupait des cigarettes et des magazines porno. C'était lui qui faisait le guet quand ses condisciples avaient des rendez-vous avec Geneviève, la fille du chef jardinier.

Dans cette école de vie pour futurs hommes riches, Conrad devait pourtant toujours rester celui qui ne pouvait apporter la condition essentielle pour y être admis : l'argent.

Lors de la party d'adieu, avant les vacances d'été de 1946 — institution internationale, le Saint-Pierre faisait débuter l'année scolaire au début de l'automne — Conrad Lang décida de devenir pianiste.

C'était un jour torride de juin. Les portes de Saint-Pierre, qui était entouré d'un mur, étaient grandes ouvertes et sur le terre-plein gravillonné qui s'étendait devant le bâtiment principal les limousines étaient pare-chocs contre pare-chocs. Sur la pelouse côté lac, il y avait une petite scène avec un piano à queue et des chaises disposées pour un concert, et tout à côté, sous un baldaquin, était installé un buffet froid. Les parents, les frères et les sœurs, les anciens, les professeurs et les élèves formaient de petits groupes, tenant en main leurs verres et leurs assiettes, ils étaient là à bavarder tout en regardant souvent d'un air préoccupé le ciel où s'accumulaient de gros nuages.

Conrad était debout près de Thomas Koch et d'Elvira Senn qui s'entretenait en français avec la mère de Jean-Luc de Rivière. Comme tous les élèves il arborait le blazer de l'école avec son emblème doré et brodé, portant la croix, l'ancre et la crosse de l'évêque, et par-dessus tout cela la cravate de l'école, rayée de vert, bleu et or. Les mères avaient des coiffures avec de hauts chignons, et étaient vêtues de légères robes de soie ornées de fleurs, et les quelques pères qui avaient pris le temps de venir chercher leurs fils, des costumes sombres d'étoffes souples et légères, des chemises blanches et des cravates qui, pour certains, étaient aux couleurs de Saint-Pierre.

Au milieu de cette société élégante et sûre d'elle, tenu à l'écart des petits groupes pleins de sourires qui se faisaient et se défaisaient sans contrainte, il y avait un petit homme blême, tout voûté, vêtu d'une redingote qui ne lui allait pas du tout et qui portait constamment les lèvres à son verre vide. Lorsque Conrad le remarqua, leurs regards se croisèrent, et l'homme lui adressa un sourire.

Pour un peu, Conrad aurait répondu à ce sourire, mais il se rappela comment tous les autres avaient constamment ignoré ce petit homme, et pour ne pas faire d'impair, il laissa son regard continuer d'errer avec indifférence.

On entendit les premiers grondements de l'orage au-dessus du lac et de grosses gouttes commencèrent à tacher les vêtements d'été de tous les invités. En un instant la pelouse fut vide, le piano fermé et la société s'était réunie en riant et en s'ébrouant dans la salle de gymnastique, où la direction de l'école avait préparé un second piano à queue et tout ce qu'il fallait pour le scénario imposé en cas de mauvais temps.

Pendant l'allocution du directeur et le congé solennel donné aux diplômés, Conrad chercha vainement dans les rangs ce petit homme insignifiant et son sourire mélancolique qu'il avait laissé sans réponse. Ce ne fut que lorsque le directeur annonça la partie musicale de la fête, un récital de piano du pianiste Josef Wojciechowski, qu'il le revit. Il fut soudain sur scène, s'inclina, s'assit au piano et attendit avec son inimitable sourire que retombe l'agitation qui avait saisi le public, lequel aurait plus volontiers rejoint le lieu de la fête où régnait une agréable intimité.

Lorsque tout fut silencieux, Wojciechowski posa ses mains sur le clavier.

Il joua quatre calmes *Nocturnes* de Chopin. Personne ne bronchait, ne se raclait la gorge, on n'entendait parfois que le grondement sourd et paresseux de l'orage qui s'était depuis longtemps apaisé. Au bout de vingt minutes, il se releva, s'inclina et serait parti si les applaudissements qui se déchaînèrent alors ne l'avaient contraint à donner deux bis.

Plus tard, lors du drink final, dans la grande salle à manger, Conrad revit le petit homme. Il était maintenant entouré, pressé, célébré par les mêmes gens pour qui une heure plus tôt il ne valait pas beaucoup mieux que l'air. C'était, disait-on, un émigré polonais, un homme qu'on avait interné dans un camp et qu'un professeur de Saint-Pierre avait connu dans un camp de l'est de la Suisse alors que lui-même y était gardien. C'était donc personne.

Conrad avait opté pour le taxi. Il s'était bien rencogné au fond, et il se laissait conduire par toute cette rue pleine de courbes qui menait vers la ville et qui se perdait peu à peu dans le crépuscule. Il aurait pu prendre le tram et, avec les vingt francs tout juste qui lui restaient, il aurait pu jeter un œil chez Barbara au *Rosenhof*. Il était trop déprimé pour cela. Quand le cœur n'y était pas, la musique de piano pouvait le déprimer autant qu'elle le rendait heureux quand il était de bonne humeur. Aujourd'hui elle l'avait déprimé parce qu'il l'avait écoutée après une humiliation. Elle avait fait resurgir d'anciennes humiliations, bien pires et depuis longtemps refoulées. Des humiliations qu'il aurait pu s'épargner — il en était tout à fait sûr — s'il avait su jouer du piano.

Durant les vacances d'été de l'année 1946, qu'ils avaient passées à la villa Koch de Saint-Tropez, il avait convaincu Thomas des avantages de savoir jouer du piano. À cette époque-là les filles commençaient à devenir intéressantes pour eux — et il prétendit que celles-ci portaient les pianistes aux nues. Sur quoi Thomas avait surpris sa belle-mère en lui annonçant que, pour la prochaine année scolaire, il voulait prendre des leçons de piano. Ce qui valait automatiquement la même chose pour Conrad.

Conrad se montra un élève zélé, tout au contraire de Thomas. Son professeur, Jacques Latour, était séduit par tant d'enthousiasme et, ce qu'il ne tarda pas à remarquer, par tant de talent. Conrad était en mesure de répéter une mélodie qu'il n'avait entendue qu'une seule fois. Jacques Latour lui donna des leçons particulières de solfège. Peu de temps après, il pouvait lire à livre ouvert. Dès le début, il avait adopté une position des mains et des bras irréprochable et il eut bientôt un toucher qui promettait beaucoup. Deux mois ne s'étaient pas écoulés qu'il avait déjà découragé Thomas par la fluidité de son jeu.

Dès qu'il avait le temps, Conrad allait s'exercer dans la salle de musique à laquelle il eut bientôt librement accès, étudiant le thème et le contre-mouvement de la main gauche et de la main droite, puis ensemble, puis parallèlement à la main droite, puis à la gauche. Monsieur Latour le corrigeait de plus en plus rarement, et, le plus souvent, il se contentait de l'écouter, convaincu d'avoir sous les yeux un grand talent, et peut-être même un petit génie.

Il en fut ainsi jusqu'à *La Noce des Mouches*.

Dans *La Noce des Mouches*, les mains jouent de manière indépendantes. La droite joue la mélodie, la gauche l'accompagne. Mais pas simplement comme une ombre. Elle s'arrête un petit peu, s'attarde quelques mesures, rattrape la droite, lui ravit même la mélodie, la poursuit toute seule, puis la lui repasse, bref : elle avait son existence propre et autonome et suivait sa propre volonté.

Jusqu'à *La Noce des Mouches*, ses mains lui avaient semblé être deux chevaux de cirque parfaitement réglés l'un sur l'autre, l'un trottant quand l'autre trottait, se cabrant quand l'autre se cabrait, et secouant sa crinière quand l'autre secouait la sienne. Les mains de Conrad recevaient de sa tête des ordres identiques et les exécutaient de même. Quelquefois parallèlement et quelquefois dans le sens contraire, mais toujours au même pas et au même rythme.

« Ça viendra, dit Monsieur Latour, c'est comme ça pour tout le monde au début. » Mais quelque acharnement que Conrad mît à s'exercer, ses mains restaient deux marionnettes pendues aux mêmes fils. *La Noce des Mouches, joyeux chant de Bohême*, signa la fin de sa carrière pianistique.

Six mois après sa première leçon, Latour abandonna son meilleur élève. Pendant un temps, il avait encore essayé de le convaincre de se mettre à un autre instrument. Mais l'instrument de Conrad, c'était le piano, seulement le piano. Il s'exerça encore secrètement sur une tablature qu'il s'était dessinée sur une bande d'étoffe. En dormant il pouvait faire les montées et les descentes les plus difficiles. Mais dès qu'il commandait à l'une de ses mains de sortir du rang, l'autre la suivait comme un petit chien.

Conrad connaissait par cœur les partitions de toutes les valses et de tous les nocturnes de Chopin et les parties de soliste des grands concertos de piano. Au bout de quelques mesures il identifiait à leur attaque les pianistes célèbres. S'il ne put accéder à une véritable reconnaissance dans les cercles qu'il fréquentait, il pouvait de temps en temps les impressionner par quelques montées de virtuose à une main ou avec les deux mains en parallèle, tard la nuit dans un bar avec piano, là où le pianiste ne le connaissait pas encore.

Thomas Koch par contre devint lui un pianiste passable, sans inspiration.

Le taxi s'arrêta devant le *Rosenhof*. Conrad avait décidé qu'il n'était pas en état de rentrer seul chez lui pour se mettre au sec. Il paya et donna au chauffeur ses dernières pièces de monnaie en pourboire. 1,20 FS, il avait un peu honte que ce soit si peu. Comme tous les gens qui dépendent de la générosité d'autres personnes, il détestait se montrer chiche.

Il monta les trois marches de l'entrée du *Rosenhof*. Lorsqu'il poussa les lourds battants bordés de plastique de la porte tambour, il reçut en plein nez l'odeur de fumée, de vapeur de bière et d'huile de friture, et entendit le bourdonnement confus des voix d'hommes, qui, entre la fin de leur travail et leur retour à la maison, venaient voler là une demi-heure de liberté. Il accrocha son manteau au portemanteau surchargé, posa son chapeau sur la patère vide et s'approcha de la table des habitués.

Les hommes se serrèrent. L'un d'eux se leva pour aller lui chercher une chaise. Conrad Lang était respecté au *Rosenhof*. Lui seul portait toujours une cravate, lui seul parlait cinq langues (plus quelques rudiments qu'il avait en grec), il était le seul à se lever quand une femme s'approchait de la table, ce qui n'arrivait pas souvent. Koni était élégant, cultivé, ses manières étaient parfaites et, malgré tout, il n'avait pas "le cou raide" comme on disait au *Rosenhof*. Il ne perdait rien de sa dignité quand il buvait des bières et mangeait de la viande froide avec des tourneurs, des manœuvres, des balayeurs de rue, des magasiniers et des chômeurs.

Les premières fois que Conrad Lang avait surgi au *Rosenhof*, les habitués l'avaient tenu à l'écart. Mais plus il avait transpiré de choses relatives à sa vie, et plus ils s'étaient habitués à le considérer comme l'un des leurs. Beaucoup de ceux qui fréquentaient cette taverne étaient des ouvriers du hall de montage n° 3 des usines Koch, situé non loin, ou qui étaient touchés par la fermeture du secteur des turbines à gaz.

Ce n'était pas tant que Koni se plaignît. Quand il n'était encore qu'à moitié ivre, il ne proférait aucune méchanceté sur les Koch. Et quand il était saoul, il s'arrêtait à chaque phrase et mettait un doigt sur ses lèvres — psst ! Était-ce par discrétion ou bien parce qu'il ne pouvait plus parler, ç'aurait été difficile à dire. Mais entre ces deux stades, il y avait aussi des phases où il déballait tout.

Conrad Lang était le fils naturel d'une employée de maison des Koch. À la mort du vieux Koch, elle s'était occupée de sa jeune veuve, la belle-mère de Thomas Koch. Toutes deux devinrent amies. Elles voyagèrent de par le monde, Londres, Le Caire, New York, Nice, Lisbonne, jusque peu avant que la guerre n'éclate. La belle-mère de Thomas revint en Suisse, la mère de Koni resta à Londres ; elle s'était éprise d'un diplomate allemand à qui elle avait tu l'existence de Koni.

« Comment ça, avait tu ? » avait demandé quelqu'un à la table des habitués, lorsque Koni avait raconté cette histoire pour la première fois.

« Elle est allée en Suisse avec moi, elle m'a déposé chez un paysan dans la région d'Emmental et on ne l'a plus revue.

— Quel âge avais-tu à l'époque ?

— Six ans !

— Quelle saloperie.

— J'ai dû travailler chez ce paysan pendant cinq ans. Dur. Vous savez bien comment ça se passe à Emmental. »

Quelques-uns firent oui de la tête.

« Et quand il n'est plus arrivé d'argent d'Allemagne, le paysan a fini par m'arracher le nom d'Elvira. Il est parti la voir avec moi pour se faire payer par elle. Elle n'était au courant de rien et elle m'a accueilli chez elle.

— Ça, c'était correct.

— Depuis, j'ai été élevé comme si j'étais pratiquement le frère de Thomas.

— Et pourquoi donc es-tu assis avec nous maintenant et pourquoi as-tu une ardoise chez Barbara ?

— C'est bien ce que je me demande. »

Conrad Lang était pour les habitués du *Rosenhof* le seul accès direct au monde des "dix mille" qui dirigeaient la Suisse. Ce qu'il pouvait leur dire de ce monde les confirmait dans leur opinion.

Il y avait encore une autre raison au statut dont Conrad jouissait au *Rosenhof* : sa relation avec Barbara, la serveuse. Il était le seul à avoir droit à un crédit auprès d'elle. Son ardoise se montait officiellement à plus de mille six cents francs. Si elle soustrayait ce qu'elle n'avait pas enregistré, il lui restait encore presque sept cents francs de dettes. Mais ces derniers temps il buvait davantage et les remboursements se faisaient plus rares.

Barbara s'étonnait elle-même de sa générosité. Elle n'était pas du genre à faire des cadeaux. Elle avait eu quarante ans cette année, et à elle, on ne lui avait jamais rien offert. Lorsqu'elle se regardait dans le miroir et qu'elle se voyait un peu trop mince pour sa carrure, et les lèvres un peu trop fines pour son âge, elle avait peu d'espoir qu'un grand changement puisse survenir.

Conrad touchait un point précis en elle. Il avait quelque chose d'élégant, elle ne savait pas le formuler autrement. Elle était sensible à la manière dont il s'habillait, dont il se comportait, à la manière même dont il était fin saoul, sa façon de parler et d'agir envers elle. *Milord*, avait-elle pensé, se souvenant d'Edith Piaf (qu'elle n'avait jamais pu supporter), lorsque Conrad Lang, lors de sa troisième visite au *Rosenhof*, avait eu soudain les yeux tout humides. « Mais vous pleurez, Milord », avait-elle pensé et par la suite, lorsque ça s'était calmé, elle s'était assise près de lui.

Barbara était une grande avocate de sa cause. Si quelqu'un était d'avis au *Rosenhof* qu'il y avait des destins plus tragiques que le sien, il lui arrivait même de s'échauffer. « Toute sa vie être le jouet du petit Thomas ? Lorsque ce dernier a dû quitter le lycée, Koni a dû le suivre à l'internat. Quand il a été chassé de l'internat, Koni a dû encore suivre. Quand il a raté son bac, Koni a dû le rater aussi. S'il ne voulait pas apprendre de profession, Koni non plus ne devait pas en apprendre une. Et quand Thomas

Koch a eu trente ans, il s'est marié et on lui a trouvé une place dans l'entreprise. Mais Koni est resté sur le carreau, le regard dans le vide. »

Lorsque sa seule amie, Doris Maag, l'auxiliaire de police, avait fait observer qu'« à trente ans on peut encore apprendre quelque chose », Barbara l'avait défendu : « Il a essayé. Il n'avait rien appris au sens propre, mais il avait de bonnes manières. Et beaucoup de relations qui dataient de l'époque de Thomas. Il a travaillé dans une banque privée et dans une agence immobilière. Mais à chaque fois que ça commençait à marcher, Tomi était là devant la porte. Il y avait une crise dans son mariage, il fallait aller faire du ski d'été, il divorçait, on lui avait retiré son permis de conduire, il avait une course en Méditerranée.

— Et de quoi vivait-il le reste du temps ?

— D'abord de dettes faites auprès des copains de Tomi. Et quand ceux-ci ont renaclé parce qu'il ne les remboursait jamais, de petits boulots qu'il faisait pour eux. Veiller sur un yacht en dehors de la saison, tenir compagnie à la mère sénile, faire le gardiennage de la villa de vacances, des trucs comme ça. »

Et à la question du pourquoi il avait accepté tout ça, elle avait une réponse toute prête : par gratitude. Parce que Thomas Koch avait convaincu sa belle-mère de recueillir Conrad. Parce que sans Thomas Koch aujourd'hui il ne serait rien du tout.

Et quand Doris Maag lui avait demandé : « Et qu'est-ce qu'il est aujourd'hui ? » Barbara avait réfléchi un moment et avait répondu : « Tu devrais l'entendre jouer du piano. »

Barbara était maintenant au milieu de toute cette agitation, portant des verres de bière pleins, débarrassant les vides, prenant les commandes et rangeant les sommes qu'on lui réglait dans son grand portemonnaie placé sous son tablier. Lorsqu'elle vit Conrad, elle lui apporta un formidable dans lequel, avant de servir la bière, elle avait versé d'une autre bouteille un peu de liquide transparent.

Vers sept heures le *Rosenhof* était vide, à l'exception de quelques buveurs invétérés, et Conrad Lang était assis devant son troisième formidable renforcé.

Barbara prit une bouteille de vin blanc dans le tiroir réfrigéré, se servit un verre et vint s'asseoir près de Conrad.

« Alors, du succès ? » demanda-t-elle.

Conrad secoua la tête. « Urs.

— Alors je mets ça sur ton compte ?

— C'est possible ? »

Barbara haussa les épaules.

Le soir qui suivit le heurt avec Urs Koch, Barbara emmena Conrad chez elle. Ce n'était pas la première fois, elle l'avait déjà fait quelquefois, quand il lui faisait trop pitié, quand elle-même se sentait seule ou quand elle voulait rendre jaloux Kurt, son amant par éclipses, qui était marié.

La première fois, plus par conscience du devoir que par désir — et parce qu'un gentleman doit de temps en temps avoir quelque chose dont il se taira par la suite —, Conrad avait fait une tentative d'approche juste comme elle était en train de défaire le lit. Elle rit et secoua la tête, elle n'eut pas besoin de davantage pour lui faire passer l'envie. Ils se mirent au lit, elle dans un pyjama de laine délavé et flasque, lui en sous-vêtements, et Conrad lui raconta des choses de sa vie. Des histoires et des anecdotes du grand monde des beaux et des riches, avec lesquelles, toute sa vie, il avait entretenu, amusé et avec le temps de plus en plus ennuyé tout son entourage.

« Gloria de Tour-et-Taxis a fait faire au prince pour son soixantième anniversaire un gâteau avec soixante pénis en massepain », lui racontait-il ce soir-là, après qu'il eut repris son souffle. Barbara habitait au quatrième étage d'une maison sans ascenseur.

« Je sais, répondit Barbara en l'aidant à ôter son manteau.

— Le prince était pédé.

— Je sais, répondit Barbara et elle alla dans la cuisine.

— Mais il n'y avait que les initiés qui le savaient, lui lança-t-il.

— Je sais, dit Barbara en revenant de la cuisine avec un verre d'eau minérale.

— Est-ce que je te l'avais déjà raconté ?

— Plus d'une fois. »

Barbara aurait voulu se gifler, car les yeux de Conrad se remplirent aussitôt de larmes. Elle savait comme il était mélancolique quand il était dans cet état-là. Mais elle était fatiguée et amère. À cause de lui, parce qu'il se laissait toujours traiter cavalièrement, et à cause d'elle-même parce qu'elle l'avait pris avec elle.

« Pardonne-moi », dit Conrad. Elle ne savait pas s'il faisait allusion au fait de s'être répété ou à ses larmes.

« Ne t'excuse pas constamment. Défends-toi », lança-t-elle et elle lui tendit le verre. Conrad le prit.

« Qu'est-ce que c'est ?

— Bois. »

Conrad vida le verre avec obéissance. Barbara le regarda faire et secoua la tête.

« Pourquoi fais-tu tout ce qu'on te commande ? Dis donc, non ! Je ne veux pas d'eau minérale, je veux une bière arrosée. Ton eau minérale, tu peux te la boire toi-même. Défends-toi, bon Dieu ! »

Conrad secoua les épaules et s'efforça de sourire. Barbara lui passa la main sur les cheveux.

« Excuse-moi.

— Oui, tu as raison.

— Je ne sais pas. Viens au lit.

— Mais je ne veux pas aller au lit, je veux une bière avec du schnaps, va au lit si ça te chante, répondit Conrad.

— Oublie-ça », dit Barbara.

Cette nuit-là, Conrad Lang fit un rêve. Il jouait au croquet dans le parc de la *Villa Rhododendron*. Il y avait là Tomi, Elvira et sa propre mère, Anna Lang. C'était un bel après-midi d'été à la douce température. Les femmes portaient des robes blanches. Tomi avait des culottes courtes et était très petit. À ce moment-là seulement, Koni remarqua que lui-même n'était pas plus grand.

Tout le monde était détendu et riait beaucoup.

Tomi avait la boule avec la bande bleue, lui la rouge. C'était à lui de jouer. Il toucha la boule, elle roula à travers le portail et continua, continua sa course. Koni courut après elle jusqu'à ce qu'elle atteigne une pente et disparaisse. Il la suivit dans le fourré. Lorsqu'il la retrouva il s'était perdu. Il s'égara toujours plus dans le sous-bois qui devenait de plus en plus épais. Enfin, il s'éclaircit et il se retrouva à l'air libre. La villa avait disparu. Il n'y avait plus trace des autres nulle part. Il se mit à pleurer et à sangloter très fort. Quelqu'un le prit par les épaules et lui dit : « Il faut que tu changes de vie, sinon tu y passeras. » C'était Barbara. Dehors il faisait déjà clair.

Après son petit déjeuner au *Café Dauphin*, il retourna dans son appartement et écrivit une lettre à Elvira Senn.

Chère Elvira,

J'ai fait un rêve hier. Toi, Anna, Tomi et moi, nous jouions au croquet sur le gazon devant la véranda, celui que le jardinier devait toujours tondre exprès auparavant (est-ce qu'il s'appelait Monsieur Buchli ?). Nous étions très heureux, tout à fait à l'aise, Tomi avait la boule bleue comme toujours et moi la rouge. Tu portais ta robe de lin blanc que Tomi t'avait complètement abîmée à la cueillette des cerises, mais dans mon rêve elle était encore splendide. Lorsque je me suis réveillé, tous mes souvenirs étaient de nouveau là. Il me semble que tout cela s'est passé hier seulement et je me demande : Pourquoi tout s'est-il passé comme ça ? Pourquoi m'as-tu rejeté ? Nous étions pourtant comme une famille. Pourquoi est-ce que cela ne peut pas revenir comme c'était ? Pourquoi faut-il que sur mes vieux jours je sois seul avec mes souvenirs ? Pourquoi dois-je les partager avec des gens qui me sont complètement étrangers et qui ne savent pas de quoi je parle ?

Ne te méprends pas. Je ne veux pas paraître ingrat. Je sais apprécier ta générosité. Mais je ne supporte plus cette vie. Je t'en prie, Elvira : rejette-moi complètement ou bien pardonne-moi et reprends-moi auprès de vous.

Ton désespéré Koni Lang.

Il relut cette lettre plusieurs fois et ne put se résoudre à l'expédier. Il la glissa dans une enveloppe avec adresse qu'il mit dans sa poche intérieure sans la fermer. Au moment du café, à la *Croix Bleue*, il la relut et décida de ne pas l'expédier. Elle était trop geignarde. Il la remit en poche et l'oublia jusqu'à l'apéritif au *Rosenhof*. Barbara l'accueillit en lui demandant : « Et alors ? Qu'est-ce que tu comptes faire pour changer ta vie ?

— J'ai écrit une lettre à Elvira Senn. » Il prit sa veste et il lui montra l'enveloppe.

« Et pourquoi ne l'as-tu pas envoyée ?

— Je n'avais pas de timbre.

— Est-ce qu'il faut que je l'envoie, moi ? »

Conrad ne trouva pas de réponse et il la laissa donc prendre l'enveloppe. Lorsque la foule de ce soir de fête commença à se calmer, elle prit le temps d'y coller un timbre, jeta son manteau sur ses épaules et fit les quelques pas nécessaires jusqu'à la boîte aux lettres, au coin de la rue. Ne remets pas au lendemain ce que tu peux faire le jour même...

Conrad n'avait rien vu de tout ça. Après quelques verres de bière il avait repensé à sa lettre et il en était arrivé à la conclusion qu'elle n'était pas pleurnicharde mais pathétique. À vrai dire, ce n'était pas une lettre, c'était un appel. Il faut que les appels soient pathétiques, sinon ils n'ont aucun effet.

Le facteur avait depuis longtemps vidé la boîte quand Conrad se résolut à ne pas empêcher Barbara d'aller la poster. Le lendemain matin, au moment où il aurait pu revenir sur sa décision, il avait oublié toute cette histoire.

Elvira Senn était au *Stöckli* dans la pièce où elle prenait son petit déjeuner. Il était encore tôt dans la matinée, et les lamelles d'étoffe qui donnaient une flatteuse couleur de lait à la lumière aigrelette du jour, étaient encore à demi fermées. Madame Senn buvait un jus d'orange fraîchement pressé et tentait d'oublier cette lettre, ouverte et posée tout en haut de la pile de courrier, juste à côté du téléphone.

Elle vida son verre. Que cette lettre fût une impertinence, cela ne la préoccupait pas outre mesure. Ce n'était pas la première insolence que Conrad se permît. Ce qui la préoccupait, c'était la précision des détails : le jardinier s'appelait effectivement Buchli et — ce qui était pire — il était mort quand Koni n'avait pas encore six ans. La boule bleue avait toujours été celle de Tomi et Koni, qui avait toujours préféré la couleur bleue, avait toujours accepté sans se plaindre de prendre la rouge. Ce qui l'irritait le plus, c'était les taches sur la robe de lin blanc. Lorsqu'elle jouait au croquet avec Anna, Tomi et Koni, elle ne l'avait déjà plus. Il lui avait fallu la jeter parce que effectivement elle était pleine de taches de cerises. Mais ce n'était pas Tomi qui les avait faites. Cela lui faisait peur d'imaginer que la mémoire de ce vieux soiffard remontait si loin.

Dans sa vie, il n'y avait pas beaucoup de choses qu'Elvira Senn regrettait. Mais elle n'avait pu se pardonner jusqu'à aujourd'hui de n'avoir pas eu à l'époque, par ce chaud dimanche de mai 1943, l'idée de payer à un certain paysan un dédommagement pour le renvoyer lui et Conrad au pays d'Emmental.

C'était le premier jour de l'année où l'on pouvait manger dehors. Les rhododendrons, très précoces, étaient en fleurs. Elle était assise avec Thomas sous la marquise à rayures de la grande terrasse — à laquelle ou accédait aussi par le parc —, prenant le soleil et buvant du café. Même pour Elvira Senn, en ces années de guerre, cela n'avait rien de quotidien.

Une des filles de service annonça la visite d'un homme avec un jeune garçon — un ami, avait-il fait dire, une surprise. Curieuse, Elvira le fit introduire.

Elle les observa tous deux comme ils s'approchaient. C'était un homme d'allure paysanne avec un jeune garçon qui portait une petite valise. Soudain Thomas se leva de table et courut à leur rencontre. À ce moment elle eut le pressentiment qu'elle avait fait une faute.

« Koni ! Koni ! » cria Thomas.

Le jeune garçon répondit : « Salut, Tomi. »

Elvira ne savait pas que Koni était en Suisse. La

dernière fois qu'elle l'avait vu, c'était cinq ans auparavant, à Douvres, peu avant que la guerre n'éclate, le jour où elle rentrait en Suisse avec Thomas et qu'Anna et le petit Conrad étaient restés à Londres, à cause de son diplomate allemand. Elles s'étaient encore écrit de temps en temps, elle avait reçu de Londres un faire-part de mariage, puis une carte postale de Paris. Puis elle n'avait plus eu de nouvelles.

Maintenant le paysan lui racontait dans son dialecte, qu'elle avait bien du mal à comprendre, qu'Anna Lang était venue en Suisse avec Conrad peu de temps après elle et qu'à ce moment-là elle lui avait confié le jeune garçon. Tous les mois une banque suisse lui avait versé cent cinquante francs, mais ça s'était arrêté depuis trois mois. Et plus rien n'était venu. Rien du tout.

Il ne pouvait pas nourrir le gamin gratuitement, déclara-t-il. Il s'appelait Zellweger, pas Pestalozzi ! Il avait pensé dernièrement qu'elle pourrait peut-être l'aider. Elle avait tout l'air d'être une tante de Koni. Il ajouta en regardant autour de lui que l'argent ne devait pas lui faire défaut.

Si Thomas ne l'avait pas tellement pressée — « S'il te plaît, maman, est-ce que Koni peut rester, je t'en prie, je t'en prie ! » — elle aurait au moins pris le temps de la réflexion. Mais Thomas était si débordant de joie, Conrad si résigné et le paysan si désagréable, qu'elle fit — ce qui lui arrivait rarement — une chose irréfléchie et fit signe que oui.

Elle donna à Zellweger quatre cents francs pour l'arriéré et douze francs pour le voyage. Puis elle se retrouva avec le gamin maladroit et eut l'obscur pressentiment qu'elle ne pourrait plus s'en défaire de toute sa vie.

Au début il n'y eut pas de problème. Conrad était un gamin discret et sans prétention et un bon compagnon pour Thomas. Elle les envoyait tous deux dans les mêmes écoles, ils jouaient ensemble et ils faisaient leurs devoirs d'école en commun. Conrad exerçait une influence bienfaisante sur Thomas qui avait du mal à rester seul, mais qui avait aussi tendance à dominer son entourage. Conrad était patient et dès le début il accepta que Thomas soit le numéro un.

Les problèmes ne vinrent que plus tard. En grandissant Thomas devint un jeune homme plein de caprices qui ne tenait jamais en place. À cette époque Elvira avait d'autres intérêts et souffrait par commodité qu'il menât la vie d'un play-boy. Non seulement elle lui passait ses caprices et ses frasques, mais même elle les finançait généreusement. Koni était l'un de ces caprices que selon son humeur il rejetait ou acceptait volontiers. Lorsque Thomas eut trente ans, elle décida de mettre un terme à la vie trop douce qu'il menait. De la corbeille des affaires internationales, il resta quelques obligations financières — et Conrad Lang.

Trente-cinq ans plus tard, il n'avait toujours pas disparu de la vie d'Elvira. Il devenait même insolent.

La première fois qu'il était allé au restaurant de *La Croix Bleue*, il avait pensé que l'odeur particulière venait de toutes ces vieilles femmes. Ce ne fut que lorsqu'on lui apporta son assiette qu'il remarqua que c'était le menu du jour qui sentait ainsi. Chou-fleur, épinards, carottes et pommes de terre rôties.

« Est-ce que c'est également un restaurant végétarien ici ? » avait-il demandé. La réplique ne tarda pas : « Vous avez commandé l'assiette du jardinier, non ? »

Depuis il s'était habitué à *La Croix Bleue*. Il avait sa petite table à lui et les filles de service un peu vieillissantes le traitaient comme un membre de la famille. « Monsieur Lang, l'escalope " cordon-bleu " est bonne, mais les choux de Bruxelles plutôt aigres. Je vous mets du chou-fleur à la place ? »

Conrad Lang restait assis devant une bière sans alcool, qui faisait illusion, et il lisait le journal, pincé entre deux lattes de bois, qui lui était systématiquement apporté avec le café. Il était un peu inquiet, la veille au soir Barbara lui avait demandé s'il avait déjà reçu une réponse à sa lettre.

« Quelle lettre ? avait-il demandé.

— La lettre à Elvira Senn, que j'ai mise pour toi à la boîte. La lettre qui doit changer ta vie.

— Ah oui, cette lettre. Non, pas encore de réponse », avait-il bredouillé. Depuis, il se remuait les méninges pour savoir ce qu'il avait bien pu écrire. Mais il n'arrivait pas à reconstituer davantage que le souvenir de quelque chose qui avait un ton assez pressant.

« Est-ce que c'est libre, ici ? »

Conrad leva les yeux. Devant lui se tenait une femme qui avait la cinquantaine, une bonne tête, un twin-set de cachemire rose-rouge, une double rangées de perles, et un pantalon de flanelle. C'est l'une d'entre nous, pensa-t-il. Il se leva.

« Est-ce que c'est libre ici ? »

Elle répéta sa question.

« Naturellement », répondit Conrad, et il tira la chaise de dessous la table. Quelque chose l'étonnait. Le restaurant était presque vide.

Lorsqu'elle s'assit, la porte s'ouvrit. Un homme plus jeune entra, regarda autour de lui, la vit et s'approcha de la table. Comme il l'avait presque atteinte, la femme s'empara de la main de Conrad, l'attira vers elle et demanda : « Est-ce que tu as dû attendre longtemps, mon trésor ? »

Conrad sentait que l'homme devait maintenant être tout contre le rebord de la table. Il la regarda profondément dans les yeux, posa sa main gauche sur sa main droite à elle et répondit : « Presque toute une vie, mon trésor. »

L'homme se tenait près de la table et attendait. Mais comme ni elle ni Conrad ne levaient les yeux, il se détourna et sortit rapidement du restaurant.

« Merci », dit la femme. Puis elle soupira avec soulagement. « Vous m'avez sauvé la vie.

— C'est ce que j'appelle une bonne action », répliqua Conrad pour toute réponse. « Puis-je vous inviter à prendre une tasse de café ? »

Cette femme s'appelait Rosemarie Haug, c'était son nom de jeune fille, qu'elle avait repris depuis son divorce il y avait quatre ans de cela. Elle accepta l'invitation et cela lui plut que Conrad ne dise plus un mot sur ce qui s'était passé. C'est un chevalier à l'ancienne mode, pensa-t-elle.

Médecin généraliste, le docteur Peter Stäubli avait renoncé peu de temps auparavant à son cabinet situé tout près de la *Villa Rhododendron*. Il ne s'occupait plus guère que d'une poignée de ceux qui avaient été ses patients pendant des années. Il était entre autres le médecin de famille et le médecin de confiance d'Elvira Senn. Il lui rendait visite deux fois par semaine après le petit déjeuner pour contrôler son taux de glucose dans le sang. Ce n'était pas un problème pour elle de se faire sa piqûre d'insuline, mais se prendre à elle-même une goutte de sang, elle n'y arrivait pas. Elvira Senn ne pouvait souffrir la vue du sang.

Ce matin-là, comme ils attendaient qu'on puisse effacer la goutte de sang sur la bande-test, Elvira Senn demanda : « Quel âge avez-vous maintenant, docteur ?

— Soixante-six ans.

— Jusqu'à quand remontent vos premiers souvenirs ? »

Stäubli retira la bande-test et l'introduisit dans le réflectomètre. « Je me souviens de notre teckel Fritz qui était un jour étendu mort au beau milieu de l'allée du jardin. À cette époque je devais avoir environ six ans.

— Est-ce qu'il est possible de se souvenir de choses encore antérieures ?

— Au moment de la naissance le système nerveux central n'est pas encore complètement formé. Dans les deux premières années de la vie, la mémoire des petits enfants ne peut encore rien engranger. Il lui faut d'abord apprendre à apprendre et à demander à la mémoire de restituer.

— Cela veut dire que théoriquement on peut se souvenir d'événements que l'on a vécus quand on avait trois ans ?

— Mon plus jeune petit-fils a maintenant dix ans. Lorsqu'il avait quatre ans, je l'ai emmené avec moi dans un restaurant qui faisait sa semaine russe. Celui qui buvait une vodka après le repas avait le droit après de lancer son verre contre un mur qui avait été prévu exprès. Il m'a peut-être fallu boire cinq vodkas, parce que ça faisait plaisir au petit de jeter les verres contre le mur. Ça lui a fait une si grande impression qu'il en parlait tout le temps par la suite, quand il venait chez moi en visite. C'est ainsi que pour lui ce souvenir s'est maintenu des années après. Maintenant il a dix ans et il s'en souvient encore. Il y a de bonnes chances qu'il s'en souvienne encore, quand il aura quatre-vingts ans. »

Tout en parlant, le docteur Stäubli avait noté les taux de glucides. Il lui passait à présent le bracelet pour prendre la tension.

« Et tous les autres souvenirs sont définitivement effacés ?

— Non, pas effacés. Mais on n'y a plus accès. »

Stäubli se servit de son stéthoscope et mesura la pression sanguine. « Vous irez jusqu'à cent ans, dit-il et il nota les deux chiffres.

— Est-il parfaitement exclu de retrouver cet accès ?

— Pas complètement. Il existe une forme d'hypnose qui restitue les souvenirs de la première enfance. "*Recovered memories*". C'est comme ça qu'aux États-Unis des pères de famille irréprochables sont accusés par leurs filles adultes de les avoir violentées quand elles étaient enfants. »

Le docteur Stäubli replia sa serviette. « Il arrive aussi que des personnes, qui souffrent de démence sénile, parce qu'elles ont perdu la faculté d'apprendre de nouvelles choses, pénètrent très profond dans leur mémoire ancienne et parviennent à ressortir l'un ou l'autre de ces souvenirs de leur toute première enfance qui se tient juste sur le seuil. » Il donna la main à sa patiente. « Plus l'on devient vieux, plus le passé se rapproche, n'est-il pas vrai, Madame Senn ? À vendredi, à la même heure ? »

Elvira fit signe que oui.

Ils se retrouvèrent dès le lendemain pour le dîner. C'était le jour où Conrad Lang retirait son argent de poche. Il pouvait s'offrir un restaurant qui, certes, ne serait pas tout à fait à la mode, mais pas non plus discret au point que ça ne fasse pas plaisir d'y être invité.

Conrad vint, n'ayant pas beaucoup bu et, de toute la soirée du reste, se comporta fort bien . Rosemarie raconta, ce qu'elle ne faisait jamais, ce qui s'était passé dans sa vie avant le divorce. En secondes noces elle avait épousé un chirurgien qui avait presque dix ans de moins qu'elle. Elle lui avait payé ses études avec le bien de son premier mari, mort prématurément. Celui-ci lui avait laissé la moitié d'une entreprise de textile, qu'elle avait vendue à temps à son beau-frère avant que toute l'entreprise ne sombre dans la faillite des années soixante-dix.

« Röbi Fries a été votre premier mari ? lui demanda Conrad tout surpris. Savez-vous que j'étais avec lui à l'institution Saint-Pierre ?

— Ah bon ? Vous êtes allé à Saint-Pierre vous aussi ? Röbi en parlait beaucoup. »

Toute la soirée, ils échangèrent des noms d'amis communs et d'endroits où ils avaient déjà dû se rencontrer.

Dans le taxi, Rosemarie dit : « Vous ne voulez pas savoir le nom de l'homme auquel vous m'avez permis d'échapper à *La Croix Bleue* ?

— Est-ce qu'il est important pour vous ? »

Rosemarie secoua négativement la tête.

« Dans ce cas oublions-le. »

Rosemarie possédait un studio dans un immeuble de quatre étages, qui faisait directement face au lac, dans un petit parc. Conrad dit au taxi d'attendre, l'accompagna jusqu'à la porte de l'immeuble et prit congé. Il était sur le point de tourner les talons quand elle ouvrit une dernière fois la porte et dit :

« Êtes-vous libre, samedi soir ? Je vais cuisiner quelque chose. »

Le restaurant du *Grand Hôtel des Alpes* s'appelait Carême, du nom du grand chef cuisinier français du XIXe siècle. Ce restaurant était fier de sa *"cuisine à l'ancienne"*. Elvira aimait cet établissement pour d'autres raisons : il était proche de la villa, les clients importants n'y étaient pas considérés comme des bêtes de cirque, ils avaient leur propre table, hors de portée d'écoute des autres clients, et l'équipe maîtrisait parfaitement les plats préférés de leurs régimes.

Chaque jeudi, elle dînait chez Carême et la plupart du temps elle profitait de l'occasion pour des conversations d'affaires, informelles, mais d'autant plus importantes.

Ce soir-là, elle avait prié son petit-fils, Urs Koch, de l'accompagner. Au cours du dîner elle lui fit dire qu'elle envisageait sérieusement de lui remettre la direction de "*Koch-Electronics*". Au dessert (pour elle une pomme, pour lui une crème brûlée), elle orienta la conversation sur Simone, et quand elle fut certaine qu'il avait compris que, d'une certaine manière pour elle, les thèmes étaient interdépendants, elle en vint à parler de Conrad Lang.

« Il me donne du souci, lui confia-t-elle.

« Tu te fais du souci pour Koni ?

— Pas pour lui. À cause de lui. Je ne veux pas qu'il nous porte tort.

— Comment quelqu'un comme Koni pourrait-il nous porter tort ?

— En racontant de vieilles histoires.

— Y a-t-il donc de vieilles histoires ?

— Il peut toujours en inventer. »

Urs haussa les épaules. « La caravane passe. »

Elvira sourit. « Avec Urs en tête. » Elle leva son verre d'eau minérale. Urs se servit ce qui restait de bourgogne. Ils trinquèrent.

« Quoi qu'il en soit, il se sera bientôt tué à force de boire.

63

— Son argent de poche n'est pas à la hauteur pour ça », lui répondit Elvira Senn.

Le lendemain matin elle prescrivit à Schöller d'augmenter la limite hebdomadaire pour Conrad Lang. De trois cents à deux mille francs.

Le premier soir, comme on fait tous dans ces cas-là, Conrad et Rosemarie s'étaient un peu raconté des histoires. Ils s'étaient montrés sous leur meilleur jour, s'étaient parlé de leurs succès, passant les échecs sous silence.

Pour la deuxième soirée, il en fut autrement. Rosemarie le trouva très détendu et lui demanda tout de suite de mettre la table. Elle s'étonna de l'art et de la routine qu'il manifesta alors. Elle servit deux verres de Meursault qu'ils prirent pour regagner la terrasse. La soirée était douce, on sentait le printemps dans l'air, les lumières de la localité d'en face scintillaient sur le lac et par la fenêtre située juste au-dessous on entendait monter de la musique de piano.

« Chopin, *Nocturne numéro 1*, en si bémol, opus 9 », dit Conrad. Rosemarie lui jeta un regard de côté.

Ils dînèrent de riz non traité, un peu trop mou, accompagné de saumon un peu trop sec. Avec le vin blanc, Conrad se laissa aller. Il lui raconta de plus en plus de choses sur sa vie, sans rien farder.

Elle savait dans une certaine mesure de quoi il parlait. Elle aussi, dans les cercles qui étaient ceux de son premier mari, on l'avait tout juste tolérée, comme une pièce rapportée.

Peu avant minuit, Conrad dévoila à Rosemarie l'un de ses secrets les mieux gardés. Il se mit au piano dans sa salle de séjour et il joua la main droite du *Nocturne* qu'ils avaient entendu quelques heures auparavant sur la terrasse. Puis il joua la main gauche.

« Et maintenant les deux ensemble », dit Rosemarie en souriant.

À ce moment-là Conrad lui raconta son échec comme pianiste.

Vers une heure du matin, elle s'assit à ses côtés et elle l'accompagna de la main gauche dans la *Lettre à Élise*. Non sans faire quelques fautes, mais c'était suffisant pour amener Conrad à lui révéler son ultime secret. La vérité sur sa situation. Sa dépendance envers les Koch. Toute cette merde.

Le lendemain matin, Conrad Lang se réveilla dans le lit de Rosemarie Haug et il ne se souvenait plus de rien.

Conrad aurait bien demandé à Rosemarie ce qui s'était passé au cours de la nuit écoulée. Mais il ne voulait pas avoir l'air d'un potache qui demande après la première fois : « Comment j'étais ? »

Il la quitta donc avec un sentiment mitigé, mais un peu rassuré par le fait qu'elle l'ait réinvité pour le soir à venir.

Il passa la journée dans son appartement, tout en se torturant le cerveau pour essayer de retrouver quelques lambeaux de souvenirs de ce qui s'était passé la nuit précédente.

À l'heure dite il se présenta chez elle avec une rose

à longue tige. Elle lui donna un baiser, lui prit la fleur, puis elle alla à la cuisine remplir d'eau un vase.

« Il y a du vin blanc dans le réfrigérateur, à moins que tu ne préfères du rouge ? », lui lança-t-elle par-dessus son épaule.

— Est-ce que tu as aussi de l'eau ? demanda Conrad, pris d'une inspiration.

— Dans le frigo. » Rosemarie essuya le vase et l'apporta dans la salle de séjour. « Si tu prends de l'eau, j'en prendrais aussi », dit-elle en passant. Elle posa la rose sur la table mise. Conrad revint avec une bouteille d'eau minérale et remplit deux verres.

« Santé, dit-il en lui tendant un verre.

— C'est à la santé, que nous buvons ? »

Tous deux burent.

« Non. Pour la mémoire. Plutôt à la mémoire. » Il se contraignit. « Je n'arrive pas à me souvenir de ce qui s'est passé cette nuit. »

Rosemarie le regarda dans les yeux et sourit.

« Dommage. »

Le lendemain matin, Conrad Lang se promenait le long du lac en direction de la ville. C'était une fraîche matinée. Il y avait des pousses vert pâle sur les marronniers. Et l'on voyait déjà les crocus se rassembler auprès de leurs troncs.

Conrad n'avait pas bu une goutte de toute la soirée et, pour autant qu'il pouvait en juger, son souvenir des dernières heures était parfaitement intact. Il s'était rarement senti d'humeur aussi fantasque. Peut-être une seule fois, en 1960, à Capri. Mais à l'époque il était jeune et il était amoureux.

Ils s'étaient arrêtés en Méditerranée avec le *Tesoro*, le yacht à moteur un peu vieux jeu des Piedrini. C'était toute une bande cosmopolite de jeunes gens riches, qui avaient le sentiment d'être décadents et qui l'étaient aussi en vérité. La même année était sorti *La Dolce Vita*, le film de Fellini, et il avait fait sur eux tous un effet durable, et ce n'était certainement pas du rejet.

Ils avaient abordé à Capri parce qu'ils voulaient faire une fête à l'endroit même où Tibère, au cours de ses orgies, avait fait précipiter de jeunes garçons dans la mer depuis les falaises. Ils avaient organisé un pique-nique dans le jardin de la vertigineuse *Villa Lysys* que le comte suédois Fersen avait consacré à la jeunesse de l'amour.

Pendant le séjour à terre, Thomas habitait avec les autres au *Quisisana*[1]. Il avait enjoint à Conrad de veiller sur le yacht. Mesure absolument superflue étant donné que l'équipage du *Tesoro* comptait douze marins. Mais à ce moment, Thomas était absorbé par le côté blasé des Piedrini, qui avait de quoi vous couper le souffle. Et Conrad une fois de plus lui faisait obstacle.

Ce dernier ne savait pas trop s'il devait se sentir offensé ou plutôt content d'être pour un moment débarrassé de cette bruyante société. Il mangeait sur le pont, servi avec soin par un steward taciturne en livrée blanche et de là il regardait le port. On voyait des lumières de toutes les couleurs dans les tavernes

1. « Ici l'on se soigne. » (*N.d.T.*)

du port et la mer apportait jusqu'à lui son lot de tristes mélodies napolitaines. Soudain il se sentit submergé par le sentiment familier de ne pas être au bon endroit. Là-bas les couples déambulaient, on trinquait, là-bas c'était la vie et lui était ici.

Il se fit conduire à quai et il s'avança plein d'attente sur la courte promenade. Les cafés et les restaurants du port étaient bondés de touristes allemands, la musique venait des électrophones et toutes ces lumières qui scintillaient tout à l'heure de toutes les couleurs se révélaient n'être jamais que des ampoules peintes. Il continua, passa devant les restaurants, alla jusqu'au bout de la jetée. Il y avait là une jeune femme assise, elle avait les bras croisés sur les genoux et elle regardait la mer. Elle leva les yeux en l'entendant venir.

« *Mi scusi* », dit-il.

« *Niente italiano*, répondit-elle. *Tedesco*.

— Excusez-moi, je ne voulais pas vous déranger.

— Ah, vous êtes suisse ?

— Et vous ?

— Viennoise. »

Conrad s'assit à côté d'elle. Ils regardèrent un moment la mer sans dire un mot.

« Vous voyez le yacht, là-bas ? »

Conrad fit signe que oui.

« Toutes ces lumières.

— Oui.

— Parfois le vent apporte jusqu'ici un éclat de rire.

— Ah...

— Et nous sommes assis ici.

— Et nous sommes assis ici », répéta Conrad.

Comme s'ils s'étaient résolus à cette même seconde, chacun pour soi, à ne plus laisser la vie se faire sans eux, ils s'embrassèrent.

Elle s'appelait Élisabeth.

Ils passèrent trois jours dans sa pension. Il ne mentionna même pas qu'il faisait partie des gens du yacht. Par peur de détruire la magie.

Le quatrième jour il alla voir Thomas au *Quisisana* et lui dit qu'il continuerait le voyage par ses propres moyens.

« À cause de la petite blonde ? demanda Thomas.

— Quelle blonde ?

— Je vous ai vus devant la grotte. Tu n'avais d'yeux que pour elle. Ça se comprend, du reste. »

Thomas lui souhaita bonne chance et ils prirent congé.

Le lendemain, Élisabeth entra tout excitée dans la chambre. « Tu te souviens du yacht de notre premier soir ? »

Conrad fit signe que oui.

« Tu ne le croiras pas, nous y sommes invités. »

Élisabeth devint la première femme de Thomas. Elle lui donna un fils, Urs. Peu de temps après, son cœur inconstant la conduisit à Rome. Ce fut une petite consolation pour Conrad et un coup dur pour Thomas, qui n'avait jamais été fidèle, mais toujours vaniteux, et qui se souvenait maintenant de son vieil ami comme d'un confident toujours à disposition, de quelqu'un qui est là pour vous tenir compagnie.

Depuis ce temps-là, depuis ces trois jours à Capri, Conrad Lang ne s'était plus jamais senti comme aujourd'hui. Peut-être était-il de nouveau amoureux. Vieux et amoureux.

Il décida de cesser de boire. Du moins pour quelque temps.

De retour chez lui, Conrad Lang trouva une lettre de la banque qui lui faisait savoir que son pécule hebdomadaire se monterait désormais à deux mille francs, et qu'il pourrait faire des retraits n'importe quel jour de la semaine.

Il écrivit une lettre de remerciements euphoriques à Elvira Senn et réserva une table chez Stavros. Il alla à la banque et retira mille deux cents francs. Après quoi il alla acheter du saumon fumé, un oignon, des toasts, un citron, des câpres et quatre bouteilles de San Pellegrino, et la fenêtre grande ouverte il prit un petit en-cas finement préparé, avec beaucoup d'eau minérale glacée et du citron.

Après ce repas, il fit la vaisselle et se mit à son keyboard pour fêter cette journée.

Il y avait de cela deux ans à peu près, dans un bar de Corfou, il avait regardé par-dessus l'épaule d'un pianiste, qui avait posé sur son piano un petit keyboard, et il avait compris que cet instrument jouait tout seul ce que doit jouer la main gauche. Cela avait quelque chose de mécanique mais c'était incontestablement mieux que rien.

Dès le lendemain il s'était procuré un keyboard bon marché, qui avait disparu dans l'incendie, comme toutes ses affaires personnelles. Pour le remplacer il avait fait inscrire un modèle un peu plus cher et qui offrait davantage de possibilités sur la liste des objets dont il avait besoin pour son appartement et dont les Koch l'avaient autorisé à leur confier l'achat. Depuis lors, il lui arrivait d'en jouer pour lui-même de temps en temps et il le faisait aussi quelquefois pour ses rares invités ; la plupart du temps c'était pour Barbara.

Mais, ce jour-là, quand il s'assit au keyboard, il ne trouva pas le bouton pour le mettre en route. C'est vraiment ridicule, pensa-t-il, j'ai allumé et éteint cette chose plus de mille fois. Il lui fallut examiner l'instrument dans le détail pour enfin retrouver le bouton au bout de deux ou trois minutes.

« L'amour rend tout simplement aveugle », murmura-t-il.

Doris Maag, l'auxiliaire de police, avait l'air fatiguée quand elle entra au *Rosenhof* juste après son travail, portant encore l'uniforme. Elle s'assit à la petite table de Barbara près du comptoir.

« Alors, où c'est que ça brûle ?

— Koni a disparu. Ça fait trois jours.

— Comment ça, disparu ?

— Il n'a pas réapparu depuis trois jours. Hier j'ai appelé chez lui : personne. Aujourd'hui encore : personne.

— Peut-être a-t-il changé de bar, suggéra Doris.

— Ça, je ne crois pas, fauché comme il est.

— Peut-être a-t-il trouvé une autre idiote qui lui fait crédit. »

Barbara se leva. « Un vin blanc ? »

— Un Campari. »

Barbara alla au comptoir et en revint avec un

verre de Campari, avec de la glace, du citron et une bouteille d'eau minérale. « Dis-moi jusqu'où.

— Plein. »

Barbara remplit le verre d'eau minérale jusqu'au bord. « À la tienne ! » dit-elle par habitude.

Doris but une gorgée. « C'est de l'orange qu'il faut, pas du citron. Dans le Campari on met un zeste d'orange, pas de citron. Ils se trompent tous.

— Si tout le monde se trompe, c'est plus une erreur. » Barbara se rassit. « Il ne s'est pas manifesté de la journée. Et il n'était pas non plus à *La Croix Bleue*. »

Doris Maag prit son ton de service. « La plupart des gens dont on remarque l'absence réapparaissent. La plupart du temps leur disparition s'explique de manière très banale.

— Ça ne colle pas avec lui.

— C'est ce qu'ils disent tous.

— Et il me doit mille six cent quarante-cinq francs.

— Dans certains milieux, c'est déjà une raison suffisante pour disparaître.

— Pas dans son cas. »

Barbara se leva pour aller servir un client dont elle n'avait pas remarqué les signes répétés et qui maintenant tapait énergiquement du bout des doigts sur la table. Lorsqu'elle revint, elle dit : « Ces derniers temps il était souvent déprimé. Pour un rien les larmes lui venaient aux yeux.

— C'est un pauvre type qui a trop bu.

— C'est déjà assez lamentable comme ça. La plupart des gens qui se suicident sont saouls.

— Lui ne va pas se suicider. »

— Parfois on entend parler de gens qui restent morts des semaines chez eux et y a pas un qui remarque quoi que ce soit.

— Dernièrement il y en a un qui a eu une attaque quand il était dans sa baignoire, il pouvait pas en sortir et il pouvait pas attraper le téléphone. et personne ne l'entendait. Il ne pouvait qu'attendre et de temps en temps rajouter de l'eau chaude, et espérer que quelqu'un remarque son absence. Finalement, il a eu l'idée de boucher l'évacuation avec la serpillière et de laisser couler le bain jusqu'à ce que les gens du dessous alertent le gardien. Ça a marché mais maintenant l'assurance ne veut pas payer le dégât des eaux. Parce qu'il a été causé volontairement.

— Il n'y a qu'une douche chez Koni.

— Tu vois. »

Le 134 de l'avenue des Sapins n'était qu'à cinq minutes à pied du *Rosenhof*. Barbara avait réussi à convaincre Doris de venir. Au cas où il faudrait demander au gardien d'ouvrir la porte, ça ferait plus officiel, avec l'uniforme.

« Je suis dans la police de la circulation, pas dans la criminelle ! » avait protesté Doris, mais elle était quand même venue.

Lorsque cinq minutes auparavant elles avaient encore appelé depuis le *Rosenhof*, personne n'avait répondu. L'appartement de Conrad au troisième était dans l'obscurité. On ne voyait la lumière que derrière une petite fenêtre de verre dépoli.

« La salle de bains ! » Barbara sonna chez le gardien, O. Bruhin.

Il lui fallut sonner trois fois jusqu'à ce que la lumière s'allume dans l'escalier. « C'est toi qui parles », siffla Barbara à Doris, quand un homme de mauvaise humeur, mal coiffé, le visage gonflé, leur ouvrit.

« Nous, il faut qu'on soit debout à cinq heures et demie le matin », grogna-t-il. En voyant l'uniforme de Doris, il se montra un peu plus civil. Il l'écouta et voulut bien qu'on monte jeter un œil. Il les conduisit au troisième et les pria d'attendre. Il revint un moment après avec le passe-partout et le mit dans la serrure.

« Ça ne marche pas, la clé est à l'intérieur.

— Alors il faut que nous forcions la porte », exigea Barbara.

Le gardien se tourna vers la policière. « Pour cela il faut que vous me montriez votre carte. »

Pendant que Doris Maag cherchait sa carte de service, la clé tourna dans la serrure à l'intérieur de la porte. La porte s'entrebâilla, et le visage surpris de Conrad surgit alors.

« Tu vas bien, Koni ? demanda Barbara.

— Et comment », répondit-il.

Conrad venait tout juste de passer sa première semaine sans alcool. Les démangeaisons et l'énervement commençaient à se calmer. Il entrait dans ces nuits qu'il pouvait passer sans être pris de sueurs froides. Il se levait reposé et plein d'envie de faire des choses, et les moments durant lesquels il pensait à l'alcool, "le tiraillement" comme il appelait ça, commençaient à se faire plus rares.

Il avait beaucoup d'entraînement pour ce qui était de s'arrêter. Il connaissait chaque étape jusqu'à l'écoulement du second mois. Il se souvenait de l'euphorie qui, à chaque tentative, l'avait pris le troisième jour. Mais il n'avait encore jamais éprouvé l'indescriptible tumulte qui l'agitait cette fois. Celui-ci ne pouvait pas seulement venir des quelques petites verres qu'il n'avait pas pris. Cela ne pouvait pas non plus venir de l'amélioration inespérée de sa situation financière. Il y avait encore un autre motif : Rosemarie Haug.

Depuis la "nuit de l'oubli", comme ils l'appelaient maintenant, ils avaient passé jours et nuits ensemble.

Ils prenaient place à bord de l'unique bateau de ligne qui circulât en cette saison, ils étaient ses seuls passagers, et ils allaient jusqu'à l'extrémité du lac, perdue dans les brouillards, et ils revenaient.

Ils allaient au zoo et regardaient les singes en compagnie d'une vieille dame qui parlait à un chimpanzé en l'appelant par son nom et celui-ci la reconnaissait.

Ils montaient à pied le chemin des vieux becs de gaz jusqu'à la tour panoramique et faisaient, là, un déjeuner de tartes aux pommes en buvant du café dans ce bar d'excursion plutôt démodé, au milieu de personnes retraitées.

« Comme les vieux, avait dit Rosemarie.

— Mais je suis vieux moi aussi.

— J'en ai pas le sentiment », avait-elle souri.

Conrad non plus n'en avait pas le sentiment.

La veille au soir ils étaient allés au concert. C'était un concert Schumann. En jetant un regard de côté sur Conrad, Rosemarie vit à un moment qu'il avait les yeux humides. Elle lui prit la main et la pressa dans la sienne.

Lorsque ce jour-là Conrad se regarda dans le miroir, il constata déjà une transformation. Il lui sembla que du fait de la privation d'alcool, les vaisseaux s'étaient déjà quelque peu rétrécis, que ses joues étaient un peu moins rouges, que les veinules éclatées étaient un peu moins visibles. Les poches lacrymales n'étaient plus aussi gonflées, l'ensemble du visage avait plus de fermeté, et l'homme dans son entier manifestait bien davantage d'envie d'agir. Il trouva aussi qu'il avait l'air plus jeune.

Peut-être, pensa-t-il, l'heure de ma chance a-t-elle enfin sonné.

Il était dans cette humeur quand Barbara, accompagnée de la policière et du gardien, s'apprêtait à forcer la porte de son appartement. Cela faisait deux jours qu'il n'y avait pas mis les pieds. Il était venu prendre du linge frais, quelques vêtements et autres affaires, lorsqu'il avait entendu les voix devant la porte.

Le gardien et la policière s'éclipsèrent rapidement. Barbara resta. Elle trouvait qu'il lui devait une explication.

Conrad ne se fit pas prier. Avec beaucoup d'enthousiasme il raconta à Barbara qui devenait de plus en plus silencieuse le grand tournant heureux que sa vie était en train de prendre. Lorsqu'il eut terminé, il lui demanda comme si de rien n'était : « Combien je te dois ?

— Mille six cent quarante-cinq francs », lui répondit-elle.

Conrad Lang sortit son portefeuille et lui compta mille huit cents francs sur la table.

« Je ne prends pas d'intérêts, lui dit-elle et elle lui rendit la monnaie en fouillant dans son grand porte-monnaie de service.

— Tu n'es pas contente pour moi ? lui demanda Conrad.

— Mais si », répondit-elle. C'était vrai. Elle n'était pas jalouse. Mais elle perdait sans plaisir le seul être humain qui, sans que cela la dérange, se servait d'elle.

Conrad appela un taxi, prit sa petite valise et déposa Barbara devant chez elle.

Sur le seuil il lui donna un baiser paternel. « Porte-toi bien et merci pour tout.

— Porte-toi bien, toi aussi », lui répliqua Barbara.

3

Des deux côtés de la rue devant la *Villa Rhododendron* étaient parquées des voitures fraîchement lavées, dont aucune ne valait moins de cent mille francs[1]. La police municipale orientait les invités qui arrivaient et pilotait le trafic ordinaire à travers l'étroit passage laissé par les voitures en stationnement. « Comme si nous n'avions rien de mieux à faire que gardiens de parking pour multimillionnaires », avait gueulé l'officier de service lorsqu'il avait reçu cette mission de la bouche de son supérieur. Celui-ci avait fait un geste d'impuissance, montrant le haut du doigt.

Devant la grille de fer forgé, deux vigiles en uniforme d'une entreprise privée de gardiennage comparaient les invitations avec la liste des invités et tenaient à l'œil les photographes qui ne guettaient qu'une occasion pour se glisser à l'intérieur.

« Quand des gens comme ça se marient, même le temps se met de la partie », disait le reporter d'un

---

1. Francs suisses, bien entendu. (*N.d.T.*)

journal à sensation au reporter de la feuille locale. « Pour nous il pleuvait des cordes. »

C'était vraiment une belle journée d'été, incroyable. Il n'y avait tout au plus dans le ciel bleu profond que quelques petits nuages de beau temps, une douce brise veillait à ce que les rayons du soleil de juin ne soient pas trop forts, on sentait déjà dans l'air des parfums de tilleul et d'églantine sur les murs des propriétés.

Le parc de la villa ressemblait au quartier général d'une armée à l'époque des guerres napoléoniennes. Il y avait partout des tentes avec des fanions et des drapeaux de nations qui n'existaient que dans l'imagination du designer de la fête.

Les invités étaient assis dans des fauteuils à des tables nappées de blanc et chargées de fleurs dans les tentes ouvertes des quatre côtés. Ou bien sous les vieux arbres sur de longs bancs devant des tables de bois parées pour la fête. Ou encore, ils étaient allongés en petits groupes pittoresques sur des couvertures de pique-nique au beau milieu du gazon bien soigné.

À différents points du parc on retrouvait un quatuor classique, un groupe de musique country, l'orchestre de danse et des joueurs de ländler. Ces différentes musiques rivalisaient et se donnaient la réplique.

C'était bien la fête qui convenait pour célébrer les noces de l'héritier des entreprises Koch.

Urs Koch faisait les honneurs auprès des invités. Partout où il apparaissait avec sa douce fiancée, on applaudissait, on embrassait le couple et on les félicitait de leur union, tout comme on se félicitait de cette fête réussie et du temps splendide.

Appuyée à la balustrade de la véranda, Elli, la troisième femme de Thomas Koch, suivait des yeux toute cette agitation.

Lorsque Thomas avait fait sa connaissance au début des années soixante-dix, Karl Lagerfeld venait de reprendre depuis peu la direction de Chanel. Elli Friedrichsen avait été l'un de ses mannequins préférés. Un an plus tard, elle s'était mariée avec Thomas Koch. Dix ans s'étaient passés et elle vivait maintenant sa propre vie, le plus loin possible de Thomas.

Auprès d'elle était accoudée Inga Bauer, une Suédoise, beaucoup plus jeune qu'Elli. À vingt-cinq ans, elle avait épousé un industriel qui faisait partie du cercle de Thomas Koch.

Les deux femmes n'avaient pas tardé à se lier d'amitié. Elli était devenue pour Inga le seul repère un peu stable dans ce curieux mélange de bonhomie et de décadence qui régnait dans les cercles de la haute finance suisse. Elli appréciait chez Inga le fait que dix années d'appartenance au clan Bauer ne lui avaient pas enlevé ses illusions. Dans toute la mesure du possible, elle avait conservé ses idéaux et elle avait une manière rafraîchissante de faire connaître son opinion sur le vrai et le faux.

« Si j'avais su que Koni n'était pas invité, je ne serais pas venue.

— C'est faire un bien grand sacrifice pour un vieux raseur. »

Inga montra d'un geste les invités de la noce. « Est-ce que tu trouves ceux-ci plus amusants ? »

Elli fit son "sourire Chanel" à un couple qui passait bras dessus, bras dessous sur la terrasse.

« Non, ils ne sont pas plus amusants. Mais plus importants. On a déjà assez de raseurs importants à supporter. Pourquoi faudrait-il aussi se payer les insignifiants ?

— C'est ce que tu penses ?

— Thomas pense comme ça.

— Et toi ? »

Elli prit une gorgée de sa coupe de champagne. « Moi ? Je vais divorcer. »

C'était une surprise. Inga ne considérait pas le mariage d'Elli comme quelque chose qui méritât les tracas d'un divorce.

« En pratique, tu es divorcée depuis longtemps.

— À l'avenir je voudrais l'être aussi en théorie.

— Pourquoi donc ? »

Elli sourit. « Il y a quelqu'un qui le souhaiterait. »

Inga la regarda d'un air radieux. « Est-ce que ça ne cessera donc jamais ?

— Ça, il faut le demander à Elvira. Je n'ai que quarante-six ans. »

L'orchestre populaire près du bosquet de pins entonna "*Longue vie pour eux*" et les invités reprirent en chœur. Ils se levèrent et portèrent un toast à la santé d'Urs et de sa fiancée.

« Pauvre fille.

— Si c'est elle l'épouse qu'il s'est cherchée tout ce temps, s'étonna Inga, il aurait aussi bien pu épouser toutes les autres avant elle. »

Elli lui jeta un regard moqueur. « Simone était simplement celle qui était à l'ordre du jour, lorsque

Elvira a décidé que le moment était venu pour Urs. Tout comme autrefois c'était la mère d'Urs qui était là quand Elvira avait décidé que le moment était venu pour Thomas.

— On se croirait au siècle passé, dit Inga en riant.

— Mais regarde donc autour de toi, répliqua Elli. *C'est* le siècle passé. »

Elvira Senn tenait sa cour dans la tente des fiancés et ne faisait pas comme s'il y avait un âge limite pour l'amour. Elle rayonnait de satisfaction et scintillait de tous ses bijoux, elle était prompte à la répartie et charmante, et elle maintenait constamment un coussin d'air entre le dossier rembourré de sa chaise et son dos qu'elle tenait bien droit.

Thomas lui faisait face, bien moins détendu. L'attitude d'Elli l'irritait. Normalement, en société, ils jouaient au couple heureux dont la recette de parfait mariage disait : à chacun sa liberté. Aujourd'hui, pourtant, elle le tenait à distance. Elle avait refusé de faire avec lui le tour des invités en sa qualité de quasi "mère du fiancé", elle n'avait pas échangé plus de deux phrases avec les parents de la fiancée (un couple qui, comme on pouvait s'y attendre, en avait fait un peu trop, et qui dissimulait mal son enthousiasme de voir leur fille se marier tellement au-dessus de sa condition). Et sans y mettre des gants, elle le fuyait tout simplement.

Il ne pouvait pas non plus se faire à son rôle de numéro deux. Jusqu'à maintenant, lors de ces occasions, il avait toujours été au centre de l'attention. Si c'était sa femme ou Urs qui, exceptionnellement, l'étaient, c'était parce qu'il l'avait bien voulu. Cette fois, il en allait autrement. Urs était célébré comme l'homme qui monte. Thomas n'y était pas encore préparé.

Ce qui le déconcertait le plus, c'était Koni Lang. À une autre époque, il aurait déboulé d'une manière ou d'une autre, avec ou sans invitation. Koni aurait bien été bloqué par le contrôle à la porte, mais il avait toujours un recours pour ce genre de situation qui aurait fait au moins qu'un des hommes du service de sécurité serait à la fin venu chercher Thomas : « Il y a là dehors un Monsieur qui dit qu'il est votre plus vieil ami et qu'il a oublié son invitation chez lui. »

Mais cette fois-ci il n'allait pas surgir. Il était en Italie. Il avait envoyé à Urs et à Simone une carte de félicitations très officielle et fait porter un beau bouquet de chez "Blossoms", le fleuriste le plus en vue de la ville. Il avait aussi envoyé une lettre personnelle à Thomas.

Cher Tomi,

Dans quelques jours commence pour toi une nouvelle phase de ta vie : ton fils va fonder une famille et voilà donc accompli le dernier pas pour la remise du bâton de commandement. Tu vas bientôt rentrer dans les rangs avec le sentiment apaisant que ton œuvre et celle d'Elvira sont en de bonnes mains.

Ma vie aussi a pris un tournant décisif. Représente-toi que j'ai fait la connaissance sur mes vieux jours de la femme de ma vie. Je suis amoureux comme un collégien, j'ai cessé de boire, et la vie qui m'a joué (et à vous aussi bien sûr) de mauvais tours ces derniers temps, semble maintenant vouloir tourner positivement pour moi.

N'est-il pas étrange qu'une fois de plus et au même moment, dans des endroits complètement différents, notre vie soit arrivée à un tournant ? N'as-tu pas aussi parfois le sentiment que nos destins sont étroitement liés, que nous le voulions ou non ?

Nous faisons maintenant un petit voyage sentimental en Italie. Comme nous déjeunions ce midi sous les arcades de la place Saint-Marc, je nous ai revus petits garçons, quand Elvira et Anna nous avaient photographiés tour à tour. Tu t'en souviens ? Tu voulais attraper un pigeon, tu es tombé et tu t'es mis le genou en sang. Anna l'a lavé dans le restaurant où nous déjeunions aujourd'hui et t'a fait un pansement avec une serviette de damas. Elvira était toute retournée à cause du sang.

Il y a combien de temps de cela ? Soixante ans ou six jours ?

La semaine prochaine, nous serons de nouveau en Suisse. Tu seras surpris quand tu connaîtras Rosemarie.

En te souhaitant le mieux du fond du cœur.

Ton vieil ami

Koni.

Thomas Koch n'arrivait pas à se souvenir d'être allé à Venise enfant avec Koni.

« Faisons-nous quelques pas ? » demanda Elvira. Les messieurs de la table se levèrent. Thomas lui tendit le bras. Ils flânèrent à travers le parc en fête.

« Qu'est-ce qui te pèse ?

— Rien, pourquoi ?

— Tu as l'air de ruminer quelque chose.

— Quand l'unique enfant se marie. »

Elvira sourit. « Ça ne fait mal que la première fois. »

Thomas souriait aussi, maintenant. Ils s'assirent sur un banc, à l'écart de l'agitation.

« Sommes-nous allés à Venise quand nous étions enfants, Koni, moi, toi et Anna ? »

Elvira prêta l'oreille. « Pourquoi poses-tu cette question ?

— Koni vient d'écrire une lettre de Venise. Il se souvient comment j'ai couru après un pigeon place Saint-Marc et me suis ouvert le genou. Anna avait pansé la blessure avec une serviette et toi tu t'étais sentie mal.

— C'est stupide », répondit Elvira.

La fête de mariage se poursuivit tard dans la nuit. Lorsqu'il fit sombre, on alluma des lampions et des torches dans le jardin. Le *Pasadena Roof Orchestra* jouait des valses anglaises et des fox-trot et les couples dansaient sur la grande terrasse. Près du petit pavillon des *Rhododendrons* quelqu'un chanta en s'accompagnant à la guitare, ça avait l'air d'être du Donovan et c'était précisément Donovan lui-même. Dans la grande tente George Baile s'assit au piano et joua des morceaux de l'*American Songbook*.

À onze heures du soir, on tira un grand feu d'artifices, que les gens en ville, dans les cafés du boulevard, applaudirent et admirèrent. Puis il y eut les premiers départs.

Urs continua à faire ses tournées jusqu'à minuit, visiblement de plus en plus ivre. Simone cherchait à dissimuler sa déception, et il fallut l'intervention, discrète mais énergique, d'Elvira pour que le couple monte enfin dans la limousine qui l'attendait. « *Just married !* »

Peu avant deux heures, Thomas Koch, qui commençait à tituber sérieusement, s'assit au piano à queue à côté de George Baile et commença à jouer *Oh when the Saints*, aimablement secondé par le pianiste (dont les honoraires se montaient à 18 000 francs, ce qui autorisait bien de telles escapades auprès de ses commanditaires), et il fut applaudi avec enthousiasme par le noyau dur des invités.

À trois heures, les derniers d'entre eux s'en allèrent. Épuisé, le personnel éteignit les lampions et les torches qui fumaient encore.

Thomas Koch emporta une bière avec lui dans sa chambre. Lorsqu'il s'assit sur le rebord du lit pour la boire, son regard tomba sur un mot écrit de la main de sa femme.

« Puis-je te parler demain ? Je te propose : après le déjeuner, dans la bibliothèque. Elli. »

L'après-midi du lendemain, Elvira Senn n'y tint plus. Elle gravit le chemin qui allait du "*Stöckli*" à la villa. Les tentes avaient été démontées, les traces de la fête avaient disparu.

Thomas habitait une aile de la villa, Elli une autre, Urs dans la tour. Les grandes pièces et les salons étaient utilisés par tous, selon les besoins.

Lorsque Elvira pénétra dans le hall, Elli sortait justement de la bibliothèque. Elle lui fit un signe et monta le large escalier qui menait au premier étage.

Thomas apparut à la porte de la bibliothèque. « Elli ! » Il remarqua sa belle-mère. « Elle veut divorcer. Tu comprends ça ? »

Elvira haussa les épaules. Elle ne comprenait pas comment on pouvait vouloir divorcer mais ça ne la surprenait pas. Elle savait qu'il était difficile de vivre avec Thomas, et elle savait aussi qu'une fois qu'elle s'était résolue au divorce, une femme aurait toujours raison devant un tribunal. Dès lors, il ne s'agissait plus que de limiter les dégâts, mais Elvira disposait des avocats qu'il faut pour de telles affaires. Elle savait qu'Elli était une femme raisonnable et réaliste avec qui l'on pouvait parler. Le divorce en soi était facile à obtenir. Ce qui était pénible, c'était surtout Thomas et son orgueil blessé.

Elle monta avec lui dans sa "garçonnière", endura ses jérémiades, partagea son indignation et le renforça dans son opinion à propos d'Elli, aussi longtemps que sa patience, vite épuisée, le lui permit. Puis elle en vint à parler de la lettre de Conrad Lang. Thomas n'arrivait pas à se rappeler ce qu'il en avait fait, il savait seulement qu'il l'avait encore avant le déjeuner. Ce fut finalement Elvira qui mit la main dessus, elle était chiffonnée dans la poche de sa veste d'intérieur.

Elle la lissa et la lut soigneusement. Puis elle la froissa à nouveau. « Il délire.

— Il a cessé de boire, il écrit.

— Et tu crois ça ?

— Mais pour ce qui est du tournant dans la vie, il a malheureusement raison. »

Elvira reposa la lettre froissée dans le grand cendrier de cristal qui était sur la console près de son fauteuil. « Pourquoi tu ne vas pas avec lui quelque part ? Cela te changera les idées.

— Je ne vais quand même pas maintenant le séparer de son amourette.

— Ils supporteront très bien tous deux d'être séparés quelques semaines.

— Je ne sais pas ; il a l'air d'aller tellement bien.

— Et toi, tu ne vas pas bien. Je trouve qu'il te le doit.

— Tu crois ?

— Ne serait-ce qu'à cause de Corfou. »

Elvira prit le briquet sur la table et mit le feu à la lettre de Koni.

L'apparition de Thomas Koch dans l'Avenue des Sapins suscita une grande émotion. Son chauffeur mit deux roues de la Mercedes bleu nuit 600 SEL sur le trottoir, et aida Thomas à se redresser. Cette aide n'était pas seulement un rituel, aujourd'hui le patron ne tenait pas bien sur ses jambes. Ce n'était pourtant encore que le début de l'après-midi.

Quelques enfants turcs avec des cartables bariolés sur le dos s'arrêtèrent pour regarder l'auto. Le tram passa un peu plus lentement que d'habitude et les visages se tendirent aux fenêtres pour se tourner vers la limousine qui ne collait pas du tout avec le reste du paysage. « C'est probablement l'un de ces requins de l'immobilier qui louent leurs baraques en ruine aux putains, à des prix insensés », déclara un jeune homme à son amie.

Une vieille dame était appuyée à une fenêtre du premier étage. Elle avait mis un coussin sur le rebord et y appuyait ses lourds avant-bras.

« Chez qui allez-vous ? cria-t-elle à Thomas Koch quand elle vit qu'il sonnait pour la deuxième fois.

— Chez Lang.

— C'est à peine si on le voit maintenant. Il vient juste chercher le courrier de temps en temps.

— Savez-vous où je peux le trouver ?

— Peut-être que le gardien le sait. »

Thomas Koch appuya sur la sonnette et attendit.

« Il faut sonner longtemps. Il fait l'équipe de nuit. »

Après un moment, un rideau bougea au second. Peu après, la serrure s'ouvrit automatiquement. Thomas Koch entra.

Othmar, qui était conducteur d'engins sur une chaîne de montage des usines Koch et gardien de cette cité qui appartenait à la caisse de retraite des usines Koch, dut répéter l'histoire à satiété. Comment, au sortir du lit, pas rasé et en jogging, il avait dû ouvrir la porte et qu'avait-il trouvé devant lui... ? « J'ai eu un choc, c'était le patron en personne qui voulait l'adresse d'un locataire. Et, même mieux, il y avait un fanion sur sa voiture. »

Lorsque Thomas Koch se fit aider par le chauffeur pour remonter en voiture, il lui lança l'adresse de Rosemarie Haug.

Conrad était assis avec Rosemarie sur la terrasse et il jouait au backgammon lorsqu'on sonna. Il lui avait appris à jouer au cours de leur voyage en Italie, et depuis ils jouaient avec passion. En partie pour ménager la fierté de Rosemarie qui n'avait pas encore pu le battre, en partie par pure sentimentalité parce que cela maintenait très vif le souvenir de leur premier voyage ensemble.

Rosemarie se leva et alla répondre. Lorsqu'elle revint, elle était tout ébahie.

« Thomas Koch. Il demande si tu es là.

— Qu'as-tu dit ?

— Oui. Il monte. »

Pendant presque toute sa vie, Thomas avait été le personnage le plus important pour Conrad. Mais ces derniers temps, il était de plus en plus passé au second plan. À Venise, c'est vrai, il s'était souvenu de lui. Mais il s'était surpris lui-même du peu d'intérêt qu'il avait manifesté à la nouvelle du mariage d'Urs. Maintenant que Thomas pouvait franchir la porte d'un instant à l'autre, il se sentait nerveux. Il éprouvait le même sentiment qui avait toujours été le sien quand Thomas était à proximité : celui d'une recrue avant l'inspection du commandant de l'école.

Rosemarie remarqua ce changement. « Aurais-je dû dire que tu n'étais pas ici ? » s'informa-t-elle, mais elle n'était qu'à moitié amusée.

« Non, bien sûr que non. »

Ils se dirigèrent vers la porte de l'appartement. On entendait l'ascenseur qui montait. Puis des pas dans le couloir.

« Que peut-il bien vouloir ? » murmura Conrad, plus pour lui-même que pour Rosemarie.

Lorsqu'on sonna, il tressaillit. Rosemarie ouvrit.

Le nez de Thomas Koch était fin et délicatement découpé et il avait l'air un peu déplacé au milieu de son visage très charnu. Il portait un blazer et un pull à col roulé de cachemire couleur lie-de-vin, qui faisait paraître le cou qu'il avait court encore plus épais. Il avait les yeux rapprochés et brillants, il sentait l'alcool. Il fit un bref salut à Rosemarie et se tourna directement vers Conrad.

« Puis-je te parler ?

— Naturellement. Entre.

— Seul à seul. »

Conrad regarda Rosemarie.

« Vous pouvez aller dans le séjour.

— Je préférerais que nous allions quelque part. » Thomas ne laissait planer aucun doute : il ne s'agissait pas d'un simple souhait.

Conrad lança à Rosemarie un regard qui demandait de l'aide. Elle fronça le front avec irritation. Thomas attendait.

« Je passe rapidement ma veste. »

Conrad disparut dans la chambre à coucher. Rosemarie tendit la main à Thomas. « Je m'appelle Rosemarie Haug.

— Thomas Koch, enchanté. »

Puis ils attendirent en silence que Conrad ressorte de la chambre. Il avait passé une cravate et il avait enfilé une veste de lin assortie à son pantalon.

« Allons-y, dit-il et il suivit Thomas jusqu'à l'ascenseur.

— *Ciao* », lui cria-t-elle. Peut-être pour le taquiner un peu.

« Ah oui, *ciao* ! » Conrad s'arrêta, il semblait encore vouloir retourner sur ses pas pour prendre congé comme il faut, mais remarquant que Thomas était déjà arrivé à l'ascenseur, il lui emboîta le pas.

Rosemarie vit qu'il ouvrait la porte de l'ascenseur à Thomas, qu'il le faisait passer le premier et qu'il appuyait lui-même sur le bouton. La porte de l'ascenseur se referma sans que Conrad se soit retourné pour lui lancer un dernier regard.

Lorsque Conrad commanda un Perrier avec de la glace et du citron, Thomas leva les sourcils d'un air amusé. Lui-même se commanda un double Tullamore Dew, sans glace et sans eau, son drink quand il était déprimé.

Charlotte avait accueilli Conrad avec un « De retour au pays ! » qui avait un petit air de reproche, mais elle comprit tout de suite quand il commanda une boisson sans alcool. Elle en avait déjà vu un bon nombre faire des efforts pour s'arrêter. Ça passait.

Le bar du *Grand Hôtel des Alpes* (en souvenir du bon vieux temps et parce que en tous les cas il était bien situé pour Thomas) était vide à l'exception des sœurs Hurni. Roger Whittaker chantait *Don't cry, young lovers, whatever you do*. À une petite table, dans une niche, Tomi tenait son monologue, Koni écoutait.

« Tu sais bien que quand elles en ont un autre, elles vous paraissent soudain mieux. »

Koni fit signe que oui.

« Je n'ai absolument rien contre le fait qu'elle ait un petit ami de temps en temps. Tu sais, je ne suis pas non plus le genre... »

Koni hocha la tête.

« Elle m'a traité comme un merdeux. Elle m'a convoqué dans la bibliothèque pour me faire savoir qu'elle veut divorcer. »

Koni hocha la tête.

« Non : elle ne me le fait pas savoir. Elle me met devant le fait accompli. »

Koni hocha la tête une nouvelle fois.

« Non pas : elle veut divorcer. Elle divorce. Un point c'est tout. »

Thomas Koch vida son verre et le leva. « Comment s'appelle-t-elle ? demanda-t-il.

— Charlotte, souffla Koni.

— Charlotte ! cria Tomi.

— Pour que je ne l'apprenne pas par l'avocat. — Charlotte ! »

La barmaid revint avec un nouveau verre. Sans lever les yeux Tomi lui tendit son verre vide.

« Est-ce que tu accepterais ça ? »

Koni secoua la tête.

« Sais-tu ce qu'elle dépense par mois, en habits ? Rien qu'en habits ? »

Koni secoua la tête.

Tomi avala une gorgée. « Moi non plus, mais je peux te le dire : énormément. Tu n'as qu'à la regarder. »

Koni opina de la tête.

« En particulier maintenant. Quand elles en ont un autre, elles ont toujours l'air mieux. Exprès. Pour te donner une leçon. »

Koni fit signe que oui.

« Moi aussi, je vais lui donner une leçon. Elle sera bien étonnée de savoir ce que la vie coûte. »

Conrad Lang, une des rares personnes à savoir ce que la vie coûte, fit signe que oui.

« Je vais lui donner une leçon. » Tomi fit un signe avec son verre vide en direction du bar.

Lorsque Charlotte eut apporté le whisky, il demanda : « Est-ce que tu fais encore du ski ?

— À vrai dire non, après Aspen, j'ai arrêté. »

En 1971, lors de son second divorce, Thomas était allé chercher Conrad parmi les accessoires, il avait pris l'avion avec lui jusqu'à Aspen et là-bas l'avait habillé et équipé de neuf. Tous deux avaient eu autrefois le même moniteur de ski et au fur et à mesure des nombreux hivers passés à Saint-Moritz, Koni était devenu un assez bon skieur (la luge par contre l'angoissait). À chaque fois, après quelques journées, il faisait même très bonne figure. Mais ça faisait déjà un quart de siècle de cela.

« Ça ne s'oublie pas, c'est comme faire du vélo. Et l'équipement s'est tellement amélioré que tu skies aujourd'hui plus facilement qu'avant. »

Tomi siffla son whisky. « Nous allons à Bariloche, décida-t-il. Ça nous changera les idées. »

Koni ne broncha pas.

« Ce dont tu as besoin, on te l'achètera là-bas. Vérifie seulement que ton passeport est toujours en cours de validité. Nous prenons l'avion dimanche. »

Koni ne bronchait toujours pas.

Tomi brandissait son verre. Lorsque Charlotte arriva, il lui dit : « Portes-en un pour lui aussi.

— Je ne préfère pas », dit Koni. Mais pas assez fort pour que Charlotte l'entende. Elle était déjà retournée au comptoir.

« Il me semble la connaître déjà d'avant.

— Charlotte ?

— Non, celle chez qui tu habites. D'où la connaîtrais-je ?

— C'est la veuve de Röbi Fries.

— Ah, la veuve de Röbi Fries ? Elle doit bien avoir la cinquantaine, elle aussi. Au moins.

— Je ne lui ai pas demandé.

— Mais toujours appétissante. »

Koni fit signe que oui.

« C'est pour ça que tu ne te soûles plus ?

— Aussi pour ça. »

Charlotte apporta les deux whiskys. Tomi leva son verre.

« À Bariloche. »

Koni fit signe que oui.

Comme peu avant minuit Conrad Lang n'avait toujours pas réapparu, Rosemarie oublia sa fierté et composa son numéro. Occupé.

Peu après minuit elle essaya une nouvelle fois. Toujours occupé.

Comme à une heure du matin c'était toujours occupé, elle appela le service des dérangements et apprit alors que l'abonné n'avait pas bien raccroché.

S'il ne voulait pas que je l'appelle, il aurait débranché la prise, se dit Rosemarie et elle appela un taxi.

C'était la troisième fois qu'Othmar Bruhin était tiré de son sommeil à cause de Conrad Lang. Il était cette fois de l'équipe du matin et le réveil n'aurait dû sonner qu'une heure et demie plus tard. Quand il regarda le cadran, il comprit qu'il était trop tôt pour se lever et trop tard pour pouvoir se rendormir.

Il était donc de fort méchante humeur lorsqu'il ouvrit la porte du bas.

La femme qui était devant lui était ce que son père avait coutume d'appeler une "dame", il le voyait bien, même dans la faible lumière de la cage d'escalier. Elle était un peu embarrassée, mais pas autant qu'il aurait convenu à la situation. D'une voix assez déterminée, elle demanda à être conduite jusqu'au palier de Conrad Lang. Elle avait déjà sonné plusieurs fois, mais il n'ouvrait pas.

« Peut-être qu'il n'est pas chez lui, grommela Bruhin.

— Mais il y a de la lumière.

— Peut-être qu'il a laissé allumé. Peut-être qu'il dort.

— Le combiné est mal raccroché.

— Peut-être qu'il ne veut pas qu'on le dérange. Ça doit bien arriver », suggéra Bruhin. Quelque chose chez cette femme le provoquait.

« Écoutez, j'ai peur qu'il soit arrivé quelque chose. Si vous ne m'ouvrez pas et qu'il est arrivé quelque chose, je vous en tiendrai pour responsable. »

Alors Bruhin la laissa entrer et la conduisit au troisième.

Ils sonnèrent et frappèrent, firent du vacarme et appelèrent, jusqu'à ce que la moitié de la maisonnée accoure. Conrad Lang ne réagissait pas. Bruhin aurait renvoyé tout le monde au lit s'il n'y avait pas eu la musique de piano. À cause d'elle il se laissa finalement convaincre d'aller chercher le passe-partout.

La clé n'était pas à l'intérieur. Bruhin et la femme entrèrent et eurent un choc. Conrad Lang était étendu à moitié dévêtu sur le plancher du séjour, une jambe sur un fauteuil, la bouche et les yeux à moitié ouverts. Sur la table, il y avait une bouteille de whisky à moitié vide, à côté d'un keyboard, qui répétait sans relâche les mêmes mesures d'accompagnement d'une valse. TAtata, TAtata, TAtata... La pièce sentait l'alcool et le vomi.

Rosemarie s'agenouilla près de lui. « Koni, murmura-t-elle, Koni », et elle lui prit le pouls.

Conrad poussa un gémissement. Puis il mit son index sur ses lèvres. Psst.

« Si vous voulez mon avis, il est saoul », constata Bruhin et il s'en alla.

Il tranquillisa les habitants de l'immeuble qui attendaient avec inquiétude devant la porte : « Tout est en ordre. Il est saoul. »

Lorsque Conrad Lang se réveilla, il était couché dans son propre lit, il le sut sans même ouvrir les yeux. Il avait reconnu le bruit du trafic : les autos qui s'arrêtaient au feu, attendaient puis redémarraient ; les trams qui cliquetaient à leur station.

La tête et les paupières lui faisaient mal, il avait la bouche sèche et il sentait son bras tout engourdi, comme quand on s'est bêtement couché dessus. Il éprouvait un sentiment désagréable, comme s'il avait dû se repentir de quelque chose dont il n'arrivait pas à se souvenir.

Lentement il ouvrit les yeux. La fenêtre était ouverte mais les rideaux étaient tirés. Il faisait grand jour. Il avait la gueule de bois. Et quoi encore ?

Mais je ne bois pas !, pensa-t-il tout d'un coup. Il referma les yeux. Et quoi encore ?

Tomi ! Et quoi encore ?

Du bruit venait de la cuisine. Puis il entendit des pas. Puis une voix.

« Tu veux prendre des Alka Seltzer ? »

Rosemarie !

Il ouvrit les yeux. Rosemarie se tenait près du lit avec un verre plein d'eau qui pétillait.

Conrad se racla la gorge. « Trois. Trois ça fait un peu de bien.

— Il y en a trois. » Rosemarie lui tendit le verre. Il s'appuya sur son coude et avala le tout d'un trait.

Bariloche !

« Je rentre maintenant à la maison. Si tu veux, tu peux venir quand tu iras mieux ». Elle s'arrêta à la porte : « Non. S'il te plaît, viens, dès que tu iras mieux. »

Quand Conrad Lang sortit de la maison dans l'après-midi, Bruhin revenait justement de son travail d'équipe. « Qu'est-ce que les femmes vous trouvent ? lui dit-il dans la cage d'escalier.

— Qu'est-ce que vous voulez dire ?

— Complètement saoul et couvert de vomi, et elles continuent de s'occuper de vous.

— Couvert de vomi ? » Conrad n'en avait pas retrouvé trace.

« De haut en bas. Ce n'était pas beau à voir. »

Conrad fit arrêter le taxi devant un fleuriste et acheta un grand bouquet de roses de pleine terre de toutes les couleurs qui embaumaient presque trop fort pour son estomac encore mal remis.

Rosemarie sourit en le voyant à la porte avec les roses. « Nous ne manquons pas un cliché, tous les deux. »

Puis elle lui fit un bouillon avec un œuf, s'assit à table à côté de lui et le regarda le remuer précautionneusement avec sa cuillère d'une main qui tremblait légèrement. Lorsqu'il eut fini, elle emporta la tasse et elle revint avec une bouteille de bordeaux et deux verres. « À moins que tu veuilles une bière ? »

Conrad secoua la tête. Rosemarie remplit les verres à ras bord et ils trinquèrent.

« Merde, dit-il.

— Merde », répondit-elle. Puis ils burent chacun une gorgée.

Alors Conrad lui raconta l'histoire de Bariloche.

Ils en étaient maintenant au troisième verre.

« Seulement pour dix jours, dit-il.

— Et quand après il voudra aller à Acapulco, tu diras non ?

— C'est clair.

— Tu ne le feras pas. Je t'ai observé quand il est venu. Tu ne lui dis jamais non. Tu ne l'as jamais fait et tu ne le feras pas. »

Conrad ne répondit rien.

« Tu dois bien le savoir. »

Conrad tournait le pied de son verre.

« C'est ta vie. »

À ce moment il leva les yeux. « J'avais pensé un moment que c'était notre vie. »

Rosemarie frappa du plat de la main sur la table. Il sursauta. « Oui, parce que tu crois que moi je ne l'ai pas pensé ! » lui cria-t-elle.

Les yeux de Conrad s'embuèrent rapidement de larmes. Rosemarie passa son bras autour de lui. Il appuya sa tête contre son épaule et pleura sans retenue.

« Pardon, répétait-il en sanglotant, un vieil homme, qui chiale comme un enfant. »

Lorsqu'il se fut apaisé, elle lui suggéra : « Dis-lui non.

— Je vis grâce à lui. »

Rosemarie lui répliqua : « Alors vis grâce à moi. »

Conrad ne répondit pas.

« L'argent est là. »

Il but une gorgée.

« Il ne faut pas que ça te soit pénible.

— Ça ne m'a encore jamais été pénible, malheureusement.

— Alors tout va très bien.

— Oui. Mais qu'est-ce que je lui dis ?

— Tu lui dis : Va te faire foutre ! »

Thomas Koch était assis dans sa chambre à coucher entre des valises et des sacs à moitié faits et avalait une bière glacée. Sur la console du téléphone, il y avait un plateau avec douze bouteilles pleines. Il était d'une humeur de chien. Koni venait de l'appeler et lui avait communiqué qu'il ne l'accompagnerait pas en Argentine.

« Qu'est-ce que ça veut dire que tu ne viens pas ? » lui avait-il demandé d'un ton amusé.

Conrad Lang ne répondit pas tout de suite. Thomas l'entendit prendre sa respiration. « Je n'ai pas envie de venir. Ne compte pas sur moi.

— Tu es invité. »

De nouveau une pause. « Je sais. Je sais. Je décline cette invitation. Merci encore. »

Thomas trouvait ça un peu irritant à la longue. « Dis donc, tu es cinglé ou quoi ?

— Je suis un homme libre. J'ai le droit de décliner une invitation », dit Koni. Mais le ton n'était déjà plus aussi convaincu.

Tomi éclata de rire. « C'était une bonne plaisanterie. Demain matin à neuf heures. Je t'envoie mon chauffeur. Nous partirons ensemble d'ici jusqu'à l'aéroport. »

Il y eut un moment de silence. Puis Koni dit : « Va te faire foutre ! » et raccrocha.

Thomas rappela sur-le-champ. La veuve de Röbi Fries répondit.

« Passez-moi Koni, commanda-t-il.

— Lang, s'annonça Koni.

— On ne me raccroche pas au nez, rugit Thomas.

— Va te faire foutre », répondit Conrad et il raccrocha.

Thomas Koch se versa une nouvelle bière et l'avala. Puis il fit le numéro intérieur pour avoir Elvira.

« Il s'est décommandé. »

Elvira sut tout de suite de qui il parlait. « Il ne peut absolument pas se le permettre.

— Lui non, mais la veuve de Röbi Fries, si. Il se fait entretenir par elle maintenant.

— Tu es sûr de ce que tu dis ?

— J'ai été chez elle. Il y habite aussi.

— Et qu'il ne boive plus, c'est vrai ça ?

— Avant que j'arrive, oui. » Thomas rit. « Mais quand je suis parti il était aussi saoul que d'habitude.

— Et malgré tout il t'a dit non.

— Il y a cette femme là derrière.

— Et que fais-tu maintenant ?

— Je pars seul.

— Qu'il te laisse tomber, après tout ce que nous avons fait pour lui. Et que nous continuons de faire.

— Ça se monte à combien ?

— Schöller a les chiffres, faut-il qu'il te les donne ?

— Je ne préfère pas. Ça ne fera que m'irriter. »

Dix minutes plus tard Schöller appelait. « Voulez-vous le détail ou la somme globale ?

— Globale.

— Cent cinquante mille six cents francs par an.

— Quoi !

— Voulez-vous le détail par mois ?

— Au besoin, oui.

— Nourriture : 1 800. Logement : 1 150. Assurance et caisse maladie : 600. Vêtements : 500. Fournitures diverses : 500. Argent de poche : 8 000. Ces sommes sont arrondies et ce sont des moyennes.

— Huit mille francs d'argent de poche !, s'exclama Thomas.

— La somme a été augmentée en mars par Madame Senn. Auparavant c'était 1 200 francs.

— A-t-elle mentionné la raison de cette augmentation ?

— Non, elle ne l'a pas fait.

Thomas raccrocha et se servit de la bière. On frappait à la porte.

« Oui », cria-t-il avec colère. Urs entra.

« J'entends dire que tu pars en voyage.

— Peux-tu t'imaginer pourquoi Elvira a augmenté en mars l'argent de poche de Koni, et l'a fait passer de trois cents à deux mille francs par semaine ?

— Elle a fait ça ?

— Schöller vient de me le dire à l'instant.

— Deux mille ! Ça fait une énorme quantité de schnaps.

— Il y a vraiment de quoi se saouler à mort avec ça. »

Urs pensa à quelque chose. Il se sourit à lui-même.

« Qu'est-ce que tu as à ricaner ?

— C'est peut-être justement pour ça qu'elle l'a augmenté. »

Thomas ne réagit pas tout de suite. « Tu crois qu'ainsi... non, tu la crois capable d'une idée pareille ?

— Pas toi ? »

Thomas réfléchit. Puis il sourit. « Si, si, tout à fait. »

Assis entre les vêtements et les bagages, le père et le fils secouaient la tête et ricanaient.

Deux heures plus tard, Thomas Koch se tenait dans la porte de la penthouse de Rosemarie Haug.

« Puis-je te parler entre quatre yeux ?, demanda-t-il à Conrad, sans honorer Rosemarie d'un regard.

— Je n'ai pas de secrets pour Madame Haug.

— Tu en es sûr ?

— Absolument.

— Puis-je entrer ? »

Conrad regarda Rosemarie. « Peut-il entrer ?

— S'il sait se tenir. »

Conrad introduisit Thomas Koch dans le séjour. « Puis-je vous offrir quelque chose, Monsieur Koch ? demanda Rosemarie.

— Une bière. »

Elle apporta une bière pour Koch et de l'eau minérale pour eux deux. Puis elle s'assit à côté de Conrad sur le sofa.

Thomas lui jeta un regard irrité et décida de l'ignorer.

« Je trouve que tu me dois bien de venir avec moi.

— Pourquoi ?

— Corfou par exemple.

— Je regrette cette affaire de Corfou. mais je ne te dois rien.

— Et cent cinquante mille francs par an ? Cent cinquante mille francs, tu appelles ça rien ?

— Pour vous ce n'est rien. Et pour moi ce n'est pas une obligation suffisante pour tout laisser tomber dès que tu me siffles.

— Tu auras l'occasion de vivre ce que *rien* veut dire.

— Je ne peux pas t'en empêcher.

— Et alors tu vivras grâce à elle ? Tu crois que ça l'amuse de nourrir un vieil ivrogne ? »

Conrad Lang regarda Rosemarie. Elle lui prit la main.

« Conrad et moi nous allons nous marier. »

Pendant un instant, cela coupa net la parole à Thomas Koch. « Röbi Fries va se retourner dans sa tombe », lança-t-il finalement en guise de réponse.

Rosemarie se leva. « Je crois qu'il vaut mieux que vous vous en alliez maintenant. »

Il la regarda d'un air incrédule. « Vous me jetez dehors ?

— Je vous prie de vous en aller.

— Et si je ne pars pas ?

— J'appelle la police. »

Thomas Koch s'empara de sa bière. « Elle appelle la police ! s'esclaffa-t-il. Tu as entendu, Koni ? Ta future veut faire jeter dehors — par la police ! — ton plus vieil ami. Tu entends ça ? »

Conrad restait muet et alla vers Rosemarie qui attendait à la porte de l'appartement grande ouverte.

Tomi fit claquer le verre sur la table basse, bondit sur ses jambes, se précipita vers la porte et se dressa devant Koni.

« Tu ne viens donc pas avec moi, c'est là ton dernier mot ? lui cria-t-il.

— Oui.

— À cause de celle-là ?

— Oui.

— Sans moi tu serais valet de ferme, tu l'as oublié peut-être ? »

Soudain une immense paix gagna Conrad. Il regarda Thomas dans les yeux. « Va te faire foutre. »

Thomas Koch lui donna une gifle retentissante.

Conrad Lang rendit le coup.

Puis il alla sur la terrasse et attendit. Il vit Koch sortir en bas par la porte de l'immeuble. Il avait un mouchoir à la main et se mouchait.

« Tomi ! » cria Conrad.

Thomas s'arrêta et leva les yeux. Conrad haussa les épaules dans un geste d'impuissance. Thomas attendit. Conrad secoua la tête. Thomas se détourna et s'en alla.

Conrad sentit la main de Rosemarie sur son épaule. Il lui sourit et passa son bras autour d'elle. « Un triste adieu.

— Mais n'est-ce pas aussi une délivrance ? »

Il réfléchit. « Quand celui qui avait été condamné à vie quitte la prison, c'est aussi un adieu. »

Toute la journée Conrad Lang fut plus silencieux que d'habitude. Le soir venu, il picora sans appétit dans l'assiette froide que Rosemarie mit sur la table. Puis il ouvrit la partition Chopin et tenta de lire. Mais il ne parvenait pas à rassembler ses idées. Elles le ramenaient toujours à Thomas Koch et à l'affreuse scène qui avait mis fin à leur amitié changeante et exclusive. Vers dix heures Rosemarie l'embrassa sur le front et elle le laissa à ses réflexions. « Je ne vais pas tarder non plus », dit-il.

Mais il continua à rôder dans l'appartement, alla sur la terrasse, regardant le lac tout étale à ses pieds, et la lune dans le ciel au-dessus de la ville silencieuse. À plusieurs reprises, il fut tenté de se servir un verre d'alcool fort pris dans le bar de Rosemarie.

Il était presque deux heures du matin, lorsque Conrad se glissa dans le lit. Rosemarie fit comme si elle dormait.

Lorsque Conrad Lang ouvrit les yeux le lende-main matin, Rosemarie était déjà debout. Il ouvrit les rideaux. Le soleil était haut et le ciel de midi était d'un bleu profond. Il était presque une heure. Il avait le cœur léger et il ne savait pas pourquoi.

Sous la douche, la scène avec Thomas lui revint en mémoire. Mais la douleur qu'hier encore il avait éprouvée avait maintenant disparu. Il ne sentait rien d'autre qu'un indescriptible soulagement.

Il mit un soin particulier à s'habiller, cueillit une rose du bouquet qui était sur la coiffeuse de Rose-marie et il la passa à la boutonnière de sa veste d'été.

Rosemarie était assise sur la terrasse et lisait le journal. La lumière rose du store flattait son teint. Elle leva les yeux d'un air inquiet quand elle entendit Conrad. Mais lorsqu'elle le vit si heureux et si actif, elle sourit. « Tu as dormi comme un nourrisson.

— C'est aussi comme ça que je me sens. »

Il prit un petit déjeuner léger, et ils n'échangèrent pas un mot sur Thomas Koch. Ce ne fut que lorsque Conrad dit : « Aujourd'hui je vais nous cuisiner mon fameux Stroganoff », qu'il ajouta : « Pour fêter cette journée. »

Conrad alla au centre commercial, qui était à dix minutes à pied, au centre du village, et il fit ses achats et, comme d'habitude, il acheta trop de choses.

Sur le chemin du retour il se perdit. Lorsqu'il voulut se renseigner auprès d'un passant, il s'aperçut qu'il avait oublié l'adresse de Rosemarie Haug.

Encombré par les sacs de ses courses, il était là, ne sachant que faire dans un quartier qui lui était complètement inconnu. Alors quelqu'un lui prit deux sacs des mains. Et une voix virile lui dit : « Mon Dieu, comme vous êtes chargé, Monsieur Lang. Attendez, je vais vous aider à ramener cela jusqu'à la maison. »

Cet homme était Sven Koller, l'avocat qui habitait l'appartement situé juste au-dessous de chez Rosemarie Haug.

De là jusqu'à la maison il n'y avait pas cent mètres.

4

Conrad Lang s'arrêta de nouveau de boire.

Pour un alcoolique, c'est une activité à temps complet. Entre autres choses, il se remit à jouer au tennis. Le tennis avait fait partie de l'éducation de Tomi, et Koni avait donc aussi appris à jouer.

Rosemarie était membre d'un club où elle le faisait venir un jour sur deux à titre d'invité. « Le tennis est un sport pour la vie entière, disait l'entraîneur, et quand on devient plus âgé, compter est aussi un excellent entraînement pour la mémoire. »

Il n'avait dit ça que par plaisanterie. Il ne savait pas à quel point Koni avait besoin d'exercer sa mémoire.

Depuis cet incident, où il n'avait pas retrouvé la maison de Rosemarie alors qu'il était pratiquement devant, il lui était arrivé d'autres choses de ce genre. Le plus stupide avait eu lieu quand un jour, dans l'ascenseur, il avait appuyé par mégarde sur le bouton de la cave, qu'il était descendu et qu'il n'avait pu retrouver son chemin jusqu'à l'ascenseur que par pur hasard.

Le plus dangereux : il avait mis de l'eau à bouillir (dans sa quête incessante de boissons de substitution, il était tombé sur le thé, toutes sortes de thé) et avait allumé la mauvaise plaque de la cuisinière électrique. Celle sur laquelle — c'était trop bête — il y avait un saladier en bois. Lorsqu'il revint dans la cuisine une demi-heure plus tard (pour prendre l'eau), le saladier de bois brûlait ainsi que le rouleau de papier de cuisine à côté du feu.

Il avait éteint les flammes et fait disparaître les pièces à conviction. Il n'avait encore rien dit de ses absences à Rosemarie. Il ne voulait pas l'inquiéter sans raison, il ne croyait pas qu'il s'agît de quelque chose de sérieux. Le total black-out qu'il avait eu à Corfou, il l'attribuait à sa consommation exagérée d'alcool. Les pannes de mémoire et les petites distractions de ces dernières semaines étaient bien une sorte de défaillance. Mis à part cela, il allait à merveille.

Rosemarie représentait ce qui lui était arrivé de mieux en soixante-cinq ans. Elle le soutenait dans la cure de désintoxication qu'il s'était lui-même prescrite sans pourtant jouer à l'infirmière. Elle savait écouter comme elle savait raconter avec entrain. Elle pouvait se montrer tendre et quand ils étaient dans cette humeur, elle était même très excitante.

Conrad Lang et Rosemarie Haug formaient un couple attrayant : un monsieur d'âge mûr et distingué avec sa femme élégante et soignée. Ils allaient au club de tennis, quelquefois au concert et à l'occasion à leur restaurant préféré. Sinon ils vivaient plutôt retirés. Conrad, qui s'était rapidement révélé meilleur cuisinier, préparait souvent des dîners complets pour lesquels, de temps à autre, tout émoustillés, ils s'habillaient en tenue de soirée. De temps en temps, ils s'asseyaient ensemble au piano, et presque chaque soir ils jouaient quelques parties de backgammon.

Conrad Lang passa ainsi ce qui avait sûrement été l'été le plus heureux de sa vie. Lorsque l'automne arriva, il ne se sentit ni seul ni triste. C'était peut-être la première fois de sa vie.

La chose parut suspecte à Elvira Senn. Lorsque Thomas était revenu bredouille de chez Conrad, il s'était borné à dire : « À partir de maintenant plus un centime. » Il n'avait pas été possible de lui en faire dire plus. Puis il avait pris l'avion pour l'Argentine.

Elle avait voulu donner sur-le-champ les instructions nécessaires à Schöller, pourtant elle avait hésité. Tant qu'elle ne savait pas ce qui s'était passé lors de leur dernière rencontre, elle ne voulait pas prendre de risque. Elle ne voulait pas acculer Conrad si ce n'était pas nécessaire. Qui sait comment il réagirait ?

Au lieu de cela, elle chargea donc Schöller de prendre les informations relatives à la situation présente de Lang. Schöller fit appel à un bureau de détectives avec lequel il travaillait de temps en temps pour de telles missions.

Avant même qu'il ait pu transmettre son rapport à Elvira Senn, elle reçut une lettre de Conrad Lang dans laquelle il la remerciait beaucoup pour son soutien et la priait de cesser celui-ci dans le futur. « Ma vie a pris un tournant décisif, écrivait-il. Je ne dépends plus de ton soutien matériel et j'espère que cette circonstance permettra à notre relation et à notre ancienne amitié de trouver un terrain neuf et moins chargé. »

Comme elle devait peu après l'apprendre de Schöller, ce qu'il racontait du tournant était exact. Il menait avec Rosemarie Haug une vie retirée et bourgeoise. Il semblait effectivement avoir cessé de boire. Sur les photos prises par un observateur que Schöller lui montra, il avait l'air d'aller mieux que jamais.

Elle enjoignit à Schöller de garder un œil sur Koni et de cesser les versements. Puis elle tira d'un compte dont Schöller lui-même ne connaissait pas l'existence cent mille francs qu'elle versa à un organisme d'aide à l'enfance. Elle donna comme nom de donateur celui de Conrad Lang. Elle lui écrivit une lettre pleine de cordialité, lui souhaita des vœux pour cette nouvelle vie qui s'offrait à lui et joignit le reçu.

Conrad Lang lui écrivit une lettre émue dans laquelle il l'assurait qu'il n'oublierait jamais le noble geste qu'elle venait de faire.

C'était bien ainsi du reste qu'elle l'entendait.

Mais pour ce qui était de ne jamais oublier, c'était là le problème pour Conrad.

Par une journée plutôt rébarbative de novembre, il décida de faire une surprise à Rosemarie en lui préparant une fondue. Il prit le taxi pour se rendre en ville chez l'unique fromager qui à son avis avait le mélange qui convient pour une bonne fondue. Il y acheta de quoi servir trois personnes (il détestait qu'il y ait trop peu à manger sur la table), alla chercher à la boulangerie voisine le pain demi-blanc qui convenait et termina ses emplettes par de l'ail, de la maïzena, du kirsch et du vin blanc.

Rentré à la maison, il vit que Rosemarie avait eu la même idée. Il y avait dans le frigo un emballage plein de mélange pour fondue qui venait du même magasin, à côté d'une bouteille de vin du même vignoble. Sur le buffet de la cuisine, il y avait le même pain demi-blanc, achetée chez le même boulanger, à côté d'une boîte de maïzena et d'une bouteille de kirsch de la même marque.

« Transmission de pensée », dit-il en riant à l'adresse de Rosemarie quand il entra dans le séjour.

« Quoi ?

— Moi aussi, j'ai trouvé que c'était un temps pour une fondue.

— Comment ça "aussi" ? »

La mémoire de Lang n'était peut-être plus à la hauteur. Mais ses réflexes, les réflexes d'un homme qui avait été contraint toute sa vie de s'adapter, fonctionnaient encore parfaitement.

« Dis simplement que tu n'as pas envie de fondue, je viens d'en acheter pour trois personnes.

— Mais bien sûr que si ! sourit Rosemarie.

— Eh bien, si ce n'est pas de la transmission de pensée, ça ! »

Il retourna à la cuisine et fit disparaître dans la poubelle un des paquets de fondue, une bouteille de kirsch, un pain demi-blanc et une boîte de maïzena.

Bien qu'il n'y ait encore jamais eu personne en qui Conrad ait eu une confiance aussi illimitée que Rosemarie Haug, il n'arrivait toujours pas à la mettre au courant. En premier lieu il ne voulait pas l'inquiéter avec quelque chose qui, il en était sûr, allait passer. En second lieu les symptômes ressemblaient à des signes de sénilité. Un homme de soixante-cinq ans n'avoue pas volontiers, à la femme de treize ans plus jeune que lui qu'il va épouser prochainement, qu'il souffre d'un commencement de sénilité.

Aussi Conrad Lang inventa-t-il des techniques pour cacher son problème. Il dessina un plan de la maison et des commerces où il faisait d'habitude ses courses. Il établit une liste des noms dont il avait souvent besoin et qui à vrai dire auraient dû être courants pour lui. Il conserva dans son porte-monnaie, dans son portefeuille et dans son porte-clés leur adresse commune. Et pour le cas où il se perdrait à plus grande distance, il emportait avec lui un plan de la ville grâce auquel il pourrait se faire passer pour un touriste égaré.

Mais à la fin novembre il se passa quelque chose sur quoi Conrad n'avait pas compté : il ne retrouva plus son chemin pour sortir du supermarché. Il errait à travers les rayons comme à travers un labyrinthe et ne parvenait pas à trouver la sortie. Il n'y avait rien pour lui permettre de s'orienter, il n'arrivait jamais à un endroit où il aurait pu dire qu'il était déjà passé par là. De plus c'était un petit supermarché.

Pour finir, il décida de se coller aux talons d'une

jeune femme dont le caddy était plein et où il y avait un enfant qui gigotait et n'arrêtait pas de se plaindre. Elle eut tôt fait de remarquer que ce monsieur vieillissant la suivait — qu'il avançait quand elle avançait et s'arrêtait quand elle s'arrêtait. À chaque fois qu'elle jetait un regard méfiant par-dessus son épaule, Lang prenait au hasard quelque chose sur un rayon et le posait dans son chariot. Lorsqu'il fut enfin et heureusement parvenu à la caisse, soulagé, il déballa sur le tapis roulant devant une caissière que rien ne pouvait émouvoir des viandes et des légumes anodins, mais aussi toute une curieuse série de produits, le plus compromettant étant des préservatifs au goût de framboise.

Parfois Conrad souffrait de ses pannes. Il en souffrait surtout parce qu'elles pouvaient le prendre à n'importe quel moment et le laisser désemparé. Parfois il aurait voulu prendre son cerveau à bras-le-corps et lui porter secours, comme il le faisait pour son genou, qui parfois faisait des siennes, ou pour ses reins, qui de temps en temps faisaient mal. D'un autre côté, il n'était pas de ces gens qui aiment regarder la réalité en face. Une vie comme celle qu'il avait menée n'était supportable que si l'on avait appris dès l'enfance à tout refouler.

C'est pourquoi il ne prit pas sur le moment de mesure plus sérieuse que d'acheter une préparation à base de gingko dont il avait entendu dire que cela améliorait les performances de la mémoire. « C'est bon pour les messieurs qui vieillissent avec des femmes plus jeunes », plaisanta-t-il devant Rosemarie, quand elle lui parla de ce flacon, qu'elle avait trouvé près de ses partitions, où il l'avait dissimulé et oublié.

Rosemarie sourit d'un air un peu pensif.

De son premier mariage avec Robert Fries, Rosemarie Haug possédait à Pontresina une belle vieille maison d'Engadine. Après avoir découvert qu'elle servait de nid d'amour à son second mari, elle ne s'en était plus servie et, après son divorce six ans auparavant, elle s'était souvent proposé de la vendre. Mais maintenant, avec Conrad Lang, elle eut soudain de nouveau envie d'aller y passer les fêtes. Il lui semblait que c'était le bon moment et l'homme qu'il fallait pour ça.

Ils prirent le train pour y aller parce que Conrad était d'avis que comme ça les voyages commencent dès le départ. Rosemarie, qui aurait pris plus volontiers l'Audi Quattro, qui restait au garage sans jamais rouler, regretta bien vite de s'être laissé convaincre. Tout au long du voyage, Conrad se montra en effet sous un jour qu'elle n'avait pas encore remarqué chez lui. Il était si nerveux avant le départ qu'ils arrivèrent avec presque trois quarts d'heure d'avance à la gare. Il n'arrêtait pas de chercher les billets, comptait et recomptait les bagages et, pendant tout le trajet, passé pourtant dans une confortable voiture de première classe et dans la voiture de restaurant qui inspirait si bien la nostalgie, il était si tendu, si déconcentré, qu'elle était complètement épuisée quand ils arrivèrent enfin.

Madame Candrian, la dame qui s'occupait de la

maison, s'était donné beaucoup de peine. Les chambres avaient été aérées, le ménage fait, les lits étaient préparés, et le réfrigérateur aussi était rempli. Sur le buffet de l'entrée, elle avait disposé une couronne de sapin pour célébrer l'Avent, et sur le poêle en faïence bien chaud de la pièce aux rondins de pin, des épluchures de pomme sèches embaumaient.

Rosemarie avait à peine pu attendre pour montrer à Conrad cet endroit qui avait naguère tant signifié pour elle et qui avec lui allait retrouver tout son sens. Mais quand elle le conduisit à travers la vieille maison, il était tellement distrait et si peu attentif que cela frisait l'impolitesse.

Ils allèrent se coucher tôt. Pour la première fois depuis qu'ils se connaissaient, il y avait entre eux au moment de s'endormir quelque chose de non dit.

Le lendemain, Rosemarie tomba par hasard sur les aide-mémoire de Conrad.

Comme il le faisait souvent depuis une date récente, Conrad dormit jusque tard dans la matinée. Rosemarie préparait le petit déjeuner. C'est à ce moment-là qu'elle trouva le portefeuille de Conrad dans le frigo.

Lorsqu'elle le posa sur la table de la cuisine, une feuille en tomba. Elle était écrite des deux côtés. Sur le recto, il y avait le tracé d'un chemin avec l'emplacement du boucher, de la boulangerie, du kiosque à journaux, du centre commercial et de son appartement, auprès duquel il était écrit « Nous ». Au verso, il y avait les noms de personnes bien connues, de

voisins, de la femme de ménage. Et tout en bas, sou-
ligné en gras, il y avait : « Elle, c'est Rosemarie ! »

Rosemarie remit cette feuille dans le portefeuille.
Lorsque Conrad fut levé, elle lui proposa de faire
une promenade jusqu'au Stazersee.

Ce n'était pas encore le remue-ménage de Noël.
Sur les chemins fraîchement dégagés qui traversaient
la forêt profondément enneigée, ils ne rencontrèrent
que peu de promeneurs. La plupart étaient comme
eux : des couples aisés qui n'avaient plus à tenir
compte des vacances scolaires et des congés officiels.
Lorsqu'ils s'approchaient les uns des autres, ils se
taisaient et lorsqu'ils se croisaient, ils se disaient
« Grüezi » ou bien « Grüss Gott », et puis on entendait, dans le silence, le crissement de quatre paires
de bottes de bonne qualité dans la neige nouvelle et
bien tassée, et de loin les voix qui reprenaient la
conversation interrompue.

« Mais tu connais ça aussi ! Tu vas à la cuisine,
parce que tu as oublié la louche, et puis te voilà dans
la cuisine et tu ne sais plus ce que tu voulais y faire. »

Rosemarie avait pris le bras de Conrad. Elle fit
signe que oui.

« C'est comme ça, poursuivit Conrad, mais en
exagéré. Tu es dans la chambre avec la louche à la
main et tu ne sais pas ce que tu viens faire là avec
cette louche. Alors tu retournes dans le séjour, dans
la salle de bains, dans la cuisine, dans la salle à manger, et tu n'arrives toujours pas à retrouver ce que tu
voulais faire avec la louche.

— Et pour finir tu la caches dans l'armoire à
linge, compléta Rosemarie.

— Tu connais ça aussi ?

— C'est là que je l'ai retrouvée. »

Ils continuèrent leur chemin en silence. Cela faisait une demi-heure que Rosemarie avait abordé ce sujet. Après avoir longtemps hésité — elle avait choisi une entrée en matière pleine de ménagements qui lui avait paru de plus en plus stupide. Elle s'était finalement résolue à aller droit au but. « Je suis tombée sur le papier qui te permet de retrouver notre appartement et de te souvenir de mon nom.

— Où ? avait-il demandé.

— Dans le réfrigérateur. »

Il rit. Mais comme cela, la glace était rompue. Il lui raconta tout. Tout ce dont il pouvait se souvenir.

Un couple venait vers eux, se tut, salua et disparut de leur champ de vision. Après un moment, Rosemarie dit avec précaution :

« Ce n'était pas la première fois que je trouvais des choses à de drôles d'endroits.

— Par exemple ?

— Des chaussettes dans le four.

— Dans le four ? Pourquoi n'as-tu rien dit ?

— Je n'ai pas considéré que c'était important. Une petite distraction.

— Quoi d'autre ?

— Ah rien.

— Tu as dit : Des choses. »

Rosemarie lui pressa le bras : « Des préservatifs dans le congélateur.

— Des préservatifs ? » Conrad rit avec un peu d'embarras.

« Au goût de framboise.

Il s'arrêta. « Tu es sûre ?

— C'était écrit dessus.

— Je veux dire : est-ce que tu es sûre pour le congélateur. » Conrad avait l'air maintenant un peu énervé. Rosemarie fit signe que oui.

« Et pourquoi n'as-tu rien dit ?

— Je ne voulais pas...ah, je ne sais pas. »

Ils continuèrent lentement leur chemin. Conrad se détendit. Soudain il rit franchement : « Au goût de framboise. »

Rosemarie rit aussi. « Peut-être devrais-tu consulter un médecin. »

— Tu crois que c'est si sérieux que ça ?

— Rien que par précaution.

Derrière eux ils entendirent le bruit de sonnailles d'un traîneau à chevaux. Ils se rangèrent sur le bas-côté pour le laisser passer. Deux petits visages tout vieux, perdus sous d'énormes chapeaux de fourrure, les regardaient de dessous leurs couvertures de peaux de mouton.

Ils continuèrent leur chemin dans la chaude odeur des chevaux. Lorsque ce cliquetis se fut évanoui, Conrad dit : « C'était bien que je puisse parler pour une fois aussi ouvertement avec quelqu'un. Avec Rosemarie c'est impossible. »

Rosemarie s'arrêta. « Mais je suis Rosemarie. »

Pendant une fraction de seconde elle pensa qu'il allait perdre contenance. Puis il s'esclaffa : « Je t'ai eue ! »

La décision de consulter un médecin donna de l'élan à Conrad. Comme si l'intention d'aller au fond de ses problèmes allait en même temps en apporter la solution. Sa mémoire ne lui jouait plus de tours. Rosemarie n'eut jamais le sentiment qu'il la confondait avec quelqu'un d'autre.

Ils passèrent une soirée de Noël harmonieuse et sentimentale, avec un sapin tout illuminé et la messe de minuit. Et une nuit de la Saint-Sylvestre avec beaucoup d'huîtres mais pas de champagne et ils restèrent une demi-heure les fenêtres ouvertes à écouter les carillons au loin.

Ils commencèrent la nouvelle année pleins de confiance en l'avenir.

Au matin de l'Épiphanie, Conrad Lang se leva doucement vers quatre heures du matin, se glissa hors de la chambre, enfila deux paires de chaussettes et mit un manteau de pluie par-dessus son pyjama. Il endossa la cape en fourrure de Rosemarie et ouvrit la lourde porte qui donnait sur l'extérieur, sortit dans la nuit d'hiver resplendissante d'étoiles et s'engagea rapidement sur la grand-route en direction de la sortie du village. Là-bas, il prit un embranchement, traversa avec précaution la voie ferrée et se mit vaillamment en route vers la forêt de Stazer.

La nuit était froide et Conrad fut heureux de trouver une paire de gants peau de porc dans la poche de son manteau. Il les enfila sans ralentir son rythme. S'il continuait comme ça, il serait arrivé dans une heure. Il était bien assez tôt. Il pourrait même se permettre d'attendre. Il avait fait exprès de se lever si tôt.

La forêt était profondément enneigée, de hautes

murailles de neige bordaient le chemin et absorbaient les bruits. Il n'aurait même pas eu besoin de mettre des pantoufles.

De temps en temps, dans des endroits qui avaient été dégagés à la pelle apparaissaient des bancs de repos. Auprès de chacun il y avait une corbeille à papiers, sur laquelle on voyait sur fond jaune le dessin d'un bonhomme qui jetait quelque chose dans une corbeille. Mais cela ne dit rien à Conrad. Et il ne jeta rien dedans.

Tout se déroulait selon le plan prévu jusqu'à ce qu'il arrive en un point où le chemin se divisait. Il y avait là un panneau indicateur avec deux panneaux jaunes. Sur l'un était écrit : « Pontresina 1/2 h », sur l'autre : « Saint-Moritz 1h 1/4. » Il n'avait pas prévu ça.

Il s'arrêta et chercha à comprendre le tour qu'on voulait lui jouer. Il lui fallut du temps pour démêler la situation : on voulait l'entraîner sur une fausse piste. Cela le fit rire. Il était là, secouant la tête et riant toujours. *Lui*, l'attirer sur une fausse piste !

Lorsque Rosemarie s'éveilla, il faisait encore nuit noire. Elle sentit qu'il y avait quelque chose d'anormal. La place de Conrad dans le lit était vide.

« Conrad ? »

Elle se leva, fit de la lumière, enfila sa robe de chambre et sortit.

« Conrad ? »

Dans le vestibule la lumière était allumée. Le manteau en poil de chameau de Conrad était dans la penderie, ses bottes de neige séchaient sur le paillasson, il devait donc être dans la maison.

La porte du sas était fermée mais, en passant devant, elle sentit un courant d'air froid. Elle l'ouvrit. Elle sentit l'air glacé de la nuit. La porte de la maison était grande ouverte.

Elle revint sur ses pas, enfila ses bottes de peau de mouton et mit son loden doublé. L'endroit où aurait dû se trouver sa cape en fourrure était vide.

Elle s'avança devant la porte.

« Conrad ! »

Puis un peu plus fort : « Conrad ! »

Tout restait silencieux. Elle marcha devant la maison jusqu'à la porte du jardin. Elle était ouverte. La rue du village était plongée dans un calme absolu. Aucune maison n'était éclairée.

L'horloge sonna cinq heures.

Rosemarie rentra dans la maison, ouvrit la porte de chaque chambre et appela à haute voix : « Conrad ! »

Puis elle alla au téléphone et composa le numéro de la police.

Hercli Caprez était depuis longtemps policier en Haute-Engadine. Il avait l'habitude qu'on constate, de nuit, l'absence des jeunes messieurs aisés. Mais il savait aussi, bien entendu, qu'il devait prendre ces cas très au sérieux. Il y avait ici en saison beaucoup de gens influents qui par leur position pouvaient lui rendre la vie difficile. Son jeune collègue ne possédait pas encore cette clairvoyance, mais il avait suffisamment de respect pour n'ouvrir la bouche que quand il était interrogé.

Sur le ton officiel qui convenait, sous les yeux de

Rosemarie Haug, il communiqua aussitôt au téléphone le signalement de Conrad Lang. « D'après les données dont nous disposons, la personne recherchée porte un manteau de pluie et un pyjama, il n'a pas de chaussures et porte une cape de dame en castor. »

Cela fit rire le policier à l'autre bout. « Il ne devrait pas être trop difficile à trouver ! » Caprez répondit discrètement par un « merci ».

Il raccrocha, regarda Rosemarie dans les yeux et dit : « Les recherches sont lancées, Madame Haug. »

Dès les premières lueurs de l'aube, Fausto Bertini conduisit le traîneau à chevaux numéro 1 à l'atelier de l'entreprise de transport pour laquelle il travaillait en hiver. Le revêtement de fer d'un des patins s'était défait et devait être réparé avant qu'il ne s'arrache. C'était la pleine saison et tous les traîneaux étaient en service.

Le véhicule endommagé tanguait et hoquetait tous les quelques mètres, faisant perdre son pas à la jument, ce qui faisait jurer Bertini.

Arrivé à l'embranchement de Pontresina, l'animal s'arrêta complètement.

« Huh ! » cria Bertini. « Huh ! » Et comme cela ne servait à rien il se mit à jurer : « *Porca miseria !* » et « *Va fa'enculo !* »

La jument ne bougeait pas. Comme Bertini allait sortir le fouet de son attache, où il le laissait le plus souvent — parce que en dépit de ses expressions c'était un cocher aux manières douces —, il vit un bout de peau qui remuait devant le poteau indicateur. La jument prit peur. « Hoo, hoo », fit Bertini. Lorsqu'il l'eut calmée, il descendit avec précaution de son siège et marcha doucement vers cet animal à fourrure.

Ce n'était pas un animal, c'était un bonnet de fourrure. Il reposait sur la tête d'un monsieur un peu âgé qui dépassait d'un trou dans la neige profonde.

« Je crois que j'ai les pieds gelés », dit-il.

Les pieds de Conrad Lang n'étaient pas gelés. Mais il fallut lui amputer deux orteils au pied gauche et un au pied droit. En dehors de cela il s'en était étonnamment bien tiré. Les médecins dirent qu'en s'ensevelissant dans la neige il s'était sauvé la vie.

Il ne se souvenait plus de rien jusqu'au moment où il avait entendu les clochettes du traîneau. Lorsque Bertini l'eut hissé sur le traîneau, il ne disait que des choses décousues. À l'hôpital de Samedan, peu après son admission, il perdit conscience à deux reprises. Mais à présent, l'incident semblait lui peser moins qu'à Rosemarie. Son principal problème était : sortir de l'hôpital.

Comme Rosemarie Haug n'était ni une parente ni une épouse, elle n'avait aucun droit sur la personne de Conrad ; par chance elle avait de bonnes relations avec la direction de l'hôpital et elle put prier le médecin-chef de ne laisser sortir Conrad que quand il aurait été examiné par un neurologue.

Deux jours plus tard le docteur Félix Wirth débarquait à Samedan.

Félix Wirth était l'une des rares personnes du cercle d'amis de son second mariage avec laquelle Rosemarie était restée en contact. Il avait fait ses études avec son mari et ils ne s'étaient pas perdus de vue, bien que tous deux se soient spécialisés dans deux domaines très différents, son mari en chirurgie et Félix Wirth en neurologie.

Lors de leur divorce, marqué par une bataille plutôt sordide, Félix s'était, à la surprise de tous, rangé de son côté à elle, et il avait même témoigné en sa faveur devant le tribunal.

Félix Wirth était toujours là quand elle avait besoin de lui. Qu'elle ne lui ait pas demandé conseil plus tôt, elle ne pouvait se l'expliquer sinon en se disant que, comme Conrad, elle voulait se fermer les yeux devant la réalité. Il avait tout de suite accepté d'examiner Conrad Lang sans mentionner à celui-ci qu'il le faisait à la demande de Rosemarie Haug.

Elle alla le chercher à l'aéroport. Pendant tout le trajet en taxi jusqu'à l'hôpital, le docteur Wirth questionna Rosemarie Haug. Peut-il se raser seul ? Est-ce qu'il participe à ce qui passe autour de lui ? Peut-il prendre en charge tout seul les petits soins nécessaires à sa personne ? Est-ce qu'il reprend tout de suite une conversation quand elle a été interrompue ?

« Il n'est pas sénile. Il a simplement ces blancs complets dont je t'ai parlé au téléphone.

— Excuse-moi mais il faut que je te pose toutes ces questions. »

Ils se turent alors jusqu'à ce que le taxi s'arrête devant l'hôpital. Lorsque le docteur Wirth descendit, Rosemarie dit : « J'ai peur que ce soit la maladie d'Alzheimer. »

Le docteur Wirth la serra contre elle. Puis il descendit.

« Vous êtes un spécialiste du cerveau ? demanda Conrad Lang, lorsque le docteur Wirth eut terminé sa consultation relative à l'anamnèse.

— On peut dire ça comme ça.

— Et vous êtes lié par le secret médical ?

— Naturellement.

— Ce que j'ai à vous dire est de l'ordre du secret : je ne voudrais inquiéter personne mais je crois que j'ai la maladie d'Alzheimer.

— Que vous me disiez cela, Monsieur Lang, témoigne justement contre un tel diagnostic. Ces absences peuvent avoir beaucoup de causes.

— Je préférerais pourtant que vous m'examiniez sous l'angle de la maladie d'Alzheimer. Madame Haug et moi avons en effet l'intention de nous marier. »

Cette information était inattendue pour le docteur Wirth. Il eut besoin d'un moment pour reprendre son ton professionnel. « Jusqu'à maintenant, il n'y a malheureusement aucun diagnostic sûr concernant la démence liée à la maladie d'Alzheimer. La seule chose que nous puissions faire, c'est essayer d'exclure les autres hypothèses. Mais même si nous pouvions les exclure toutes, nous ne saurions toujours pas si vous avez la maladie d'Alzheimer. En tout cas, pas avec une certitude absolue.

— Mais avec de très fortes probabilités ?

— Oui, certainement.

— Alors commençons à exclure. »

Le docteur s'assit près du lit, ouvrit sa serviette et en sortit quelques papiers. « Je vais maintenant vous poser trente questions et vous assigner trente tâches à accomplir.

— C'est un test ?

— Une sorte d'inventaire.

— Commencez

— Quel jour de la semaine sommes-nous aujourd'hui ?

— Aucune idée. Mardi ?

— Jeudi. » Le docteur Wirth fit une croix sur son questionnaire. « Mille neuf cent combien ?

— Soixante-treize ? »

Le docteur Wirth fit une croix. « En quelle saison sommes-nous ?

— Je voulais dire quatre-vingt treize.

— En quelle saison sommes-nous ?

— Quatre-vingt seize ? Je sais pourtant en quelle année nous sommes. »

— Est-ce que nous sommes au printemps, en été, en automne ou en hiver ?

— Mais regardez donc dehors ! C'est l'hiver.

— Quel mois ?

— Décembre. Non, janvier. J'en reste à janvier.

— Le combien ?

— Question suivante ?

— Où sommes-nous ?

— À l'hôpital.

— À quel étage ?

— J'étais inconscient lorsqu'on m'a amené.

— Dans quelle localité sommes-nous ?

— Si je savais ça, je saurais aussi à quel étage nous sommes.

— Quel canton ?

— Les Grisons.

— Dans quel pays ?

— En Grèce.

— Répétez après moi : citron.

— Citron.

— Clé.

— Clé.

— Balle.

— Balle.

— Et maintenant, s'il vous plaît, retranchez sept de cent. »

Conrad répéta : « Et maintenant retranchez sept de cent.

— Non, il s'agit à présent d'arithmétique. Faites cette opération, s'il vous plaît. »

Conrad Lang fit le calcul. Le docteur attendait patiemment.

« Le changement est si abrupt.

— C'est intentionnel.

Conrad calcula. « Quatre-vingt-treize.

— Retranchez de nouveau sept. »

Quatre fois Conrad Lang dut soustraire le nombre 7 du nombre directement antérieur. Cela ne lui fut pas facile mais il y parvint.

« C'était très bien, dit le docteur Wirth. Quels étaient les trois mots que je vous ai demandé de répéter tout à l'heure ?

— Trois mots ?

« — Je vous ai demandé de répéter trois mots après moi. Pouvez-vous vous en souvenir ?

— Si j'avais su qu'il fallait que je m'en souvienne, je pourrais le faire maintenant. »

Le docteur Wirth fit trois croix et releva son crayon.

« Ce test est déloyal. Si on ne connaît pas les règles du jeu à l'avance, on n'a aucune chance. »

Le docteur Wirth tenait toujours son crayon en l'air. « S'il vous plaît, Monsieur Lang, qu'est-ce que c'est que ça ?

— C'est pour écrire. »

Le docteur Wirth traça sa croix. Puis il montra sa montre-bracelet. « Et ça ?

— Citron. L'un de ces mots était citron.

— Pour les trois mots ?

— L'un d'entre eux était citron. Ou balle.

— Balle ou citron ?

— Je ne me souviens plus. »

Le docteur Wirth indiqua sa montre.

« Onze heures ? » devina Conrad Lang.

Le médecin traça sa croix. « Répétez, s'il vous plaît, cette phrase après moi : *S'il vous plaît, pas des si ni des mais.*

— S'il vous plaît, pas de si ni de mais. On dit *de*, pas *des*. »

Le docteur Wirth lui donna une feuille de papier. « Prenez cette feuille dans la main droite. »

Conrad la prit.

« Pliez-la par le milieu. »

Lang la plia.

« Laissez-la tomber sur le sol. »

Conrad Lang regarda le docteur Wirth avec étonnement, haussa les épaules et laissa tomber la feuille au-delà du bord du lit. Elle plana sur deux mètres, puis se posa sur le linoléum bien astiqué.

Le docteur lui donna une autre feuille de papier. Il était écrit dessus :

« Lisez : Fermez les deux yeux ! Et faites-le. »

Lang haussa les épaules et regarda le docteur Wirth sans comprendre.

« Vous devez fermer les deux yeux ! Le lire et le faire. »

Lang ne comprit pas. « Question suivante. »

Le docteur Wirth lui tendit une nouvelle feuille. « Écrivez une phrase quelconque sur cette feuille. »

Conrad Lang écrivit : « Lequel de nous deux divague ? » et la lui rendit. Le docteur Wirth la lut, sourit d'un air pincé et lui donna un nouveau papier. Il y avait deux pentagones dessinés dessus. L'un d'eux était emboîté dans l'un des côtés de l'autre. « Recopiez cela s'il vous plaît. »

Conrad mit du temps pour venir à bout de cette dernière tâche. Mais à la fin il trouva qu'il y avait pas mal réussi.

Par contre, le docteur Wirth lui mit un zéro.

Conrad Lang eut dix-huit points sur un total global de trente points à ce test. C'était un résultat catastrophique. Même si le docteur Wirth lui accorda qu'étant donné les circonstances il était difficile de répondre aux questions relatives au lieu et à l'heure, même s'il admit que, pour des motifs strictement personnels, il n'avait pas mené le questionnaire avec une parfaite équité, le patient n'aurait pas atteint les vingt-six points qu'un homme en bonne santé devait atteindre dans le pire des cas.

Le docteur pressa vivement Rosemarie Haug de faire subir à Conrad Lang d'autres examens à la clinique de l'Université.

« Si cela peut te tranquilliser », dit Conrad, lorsque Rosemarie lui soumit cette proposition.

Trois jours plus tard, Conrad était installé dans une chambre individuelle à la clinique de l'Université. Il ne remarqua pas qu'il s'agissait du département de gériatrie.

Sur la base des examens de laboratoire, analyse du sang et du liquide céphalo-rachidien, on pouvait exclure toute infection du cerveau.

L'électro-encéphalogramme ne révéla pas non plus d'autres causes de démence.

Les mesures de l'irrigation du cerveau exclurent des perturbations de celle-ci dues à l'artériosclérose.

L'examen des taux d'oxygène et de glucose dans les échanges cérébraux indiqua un amoindrissement de l'oxygénation de certaines zones du cerveau.

Deux semaines après avoir été trouvé avec des orteils gelés au fond d'un trou de neige dans la forêt de Stazer par un cocher de la Valteline, Conrad Lang était assis, revêtu d'une chemise d'hôpital, dans un fauteuil recouvert d'une toile en matière plastique. Il était gelé.

Une assistante vint lui mettre une couverture et poussa le fauteuil dans l'ouverture circulaire du tomographe numérique. Le cylindre commença à tourner. Lentement, plus vite, toujours plus vite.

Conrad se retrouva une nouvelle fois dans une grotte bleue. Tout disparut autour de lui.

Tout au loin une voix disait : « Monsieur Lang ? »

Et encore une fois : « Monsieur Lang ? »

On cherchait un certain Monsieur Lang.

Une main se posa légèrement sur son front. Il l'écarta et se leva. Lorsqu'il voulut quitter son fauteuil, il s'aperçut qu'il avait les pieds pansés.

« Je veux m'en aller d'ici, dit-il à Rosemarie, lorsqu'elle entra dans sa chambre. Ici ils te coupent les orteils. »

Elle pensa qu'il voulait plaisanter et sourit. Mais Conrad rejeta la couverture. Il avait enlevé ses bandages et il montra triomphalement les cicatrices à peine refermées de ses pieds.

« Hier c'étaient deux, dit-il, et aujourd'hui c'est trois. »

Le même jour Conrad Lang put sortir de la clinique de l'Université. Les examens cliniques avaient exclu la plupart des autres causes.

À la demande instante de Rosemarie le docteur Wirth avait accepté que les tests psychologiques se fassent sans hospitalisation.

Le rapport que lui fit Schöller surprit Elvira Senn.

« En gériatrie ? répéta-t-elle.

— Il y subit des examens cérébraux. Il souffre de troubles de la mémoire. La démence. »

— La démence ? À cet âge ? Il a tout juste soixante-cinq ans !

— Mais il y a un peu aidé. » Schöller fit le geste de lever un verre invisible.

« Est-ce qu'on peut faire quelque chose contre ?

— Si par exemple c'est la maladie d'Alzheimer, non.

— Et c'est ce qu'on pense ?

— Il le faut bien. Plus de la moitié des gens qui sont examinés là-bas en souffrent. »

Elvira Senn secoua la tête pensivement. « Tenez-moi au courant. » Puis elle passa à d'autres sujets.

Lorsque Schöller eut quitté son cabinet de travail, elle se leva et se dirigea vers la bibliothèque où il y avait quelques photos souvenirs. L'une d'entre elles la montrait jeune fille avec Wilhelm Koch, le fondateur de la firme, un monsieur assez âgé et raide. Sur l'autre, on la voyait au bras d'Edgar Senn, son second mari. Entre eux deux il y avait Thomas Koch à l'âge d'environ dix ans.

Elvira prit un album de photos sur l'étagère et le feuilleta. Elle s'arrêta un instant sur une photo qui la montrait avec Thomas et Conrad petits garçons sur la place Saint-Marc. Il n'y avait pas si longtemps, Conrad l'avait effrayée avec ses souvenirs si soudains et si précis de ce voyage à Venise. Était-il possible qu'un destin favorable ait commencé à effacer une fois pour toutes ces souvenirs ?

Elle reposa l'album sur le rayonnage. Il faisait sombre maintenant. Elle alluma la lumière et alla à la fenêtre. En tirant les rideaux, elle vit un moment son reflet dans la vitre. Elle souriait.

« Le lion est dévoré par un tigre. Quel animal est mort ? » lui demanda le docteur Wirth. Conrad Lang savait depuis longtemps qu'il fallait l'emmerder.

« Le tigre », répondit-il. Le docteur Wirth prit note.

« Je vous ai eu, rit Conrad.

— Ce n'est pas un jeu, Monsieur Lang, le prévint avec gravité le docteur.

— Quoi d'autre sinon ? C'est même un jeu particulièrement stupide. Qu'est-ce qu'une banane et tel ou tel machin ont en commun ? Quelles sont les choses qui sont sous ce drap, dessinez une montre. Je ne suis pas un enfant ! Vos parents n'étaient pas nés que je savais déjà lire l'heure !

— Il est important que nous fassions ce test, il nous sert pour le diagnostic. » Le docteur Wirth leva un petit marteau de caoutchouc. « Comment appelle-t-on ce marteau ?

— Ne changez donc pas de sujet ?

— Vous ne le savez pas ?

— D'où le saurais-je ?

— Parce que je vous l'ai dit il y a quelques minutes.

— Aucune idée.

— Marteau-réflexe », dit le docteur Wirth et il en prit note. Non sans plaisir, sembla-t-il à Conrad.

« Est-ce que vous croyez vraiment que je ne remarque pas ce qui se passe ici ? Vous voulez me faire passer auprès d'elle pour sénile et gâteux, parce que vous-même avez des visées sur elle.

« — Sur qui ?

— Sur Élisabeth, bien sûr ! »

Le docteur Wirth prit note. « Vous voulez dire Rosemarie.

— C'est ce que j'ai dit.

— Non, vous avez dit Élisabeth. »

Conrad ne répondit pas. Il respira profondément et tenta de se calmer. Il n'avait cessé de se dire qu'il ne devait pas se laisser démonter par le docteur Wirth. Pourtant celui-ci y parvenait toujours. Il savait comment le déstabiliser. « Dessinez ça, quel jour sommes-nous aujourd'hui, qu'est-ce que c'est que ça, à quoi ça sert, reconnaissez-vous la personne sur cette photo ? » Cet homme était psychologue et spécialement formé pour faire perdre contenance à des gens comme lui. Quand il y avait réussi une fois, il pouvait le piéger avec des questions d'une simplicité enfantine. Avec des questions auxquelles, dans des circonstances normales et sans y réfléchir, il aurait donné la réponse juste. Mais les circonstances n'étaient pas normales.

Ce fut que parce qu'il avait promis à Rosemarie de subir ces tests qu'il dit finalement : « Poursuivons.

— Nous avons presque fini, dit le docteur Wirth. Je vous prie maintenant de m'expliquer le proverbe suivant : "Celui qui creuse la tombe de l'autre s'y enterre lui-même." »

Conrad Lang réfléchit un moment. Puis il se leva. « Je n'ai pas cinq ans », dit-il. Il sortit de la salle de consultation, gagna le vestibule puis le couloir.

Le docteur Wirth le suivit. « Laissez-moi au moins vous appeler un taxi », lui cria-t-il.

Conrad était déjà dans l'ascenseur et avait appuyé sur le bouton. La porte automatique se referma et l'ascenseur descendit.

Arrivé tout en haut il quitta l'ascenseur mais ne put trouver la sortie.

Après un moment arriva le docteur Wirth, il le ramena à l'ascenseur et le reconduisit à la sortie.

Devant l'immeuble il y avait un taxi. Wirth donna une adresse au chauffeur.

Lorsque le taxi arriva à sa destination, Rosemarie l'attendait à la porte du jardin.

Au printemps, Rosemarie alla à Capri avec Conrad. Elle savait que ce voyage serait très astreignant parce que Conrad devenait de jour en jour plus compliqué à vivre. Mais ces derniers temps il parlait toujours de Capri, comme s'ils y avaient été ensemble. C'est ainsi qu'elle avait eu l'idée de se forger avec lui des souvenirs communs de Capri.

Elle loua chez un loueur de voitures de maître une grande Mercedes avec chauffeur. Cela lui parut bien un peu snob, mais prendre le tram avec Conrad, c'était déjà assez épuisant pour les nerfs ; elle voulait donc s'épargner et lui épargner un voyage en train ou en avion.

Conrad apprécia le voyage en limousine comme s'il n'avait voyagé toute sa vie qu'avec chauffeur. À Naples seulement, quand ils prirent le motoscafo et qu'il ne vit plus les bagages, il eut un court moment de panique.

Lorsque, à l'entrée du port, le bateau réduisit les gaz et que les flotteurs replongèrent, Conrad passa son bras sur ses épaules et la serra plus près de lui comme s'il voulait dire : « Tu t'en souviens ? »

Conrad connaissait tous les sentiers et toutes les criques de Capri. Il conduisit Rosemarie sur les ruines de la villa de Tibère, il mangea avec elle un plat de jeunes fèves sauvages dans le jardin d'une trattoria sous les citronniers, et il la conduisit à travers la villa Fersen dont la ruine soudaine le laissa désemparé.

« Tu t'en souviens ? Tu t'y retrouves ? » n'arrêtait-il pas de lui demander. Lorsqu'elle lui déclarait : « Nous n'avons jamais été ici ensemble encore », il la regardait avec un peu d'irritation puis murmurait : « Naturellement, excuse-moi. » Peu après, il lui demandait de nouveau : « Ça te revient ? Tu t'en souviens ? »

À la fin, Rosemarie renonça à le corriger. Elle apprit à se fondre dans des souvenirs qui n'étaient pas les siens. Tous deux passèrent encore quelques jours heureux sur cette île qui avait été celle de son premier grand amour.

5

Assise dans le séjour, Rosemarie Haug lisait dans le journal qu'Urs Koch, trente-deux ans, était entré au conseil d'administration des entreprises Koch et avait repris la direction du département électronique. Thomas Koch, soixante-six ans, se retirait pour sa part du secteur opérationnel.

Le commentateur de cette nouvelle la présentait comme un premier pas vers un changement de pouvoir à la tête des entreprises. Non pas un glissement du père au fils, comme on voulait le faire croire aux gens de l'extérieur, mais de la belle-grand-mère au petit-fils. Elvira Senn avait dirigé d'une main sûre l'entreprise, d'abord en tant que présidente du conseil d'administration, puis par la suite en qualité d'éminence grise. L'influence de Thomas Koch, le bon vivant, sur la direction opérationnelle, avait été cadrée dans les limites strictement définies par Elvira durant tout ce temps. L'intronisation du talentueux et ambitieux Urs à la tête du secteur de l'électronique, qui n'était certes pas le plus vaste, mais qui était prestigieux, devait être interprétée comme le signe évident que la succession était entrée dans une phase décisive.

Rosemarie reposa le journal. Elle ne savait pas si des nouvelles de la maison Koch pouvaient momentanément faire partie des choses susceptibles de retenir l'attention de Conrad. Depuis leur retour de Capri, elle fréquentait régulièrement, parfois avec lui, parfois seule, une antenne de conseil pour les patients de la maladie d'Alzheimer et leur famille. Elle s'y sentait un peu déplacée par rapport à tous les couples officiels qui venaient là. Il lui était pénible d'être la seule que son partenaire confondait toujours avec une autre, bien que les autres symptômes fussent bien plus avancés chez la plupart des autres malades. Elle le faisait parce qu'il fallait qu'elle fasse quelque chose.

Conrad y faisait des exercices pour entraîner sa mémoire qu'elle continuait avec lui à la maison. Elle s'efforçait aussi de suivre scrupuleusement les autres conseils qu'on lui donnait, elle n'arrêtait pas de lui répéter la date et le jour de la semaine, elle s'entretenait avec lui des événements de la journée écoulée, l'astreignait à ranger sa chambre, elle écoutait de la musique avec lui, lui lisait le journal et cherchait à inventer un moyen pour susciter son intérêt et tenir en éveil son attention à la réalité.

Mais il lui devint de plus en plus difficile d'évaluer où il en était. Parfois il s'intéressait à des choses pour lesquelles, depuis un an et demi qu'elle le connaissait, il n'avait jamais manifesté le moindre intérêt : les résultats des matches de football, la politique locale, des expositions canines. Puis de nouveau et pendant des heures entières, il pouvait regarder fixement devant lui, se bornant à hocher la tête d'un air absent lorsqu'elle abordait ses thèmes favoris : Chopin, Capri, les Koch. Parfois il lui arrivait de dire à l'improviste : « Gloria de Tour-et-Taxis avait fait fabriquer pour le soixantième anniversaire du prince un gâteau d'anniversaire avec soixante pénis de massepain. Le prince, en effet, était pédéraste, mais seuls les initiés le savaient. »

Peu après Capri, Conrad avait perdu pour la première fois au backgammon contre Rosemarie. Pas très longtemps après, il avait manifesté qu'il avait du mal à comprendre le jeu. Cela faisait longtemps désormais qu'ils ne jouaient plus.

Il avait également cessé de faire la cuisine. Il lui était arrivé de plus en plus souvent de rester en plan, désemparé, dans la cuisine sans pouvoir se décider sur la suite des opérations. Il fallait de plus en plus fréquemment que Rosemarie intervienne à la dernière minute et improvise quelque chose avec le chaos des ingrédients à demi préparés.

Pendant un certain temps ils avaient continué d'aller à l'occasion au restaurant, mais Conrad avait de plus en plus de difficultés à se décider pour un menu. Sa lenteur à manger avait semé un tel désordre dans le service et à la cuisine qu'ils avaient également renoncé à ces visites au restaurant.

Ils ne touchaient plus au piano non plus. « Cela ne me dit plus rien », prétendait Conrad, lorsqu'elle proposait qu'ils jouent ensemble un de leurs morceaux à deux mains qui venaient pourtant du répertoire du début de leur rencontre.

Un jour, en rentrant des courses, elle l'avait entendu, essayant désespérément de jouer l'une de ses montées virtuoses à une main. On aurait dit un enfant qui peinait sur un clavier. Depuis, elle ne lui avait plus parlé de jouer du piano.

Dans l'intervalle l'été commençait à décliner et Conrad Lang était de plus en plus malade. Lui qu'elle avait connu élégant, et même soigné, après qu'il eut cessé de boire, commença à se négliger. Il portait les mêmes vêtements jusqu'à ce qu'ils aillent de force au linge sale ou au nettoyage. Il se rasait mal et de plus en plus rarement. Les ongles de ses doigts n'étaient pas soignés, et lorsqu'elle lui en faisait la remarque, non, quand elle le priait dans un accès de colère (ce qui était de plus en plus fréquent) de se couper les ongles, elle s'apercevait qu'il ne le pouvait pas. Il restait donc là avec les ciseaux à ongles entre les mains et il n'avait pas idée de ce qu'il devait faire avec.

Depuis quelques jours, elle retrouvait des sous-vêtements dans les endroits les plus impossibles de l'appartement. Quelquefois mouillés. Félix Wirth l'y avait déjà préparée depuis quelque temps. « Plus tard, quand il commencera à mouiller ses slips, il faudra que tu prennes une aide à domicile », avait-il dit.

Au début, elle avait écarté cette idée. Il lui répugnait d'avoir une personne étrangère à la maison. Elle savait aussi à quel point, dans l'intervalle, il était devenu difficile à Conrad de s'habituer à quelqu'un de nouveau. Tout dernièrement, elle avait eu trop souvent le sentiment qu'il ne savait pas qui elle était.

Non seulement il confondait son nom (il l'appelait Élisabeth ou Elvira), mais il lui arrivait aussi de la regarder comme une personne complètement étrangère.

Il réussissait à retourner ces situations par des formules toutes faites qu'il gardait en réserve. « Je vous baise les mains, Madame », ou « Ne nous connaissons-nous pas depuis Biarritz ? » ou « Small world ! », dans l'espoir qu'elle l'aiderait pour la suite. C'est ce qu'elle faisait la plupart du temps. Mais parfois, quand cela lui faisait mal, elle le laissait en plan.

Ces derniers temps, elle avait à l'occasion pensé que s'il la considérait comme une pure étrangère, une autre qu'elle pourrait tout aussi bien nettoyer sa merde.

Rosemarie Haug se leva pour voir où Conrad pouvait bien être passé. Cela faisait déjà un long moment qu'il était sorti de la pièce. Dernièrement il était devenu de plus en plus fréquent qu'il ne retrouve pas son chemin dans l'appartement.

Lorsqu'elle pénétra dans sa propre chambre à coucher (ils faisaient depuis peu chambre à part, une mesure qu'il était difficile de faire comprendre à Conrad), elle l'entendit qui essayait de tirer sur la porte de la salle de bains. Celle-ci était accessible depuis la chambre et par le couloir. Elle avait commencé par fermer la porte qui donnait sur sa chambre, parce qu'il arrivait que Conrad rôde dans l'appartement la nuit et il lui était déjà arrivé de surgir subitement devant son lit.

« De ce côté, c'est fermé, Conrad, criait-elle. Prends l'autre porte ! »

Au lieu de répondre Conrad tambourinait sauvagement sur la porte. Rosemarie tourna la clé et ouvrit. Conrad était dans la salle de bains, le visage tout rouge et les poings levés. Lorsqu'il la vit, il se précipita sur elle et la jeta sur le lit.

« Maudite sorcière, bredouillait-il. Je sais bien qui tu es. »

Puis il la frappa au visage.

« Même s'il était ton mari, on ne pourrait pas exiger ça de toi », dit Félix Wirth. Elle l'avait appelé aussitôt après l'incident. Il était accouru, avait fait une piqûre pour calmer Conrad, encore très agité, et avait aidé à le mettre au lit. Maintenant ils étaient assis dans le séjour.

« Pour un peu il serait devenu mon mari. Durant l'été nous voulions nous marier. Mais ça aussi il l'a oublié.

— Eh bien, réjouis-toi.

— Malgré tout, d'une certaine façon, je suis sa femme. Il me semble que nous nous connaissons depuis toujours.

— Il t'a frappée, Rosemarie, et il recommencera.

— Il m'a confondue avec quelqu'un d'autre. C'est l'homme le plus doux que j'aie jamais rencontré.

— Il te confondra de nouveau avec quelqu'un. Tu es trop récente dans sa vie. Le souvenir de toi est enregistré à un endroit du cerveau qui est le premier à ne plus fonctionner. Bientôt il ne saura plus si c'est l'été ou l'hiver, le jour ou la nuit, il ne pourra plus s'habiller ni se laver. Il va porter des couches et il faudra lui donner à manger, il ne reconnaîtra plus personne, ne saura plus où il est, et finalement il ne saura plus non plus qui il est. Laisse-moi m'enquérir d'une place pour lui dans un établissement spécialisé. Fais-moi ce plaisir pour toi et pour lui.

— De quel droit ? Je ne suis ni son épouse ni une de ses parentes. Je ne peux quand même pas placer comme ça dans un établissement de gériatrie une personne adulte et majeure.

— Je rédigerai à son sujet une expertise qui entraînera dans les plus brefs délais sa mise sous tutelle. »

Pendant un moment ils regardèrent en silence la terrasse illuminée. Le vent s'était levé et faisait onduler la vigne vierge de la balustrade.

« J'ai connu des femmes, des femmes mariées, qui avaient vécu trente ou quarante ans avec leur mari, qui ne pouvaient pas s'imaginer de vivre sans lui, et qui m'ont dit : S'il ne quitte pas bientôt la maison, je vais commencer à le haïr. »

Rosemarie ne disait rien.

« Est-ce que tu l'aimes ? »

Rosemarie réfléchit. « Pendant un an j'ai été très amoureuse.

— Ça ne suffit pas pour en passer cinq à lui essuyer le derrière. »

Le vent projetait maintenant de lourdes gouttes de pluie contre les fenêtres de la terrasse.

« Tu n'as pas l'air bien.

— Merci.

— Je te dis ça parce ce que ça ne m'est pas indifférent. »

Rosemarie leva les yeux et sourit. « Je prendrai

peut-être une aide à domicile. Au moins pour la nuit. »

Lorsque Conrad Lang se réveilla, il faisait nuit. Il était couché dans un lit étranger. Ce lit était étroit et élevé et Élisabeth n'était pas près de lui. Il voulait se lever mais il n'y arrivait pas. Des deux côtés du lit il y avait des barreaux.

« Hé ! » cria-t-il. Puis plus fort : « Héhéhé ! »

Personne ne venait. Tout restait noir.

Il secoua les barreaux. Cela faisait beaucoup de bruit. « Héhéhé ! » criait-il en rythme avec le bruit des barreaux. Et pour finir : « Au secours ! Au secours ! Héhéhéhé ! Au secours ! »

La porte s'ouvrit et dans le rectangle vivement éclairé du cadre apparut une forme massive. La lumière s'alluma dans la pièce. « Qu'est-ce qui se passe, Monsieur Lang ? »

Conrad Lang était assis dans le lit et il serrait dans ses mains les barreaux de la grille inférieure.

« Je suis enfermé », gémit-il.

La garde-malade s'approcha du lit. Elle portait un tablier blanc et ses lunettes accrochées à un cordon pendaient sur sa forte poitrine. Elle défit le grillage.

« Vous n'êtes pas enfermé. C'est simplement pour que vous ne tombiez plus du lit. Vous pouvez sortir à tout moment. » Elle montra la poignée de la sonnette qui était suspendue au-dessus du lit d'hôpital. « Vous n'avez qu'à sonner ici. Comme ça vous ne réveillerez pas Madame Haug. »

Conrad ne connaissait pas de Madame Haug. il commença à chercher à sortir du lit.

« Vous avez besoin d'aller aux toilettes ? »

Conrad ne répondit pas. Il voulait aller tout de suite chercher Élisabeth, mais cela ne regardait pas cette femme.

Il était debout près du lit et il regardait tout autour de lui cette chambre qui lui était étrangère. Ils avaient aussi fait disparaître ses vêtements. Mais ce n'était pas comme ça qu'ils pourraient le retenir.

Lorsqu'il voulut gagner la porte, la femme le retint par le bras. Il s'efforça de se dégager d'elle. Mais elle le tenait fermement.

« Lâchez-moi, disait-il très tranquillement.

— Mais où donc voulez-vous aller, Monsieur Lang. Il est deux heures du matin.

— Lâchez-moi.

— Soyez gentil, Monsieur Lang, rendormez-vous maintenant, dans deux petites heures il fera jour et vous irez vous promener. »

Conrad se dégagea et courut vers la porte. La garde-malade le suivit et l'attrapa par la manche, qui se déchira bruyamment. Conrad donna des coups autour de lui et toucha la femme au visage. Elle rendit les coups, deux fois.

À ce moment-là, la porte s'ouvrit pour laisser place à Rosemarie.

« Élisabeth », dit Conrad. Il se mit à pleurer.

C'était la deuxième garde-malade que Rosemarie congédiait. En ce qui concernait la première, c'était vrai qu'elle ne l'avait pas prise sur le fait en train de frapper Conrad. Mais un matin elle remarqua qu'il avait des taches bleues sur la partie supérieure du bras et un œil tout bleu. La femme avait prétendu qu'il avait dérapé dans la baignoire. Conrad ne pouvait se souvenir de rien.

La responsable de ce service de garde se refusa à envoyer une remplaçante à Rosemarie. « Monsieur Lang est un patient agressif, il peut donc arriver que quelqu'un lui rende ses coups », tel était son point de vue.

Ce fut de nouveau Félix Wirth qui lui vint en aide. Il connaissait une dame qui avait été infirmière, qui avait élevé deux enfants et qui envisageait maintenant de reprendre son métier. Une garde de nuit privée et bien payée venait fort à propos pour elle.

Elle s'appelait Sophie Berger et elle était prête à faire un essai le soir même.

C'était une femme grande et mince, aux cheveux roux, qui avait dans les quarante-cinq ans. Lorsqu'elle prit son service, Conrad se montra sous son meilleur jour : « *Small World* ! Comme le monde est petit ! » s'exclama-t-il. Il bavarda avec beaucoup d'excitation avec elle et se comporta comme l'hôte affable qu'il avait été.

Lorsqu'il alla au lit et que Sophie Berger lui déclara qu'elle resterait cette nuit et qu'au cas où il aurait besoin de quelque chose, il ne devait pas se gêner pour sonner, il lui fit un clin d'œil et dit : « Tu peux compter là-dessus.

— Les allusions scabreuses et les familiarités ne sont pas du tout dans ses habitudes, s'excusa Rosemarie, lorsque Conrad fut sorti.

— Ce serait bien le premier », dit en riant Sophie Berger.

Si la soirée s'était très bien passée, la nuit, elle, fut un cauchemar. Pendant longtemps, Rosemarie entendit les portes qui claquaient, les barreaux du lit qu'on secouait et la voix de Conrad.

À la fin elle n'y tint plus, se leva et alla jusqu'à sa chambre. Conrad était accroupi dans un coin de son lit et il tenait ses deux mains au-dessus de sa tête comme pour se protéger. La garde de nuit se tenait au pied du lit, elle avait les larmes aux yeux. « Je ne l'ai pas touché », dit-elle, lorsque Rosemarie entra dans la pièce. Je ne lui ai pas touché un cheveu. »

Conrad répétait, répétait : « Il faut que Maman Anna parte, que Maman Anna parte. »

Le lendemain Conrad Lang fit une fugue. Au petit déjeuner il dévora avec un appétit inhabituel. Il ne fit pas la moindre allusion à la garde de nuit. Rosemarie l'aida à s'habiller ; elle fit les gestes et dit les mots qu'on lui avait enseignés pour l'aider à rétablir son contact avec la réalité.

« C'est une belle journée d'automne aujourd'hui, c'est étonnant comme il fait chaud pour une fin octobre », dit-elle et : « Quel jour sommes-nous aujourd'hui, mardi ou mercredi ? »

Il répondit comme il le faisait toujours ces derniers temps : « Toute journée passée avec toi est comme un dimanche. »

Elle lui lut des passages du journal, et comme toujours pour conclure, et afin de tester son attention, elle ouvrit à la page boursière : « Entreprises Koch, plus 4. »

Ce matin-là, au lieu de la regarder sans comprendre, il prit de nouveau sa mine de millionnaire et commanda : « Acheter. »

Ils éclatèrent tous deux de rire et Rosemarie, qui n'avait pas beaucoup dormi cette nuit-là, se sentit un peu mieux.

Cette nuit d'insomnie fut à l'origine de la sieste qui la surprit dans le fauteuil après le déjeuner. Lorsqu'elle se réveilla, il était trois heures et Conrad avait disparu.

Son manteau avait disparu, ses pantoufles étaient dans le couloir, et alors qu'elle avait déjà appelé la police elle remarqua que son appui-tête aussi manquait.

Dès qu'il put quitter la clinique, Félix Wirth vint lui rendre visite et resta près d'elle, sans lui adresser un mot de reproche.

Le soir était venu et l'on n'avait toujours aucune trace de Conrad. Un avis de recherche passa à la télévision. Lorsque Rosemarie vit le visage souriant de Conrad sur l'écran (elle avait elle-même fait cette photo à Capri) et qu'elle entendit la voix dire que Conrad Lang était profondément perturbé et qu'il fallait donc l'aborder avec ménagement, ses yeux se remplirent de larmes.

« Je te promets une chose, dit-elle. S'il ne lui est rien arrivé, je suis d'accord pour le placer dans un établissement spécialisé. »

Konikoni s'était couché dans l'appentis du jardinier et se tenait là sans faire aucun bruit. Il faisait sombre mais il ne faisait pas froid. Il s'était fait un lit dans la tourbe. Il s'était chaudement couvert de sacs de jute qui avaient contenu des oignons de tulipes. Il les avait vidés dans une caisse à claire-voie. Et il avait son appui-tête.

Personne ne le trouverait là. Il pouvait y rester jusqu'à la venue de l'hiver. Devant l'appentis il y avait des quetsches et des noix. Et près de la porte il y avait un robinet qui parfois gouttait sur l'arrosoir en zinc. Toc.

Ça sentait bon la tourbe, les oignons de fleurs et le fumier. Parfois on entendait aboyer un chien, mais au loin. Parfois c'était un bruissement dans le feuillage devant la porte. Une souris, peut-être, ou un hérisson. Sinon tout était silencieux.

Konikoni ferma les yeux. Toc.

Ici elle ne le trouverait pas.

Toute la nuit, Rosemarie Haug attendit vainement des nouvelles. « S'il vous plaît, ne nous appelez plus », la pria poliment mais non sans irritation le policier qu'elle rappelait encore vers les deux heures du matin, « nous nous manifesterons si nous apprenons quelque chose. »

Vers les trois heures, Félix Wirth put la convaincre de prendre un somnifère. Lorsqu'elle fut endormie, il se coucha sur le sofa et régla la sonnerie de sa propre montre sur six heures.

À sept heures, il apporta du jus d'orange et du café à Rosemarie dans sa chambre, et il lui apprit qu'on n'en savait pas plus. Puis il se rendit à la clinique.

Peu avant huit heures deux policiers vinrent sonner à l'appartement de Rosemarie. Elle leur ouvrit et s'effraya en découvrant leurs visages si sérieux. « S'est-il passé quelque chose ?

— Nous voulions seulement vous demander si vous saviez quelque chose.

— Si moi, je sais quelque chose de nouveau ?

— Il arrive parfois que des gens portés disparus réapparaissent et les proches sont si soulagés qu'ils oublient de nous en informer.

— S'il réapparaît, je ne manquerai pas de vous le faire savoir.

— Il ne faut pas nous en vouloir. Nous en voyons de toutes les couleurs.

— Il lui est certainement arrivé quelque chose.

— La plupart du temps ils reviennent tout seuls. Surtout ceux qui sont perturbés, dit le plus âgé des deux fonctionnaires.

— S'il ne lui était rien arrivé, on l'aurait déjà retrouvé depuis longtemps.

— Il arrive aussi qu'ils entrent dans des maisons étrangères. Jusqu'à ce que quelqu'un les y retrouve et nous appelle — ça peut durer une éternité. »

Le plus jeune des deux policiers demanda : « Vous avez bien vérifié la cave, le garage, les gaines d'aération ? »

Rosemarie fit signe que oui.

« Chez les voisins ? »

Elle fit encore oui.

Les deux policiers prirent congé. « Dès que vous savez quelque chose, faites le 117, dit le plus jeune près de l'ascenseur.

— Vous pouvez y compter, répondit Rosemarie.

— Ne vous faites pas de souci, il va refaire surface, lança le plus vieux comme la porte de l'ascenseur se refermait.

— Peut-être même du fond du lac, d'ailleurs », s'esclaffa-t-il lorsque l'ascenseur démarra.

Il faisait sombre sous les rhododendrons. À travers l'épais toit de feuilles Konikoni apercevait des bouts du ciel brumeux d'octobre. Le tapis de feuilles était humide et frais et sentait l'herbe et la pourriture. Sous les pierres qui parsemaient l'allée de dalles de granit, on trouvait des cloportes gris. Quand il les touchait du doigt, ils roulaient leurs carapaces en petites boulettes avec lesquelles il pouvait jouer aux billes.

Pendant une heure, à moins d'un mètre de lui, le jardinier avait taillé le feuillage. Konikoni n'avait pas soufflé mot, et le jardinier s'était lentement éloigné.

Plus tard il avait vu passer des jambes de vieille femme, puis celles d'une jeune. Tout était calme maintenant.

Un merle sautillait sur le chemin. Lorsqu'il arriva à la plate-bande, il fouilla un moment dans la tourbe, et l'extrémité d'un ver de pluie apparut. Il tira dessus et s'arrêta soudain. De son œil vide d'expression il l'avait découvert. Koni retint son souffle.

Le merle tira complètement le ver de la terre et s'en alla.

Le vent rabattait l'odeur d'un feu de feuilles.

S'ils appellent, je ne répondrai pas, se promit Koni.

Lorsque, vers midi, Rosemarie alla sur la terrasse, elle vit un canot de la police qui remontait lentement le long de la rive. Au bord du lac elle reconnut des policiers en survêtement bleu. Ils formaient maintenant deux groupes qui marchaient le long de la rive dans les deux directions opposées.

Peu de temps après, elle fit quelque chose à laquelle elle ne s'attendait pas de sa propre part. Elle téléphona à Thomas Koch.

Ce n'était pas facile de joindre Thomas Koch. Il ne suffisait pas de dire : « C'est une communication privée » pour être mis en relation. Ni : « Il s'agit d'une urgence ». Ce ne fut que lorsqu'elle dit : « Il y a eu un accident dans la famille », qu'elle eut Thomas Koch sans plus tarder à l'autre bout du fil.

« Conrad Lang ne fait pas partie de la famille », laissa-t-il tomber quand elle lui eut expliqué de quoi il s'agissait.

« Je ne savais pas comment faire autrement pour vous joindre.

— Et qu'attendez-vous de moi ? Est-ce que je dois aller le chercher ?

— J'espérais que vous pourriez user de votre influence. Il me semble que la police ne prend pas la chose au sérieux.

— Qui a dit que j'avais de l'influence auprès de la police ?

— Conrad.

— Il fallait qu'il soit déjà un peu dérangé. »

Rosemarie raccrocha.

Simone Koch s'était fait une autre idée du mariage. Cela faisait un an et quatre mois qu'elle était mariée avec Urs Koch et elle traversait déjà la sixième crise conjugale. Elle n'avait pourtant pas placé ses attentes trop haut. Elle savait déjà qu'Urs avait une personnalité très dominatrice, et elle s'était fait une raison en devinant que la plupart du temps les choses se passeraient comme il l'entendait, lui. Elle s'était aussi préparée au fait qu'il aurait beaucoup d'obligations d'affaires et aussi quelques impératifs mondains auxquels elle ne participerait pas toujours. Simone n'avait pas beaucoup d'intérêts qui lui soient propres et il ne lui était donc pas difficile de faire siens ceux d'un autre. Elle s'était donc intéressée aux dispositifs électroniques de surveillance pour les hautes températures, aux rallyes, à la Bourse de Tokyo, à la chasse au faisan en Basse-Autriche, à la manière militaire de monter à cheval, au golf et aux travaux d'une jeune dessinatrice en textiles, jusqu'à ce qu'elle la surprenne main dans la main avec Urs dans un petit restaurant. Simone y avait donné rendez-vous à une amie. Urs était empêché par un dîner d'affaires.

Elle avait été si surprise qu'elle avait ri. Puis elle était sortie en courant et était tombée sur son amie qui payait justement son taxi.

« Viens, nous allons ailleurs, ici c'est plein de monde. »

Elles allèrent dans un autre restaurant et Simone tut à Judith ce qui s'était passé, bien qu'elle fût sa meilleure amie. Elle aurait eu trop honte de devoir avouer que son mari la trompait déjà, après six semaines de mariage.

Ce ne fut qu'une fois rentrée qu'elle se mit à pleurer. Urs ne rentra pas de la nuit. Si elle n'avait pas ri, lui dit-il par la suite, il serait revenu à la maison.

Ç'avait été la première crise conjugale de Simone Koch.

Parfois elle pensait qu'elle aurait dû à l'époque faire une vraie scène. Peut-être que par la suite, les crises n'auraient pas été aussi nombreuses.

Urs Koch ne laissait planer aucun doute sur le fait que pour lui le mariage ne constituait absolument pas la perte de sa liberté personnelle, ainsi qu'il qualifiait son droit à quelques petites liaisons qui étaient sans conséquence pour leur relation.

Simone avait été élevée par sa mère pour savoir se conduire comme une femme pragmatique. Mais ce qui se passait maintenant était une nouvelle expérience. Jusqu'à présent elle avait toujours plutôt manifesté de la compréhension quand des hommes prenaient des libertés avec la fidélité. Il faut dire qu'à l'époque c'était elle la femme dont ces hommes tenaient la petite main dans des restaurants discrets.

Qu'après si peu de temps un homme perdît tout intérêt pour elle, cela non seulement la blessait, mais lui faisait également peur. Sa mère lui avait dit : « Tu es comme moi : tu es mignonne mais tu n'es pas belle. Les personnes comme nous doivent être casées à vingt-cinq ans au plus tard. »

Elle avait maintenant vingt-trois ans et elle avait appris à ne pas prendre pour argent comptant tout ce que sa mère lui disait. Pourtant, lorsqu'elle se regardait dans le miroir et qu'elle imaginait son visage d'enfant qui se couvrait de rides, elle commençait à se demander si elle avait encore le temps d'envisager un nouveau départ.

Aussi sa défense fut-elle faible, elle comptait les crises conjugales et devenait à vue d'œil de plus en plus dépressive. Ce qui nuisait véritablement à son aspect.

Ce qui aggravait encore la situation, c'était le fait qu'ils habitaient la *Villa Rhododendron*. Urs faisait construire à proximité une "maison intelligente" qui, entre autres particularités, devait orienter ses fenêtres en suivant le cours du soleil, déterminer elle-même ses sources d'énergie et la consommation nécessaire selon le temps qu'il faisait, identifier de manière automatique ses habitants et les laisser entrer. Dans l'attente que ce mélange de villa de rêve et de gag publicitaire pour Koch-Electronics soit achevé, et sans même consulter Simone, il avait accepté la proposition d'Elvira d'habiter l'aile de la villa qui, depuis le déménagement de la troisième femme de Thomas Koch, était désormais vide.

Dans cette vieille et grande maison, si pleine de souvenirs qu'elle ne partageait pas, et au milieu de nombreux rituels qu'elle ne connaissait pas, elle se sentait encore plus en marge. Elle avait le sentiment que tous observaient sa réaction aux escapades d'Urs qui n'étaient cachées ni aux membres de la famille ni au personnel, et perdaient à vue d'œil le peu de respect qu'ils lui avaient encore manifesté au début.

Chacun à sa manière, Elvira, Thomas et Urs

étaient tellement préoccupés d'eux-mêmes qu'ils ne remarquaient la présence de Simone que quand c'était socialement nécessaire.

Le reste du temps, on la laissait à sa mélancolie, qui était d'autant moins facile à supporter que l'automne était là pour lui rappeler que le temps passe vite et que les rides ne tardent pas à se former.

Comme toutes les personnes mélancoliques, toujours en quête du décor où épancher leur mélancolie, Simone se glissait dans un coin éloigné du parc lorsqu'elle entendit un clapotis. Des épais massifs de rhododendrons, qui longeaient les dalles du chemin, avait surgi un homme assez âgé qui était manifestement en train de pisser.

Lorsqu'il la vit, il arrangea son pantalon d'un air embarrassé. Simone détourna les yeux discrètement. Lorsqu'elle se retourna de nouveau, il avait disparu.

« Hé ! » cria-t-elle. Pas de réponse. Il n'y avait plus qu'un léger mouvement des feuilles, là où il s'était tenu.

« S'il vous plaît, sortez de là », dit Simone d'une voix incertaine.

Rien ne bougeait.

« Est-ce qu'il y a quelque chose qui ne va pas, Madame Koch ? » demanda une voix derrière elle. C'était le jardinier, Monsieur Hugli, qui remontait le chemin dans sa direction.

« Il y a quelqu'un là, répondit-elle. Là-bas, dans les rhododendrons, un monsieur assez âgé.

— Vous êtes sûre ?

— Je l'ai vu. Maintenant il a disparu. À peu près par là.

— Hé, sortez, montrez-vous ! » cria Monsieur Hugli.

Tout restait tranquille. Il jeta à Simone un regard sceptique.

« Je l'ai vu. Il a pissé et puis il a disparu. Il doit être là-dessous, par là. »

Monsieur Hugli s'avança avec précautions dans le massif, s'enfonçant parmi les rhododendrons, qui lui arrivaient jusque sous les bras. Simone le dirigeait.

« Un peu plus vers la droite, et maintenant droit devant vous, là-bas. Attention ! »

Monsieur Hugli s'arrêta, disparut au milieu des plantes et resurgit peu de temps après avec le vieux monsieur. « Monsieur Lang ! » s'exclama-t-il tout surpris.

À cet instant, Simone le reconnut elle aussi. C'était Conrad Lang, l'incendiaire de Corfou.

Peu avant midi un chauffeur de taxi s'était présenté à la police. Il avait été appelé la veille à l'adresse de Rosemarie. Par un monsieur assez âgé qui tenait un coussin. Il s'était fait conduire au 12 route des Pins. Il ne mentionna pas que celui-ci lui avait donné cent francs pour une course de vingt-trois francs.

Le numéro 12 de la route des Pins était une villa datant de l'époque du grand boom industriel de la fin du siècle passé, transformée depuis en immeuble de bureaux. Personne là-bas ne connaissait Conrad Lang et personne non plus n'avait remarqué un vieux monsieur avec un coussin. Mais comme le chauffeur persistait à dire que c'était bien à cette adresse qu'il l'avait conduit et qu'il l'avait vu pénétrer sur le terrain de la propriété, le brigadier de police Staub demanda à pouvoir pénétrer dans le jardin et réclama un chien.

Le jardin derrière la villa avait quelque chose de sombre et d'abandonné. Il s'étageait en deux terrasses le long de la colline. Sur la terrasse supérieure il y avait toute une installation pour laver le linge couverte de mousse et depuis longtemps envahie par les grands sapins, avec une barre rouillée pour battre les tapis. Juste derrière, une épaisse haie de thuyas séparait ce domaine de la villa voisine.

Senta, la chienne berger allemand, conduisit son guide jusqu'à cette haie. Lorsqu'il la détacha, elle disparut aussitôt dans le fourré. Au bout d'un moment, les policiers l'entendirent qui cherchait la piste dans le terrain voisin.

Le maître-chien se fraya un chemin à travers le fourré et buta sur une clôture en fer à claire-voie qu'il longea dans la direction où le chien avait disparu. Il n'avait pas fait quelques mètres qu'il atteignit une petite porte qui était à demi ouverte. Derrière la porte, il y avait quelques marches envahies d'herbe qui menaient dans le sous-bois de la propriété voisine.

Celui de la *Villa Rhododendron*.

Lorsque les policiers sonnèrent à la grille de fer de la *Villa Rhododendron*, ce fut un Monsieur Hugli très surpris qui leur ouvrit.

« Déjà là ? » dit-il. Cela faisait tout au plus une

minute que, sur ordre de Thomas Koch, il avait averti la police.

Le brigadier Staub se racla la gorge. « Nous sommes à la recherche d'une personne disparue et nous avons tout lieu de penser qu'elle se trouve sur cette propriété, expliqua-t-il.

— Tout juste ! » répondit Monsieur Hugli et il les fit entrer.

Dans le hall de la villa, Elvira et Thomas Koch étaient debout devant une chaise sculptée aux allures moyenâgeuses, qui avait les dimensions d'un trône, et sur laquelle était assis Conrad Lang, la figure triste, hirsute, pas rasé et comme absent, vêtu d'un costume déchiré et couvert de terre. À côté de lui se tenait Simone Koch, elle essayait de lui faire boire du thé chaud.

Lorsque les policiers arrivèrent, Thomas Koch marcha vers eux.

« Ah, Messieurs, vous n'avez pas tardé. Je vous en prie, occupez-vous de lui. On l'a attrapé ici dans la propriété. Il s'agit de Conrad Lang. Il est mentalement dérangé. »

Le brigadier Staub s'avança vers la chaise de Conrad. « Monsieur Lang ? demanda-t-il plus fort qu'il n'était nécessaire. Est-ce que vous vous sentez bien ? »

Conrad fit signe que oui.

D'une voix un peu plus basse, Staub dit à Elvira et Thomas : « On le recherche depuis hier. »

Et de nouveau plus fort à Conrad : « Vous en faites des choses ! »

— Je ne sais pas comment il a pu entrer ici, dit Thomas Koch au brigadier.

— Nous si : par la petite porte donnant sur la propriété voisine qui est en dessous.

— Une porte ? demanda Thomas Koch.

— Il y a là-bas une porte à claire-voie toute rouillée, à peine accessible et qui n'a pas dû être utilisée depuis une éternité. Vous ne le saviez pas ?

Elvira répondit à sa place : « Je l'avais oubliée. Dans l'autre villa là-bas vivait un ami de mon premier mari. Mais il est parti du vivant même de Wilhelm. Depuis, on ne s'est plus servis de cette porte.

— Cela fait combien de temps de cela ?

— Soixante ans », dit Elvira, se parlant plutôt à elle-même.

Thomas secoua la tête. « Je ne savais rien de tout ça.

— À votre place, je ferais quelque chose. N'importe qui peut entrer par là », lui conseilla Staub. Puis il se retourna vers Conrad et lui dit d'une voix forte :

« Venez, maintenant, nous vous ramenons à la maison. »

Conrad regarda le policier sans comprendre. « Mais je suis à la maison. »

Les Koch et les policiers échangèrent un sourire. « Oui, oui. Nous vous ramenons maintenant à l'autre maison. »

Conrad réfléchit un moment. « Ah bon », murmura-t-il pour finir et il se leva. Il regarda Thomas Koch. « Tu ne te rappelles pas la porte ? »

Thomas secoua la tête.

Conrad cacha sa bouche à moitié avec sa main et lui chuchota : « La porte des pirates. » Puis il prit la main de Simone. « Merci.

— Il n'y a vraiment pas de quoi », lui répondit Simone.

Il la regarda de nouveau comme s'il l'examinait. « Ne nous sommes-nous pas déjà rencontrés à Biarritz ?

— C'est bien possible », répondit Simone. Les policiers raccompagnèrent Conrad Lang dehors. Simone les suivit.

Thomas Koch secouait la tête. « La porte des pirates. La porte des pirates. Il y a quelque chose qui cloche. Est-ce que quelqu'un n'a pas dit qu'il pouvait se souvenir de rien ? »

Elvira ne répondit pas.

Thomas regardait le policier, Conrad Lang et Simone. « Biarritz ! Ce n'est pas possible qu'ils se connaissent depuis Biarritz ! »

Deux jours plus tard, Schöller informa sa chef que Conrad Lang avait été placé dans le centre de gériatrie *"Les Jardins du Soleil"*.

« Je suppose que cela règle une bonne fois pour toutes le problème "Conrad Lang" en ce qui nous concerne », ajouta-t-il avec un sourire étroit.

Pour un peu, Elvira se serait bornée à répondre : « Espérons-le. »

Ce soir-là Schöller ne s'en alla que très tard.

6

Le centre de gériatrie *Les Jardins du Soleil* était un bâtiment de six étages situé en bordure de la forêt, pas très loin de la *Villa Rhododendron* ni du *Grand Hôtel des Alpes*, où Conrad Lang avait si longtemps consommé des Negronis, la boisson idéale de l'après-midi.

Il était maintenant installé dans la salle commune de l'étage supérieur et il ne comprenait pas comment il avait pu s'égarer là.

L'étage supérieur, c'était aussi la section des enfermés du centre, là où l'on hébergeait les cas très avancés ou bien ceux qui faisaient des fugues.

Le cas de Conrad Lang n'était pas très avancé, et les médecins auraient préféré le placer dans une autre section où il aurait eu plus de chance de trouver des partenaires pour la conversation. Mais, premièrement, il n'y avait de chambre individuelle libre que dans la section fermée, deuxièmement, les probabilités de fugue étaient évidentes dans le cas de Conrad Lang ; enfin, du fait de l'évolution rapide de la maladie chez lui, on pouvait estimer en mois le moment où, de toutes les manières, il faudrait procéder à son transfert dans cette section. Pour l'instant en tout cas, dans son nouvel environnement, Conrad se comportait davantage comme un visiteur que comme un patient.

Lorsque Rosemarie Haug avait conduit Conrad au centre et l'avait aidé à disposer ses affaires dans sa chambre d'hôpital, elle n'avait pu retenir ses larmes.

Il l'avait prise dans ses bras et l'avait consolée. « Il ne faut pas être triste. Ce n'est pas pour l'éternité. »

C'était sa mauvaise conscience qui faisait souffrir Rosemarie. Lorsque après une nuit d'insomnie durant laquelle elle n'avait cessé de retourner dans sa tête qu'elle devait le retirer de cet établissement, elle venait lui rendre visite au sixième étage, il se comportait comme un bon ami qu'on vient chercher à l'hôtel. Ils firent de longues promenades d'automne dans les forêts des environs, s'arrêtant quelquefois pour boire un verre au bar du *Grand Hôtel des Alpes*, où tantôt il saluait de son nom Charlotte, la serveuse de l'après-midi, et tantôt l'ignorait complètement.

Lorsqu'elle le reconduisait aux *Jardins du Soleil*, pour le laisser là en plan au milieu de vieilles femmes et de vieillards désemparés, désorientés, réclamant des soins, c'était en fait lui qui la réconfortait et lui disait : « Il faut que tu y ailles maintenant, sinon tu vas être en retard. »

Il la raccompagnait à l'ascenseur qu'on ne pouvait appeler qu'avec la clé de la surveillante, et il prenait congé comme quelqu'un qui espère qu'on voudra bien comprendre que des tâches importunes l'empêchent de vous raccompagner à la maison.

Les premiers temps, elle s'efforça de lui rendre la situation plus supportable en le conduisant chez elle en voiture pour y passer la journée ensemble. Mais il apparut très vite que l'appartement lui était étranger. Lorsqu'ils étaient là, il était pris à chaque fois d'une grande agitation, se levait du fauteuil où elle l'avait placé tandis qu'elle préparait le déjeuner. Elle le retrouvait alors en manteau et chapeau, secouant la porte fermée qui donnait sur le palier.

Ces journées étaient épuisantes pour Rosemarie. Parfois elle l'entendait parler dans la pièce à côté et quand elle y prêtait davantage attention, elle remarquait que c'était à elle qu'il parlait. Quand elle s'asseyait alors près de lui pour poursuivre cette conversation, ses pensées commençaient à divaguer, et un air d'absence marquait son visage. Il arrivait qu'il se lève soudain, déclarant d'un seul coup : « C'est bon, il est grand temps. »

Toute la journée il ne tenait pas en place, mais quand le moment venait de partir, il pouvait très bien la regarder d'un air désemparé et lui dire : « Je n'ai plus envie de sortir. »

Au soir d'une telle journée, alors qu'elle avait enfin réussi à le faire quitter l'appartement et que la porte de l'ascenseur s'ouvrait au sixième étage des *Jardins du Soleil* sur la salle commune, et que tous les regards pleins d'attente se tournaient vers eux, il se refusa à quitter l'ascenseur. Il lui fallut tous les artifices de sa persuasion et le secours d'un aide-soignant un peu vigoureux pour le conduire enfin à sa chambre.

Lorsqu'elle le quitta ce jour-là, il avait des larmes aux yeux.

Le médecin de service lui dit le lendemain qu'il valait mieux qu'elle ne l'emmène plus à la maison. Que cela le perturbait. À chaque fois, il lui était tellement difficile de se réadapter à l'établissement. Il fallait qu'il prenne lentement conscience que sa maison était désormais ici.

Ce fut ainsi que la section des enfermés du centre de gériatrie des *Jardins du Soleil* devint le nouveau chez-soi de Conrad Lang.

Madame Spörri, une petite femme soignée aux cheveux teints en bleu, qui avait été directrice de la production dans une fabrique de vêtements, était toujours en veste, qu'elle assortissait d'un petit chapeau et de gants blancs. Pour compléter l'ensemble, elle ne lâchait jamais son sac à main et quelquefois — mais on ne savait pas sur quels critères — elle portait un parapluie. Elle s'asseyait très droite sur le sofa ou sur une chaise, son sac à main sur les genoux et, le sourire plein de rêves et patient, elle attendait qu'on vienne la chercher.

Monsieur Stohler, un grand monsieur voûté en veste ample d'intérieur, qui avait été correspondant d'un grand quotidien à l'étranger, avait l'habitude de rester sans bouger à table, puis de se lever sans crier gare, de se diriger vers un autre des pensionnaires et de lui adresser la parole dans un curieux mélange d'anglais, d'italien, d'espagnol, de français et de swahili.

Madame Ketterer, une femme lourde et sans finesses, qui avait enseigné l'art de tenir une maison, était assise les jambes écartées et guettait la prochaine occasion de lancer à Madame Spörri : « Vous avez-vu de quel air idiot elle a regardé ? » ou bien : « Vous l'avez vue, celle-là ? En chemise de nuit au restaurant ! »

Madame Schwab, femme au foyer, mère, grand-mère et arrière-grand-mère, à la chevelure dégarnie et au menton pointu, qui avait depuis longtemps renoncé à son dentier, portait toujours pour sa part une robe de chambre, tantôt bleu clair, tantôt rouge-rose, jaune ou vert tilleul, selon la couleur de celle qui n'était pas au lavage. Avec une voix d'enfant haut perchée elle s'adressait sans discontinuer dans une sorte de babil enfantin à une poupée nue qu'elle avait devant elle.

Monsieur Kern, qui avait été conducteur de trains et pour lequel on ne voyait pas ce qui l'avait amené dans cette maison, veillait au calme et au bon ordre dans la salle commune. « Fermez donc un peu vos gueules », criait-il à intervalles réguliers et d'un ton autoritaire à l'adresse de Madame Schwab et de sa poupée. « Parle allemand ! » ordonnait-il à Monsieur Stohler, lorsque celui-ci était pris d'un nouvel accès oratoire à l'adresse de quelqu'un.

Monsieur Aeppli, archiviste de l'administration municipale, toujours attifé d'un ensemble hétéro-clite fait de pièces d'habits d'autres pensionnaires, allait de chambre en chambre, dressait des états des lieux et contrôlait les armoires.

Monsieur Huber, qui avait été professeur de latin et de grec au lycée municipal, était assis la bouche ouverte dans sa chaise roulante et fixait le plafond.

Monsieur Klein, qui avait été collectionneur d'art et aussi l'architecte de nombre de désolantes cités de banlieue, était affligé, en plus de démence sénile, de la maladie de Parkinson qui provoquait chez lui un tremblement violent — et il était de ce fait complètement soumis à une aide extérieure.

Au total, c'étaient trente-quatre hommes et femmes qui, habités à des degrés divers par la démence sénile, logeaient en ce sixième étage. Ils étaient assis là, seuls ou en compagnie de leurs proches désemparés, ou bien ils arpentaient sans répit les allées dans un sens et dans l'autre, se saluant à chaque passage comme s'ils étaient des étrangers lorsque leurs chemins se croisaient.

Sur le plan médical et thérapeutique, ils étaient soignés par des spécialistes suisses. Pour les soins, la toilette, les repas et l'habillage, ils étaient confiés à un personnel d'assistance, masculin et féminin, venu pour sa part d'Europe de l'Est, des Balkans et d'Asie.

Conrad Lang semblait ne pas prendre conscience qu'il était dans un établissement de gériatrie. Il gardait poliment ses distances avec les autres pensionnaires et le personnel soignant et il prenait ses repas sur une petite table séparée, avec près de lui une des vieilles revues que des visiteurs bien intentionnés avaient laissées dans la salle commune. Il se comportait comme un Monsieur de bon aloi dans une pension qui a beaucoup déchu. Rosemarie espérait qu'il se sentait aussi comme ça.

L'unique critique qu'il lui donnait quelquefois à entendre était : « Ici, ça pue. »

En quoi il n'avait vraiment pas tort.

On remplaça la grille de fer à claire-voie qui séparait les deux parcelles par un grillage de sécurité aux normes d'aujourd'hui. Et puisqu'ils y étaient, Urs Koch fit aussi nettoyer toute la zone jouxtant la propriété voisine. On compléta les dispositifs de surveillance électronique, que l'on dota des derniers perfectionnements techniques, et l'on ajouta quelques dispositions supplémentaires aux contrats passés avec le service de sécurité.

Tout ceci et la certitude que Conrad Lang se trouvait désormais au sixième étage, dans la section fermée d'un établissement de gériatrie, dont en principe on ne ressortait pas vivant, auraient dû à vrai dire suffire à Elvira Senn pour qu'elle se sente à l'abri de nouveaux retours intempestifs du passé. Mais elle se surprenait toujours à repenser à Conrad. Ce que lui avait dit le docteur Stäubli — que les personnes qui souffrent de démence sénile pouvaient éventuellement replonger très profond dans leur mémoire ancienne et déboucher soudain sur des souvenirs de leur plus petite enfance comme s'ils étaient tout proches —, elle ne pouvait se l'ôter de la tête.

Elle avait beau se dire que personne ne prêterait attention au bavardage d'une personne mentalement dérangée, cela ne suffisait pas pour la tranquilliser complètement. Ça la rendait nerveuse que Conrad — au moment précisément où il semblait perdre tout contrôle sur lui-même — fût soustrait à son influence. Elle était une femme accoutumée à ne rien laisser au hasard.

Ce fut pour cette raison qu'elle invita Simone — qui ne disait mot des déboires qu'elle éprouvait dans son ménage avec Urs — à prendre le thé au *Stöckli* et qu'elle orienta la conversation sur le vieil homme, ce qui ne se révéla pas très difficile.

« Qu'est-ce que peut bien faire Koni ? » dit-elle, perdue dans ses pensées.

Cela surprit Simone. « Conrad Lang ?

— Oui. Qu'est-ce qu'il avait à surgir comme ça, comme une mandragore ? Il pourrait blesser quelqu'un.

— Il m'a vraiment fait pitié.

— C'est une terrible maladie. »

Simone se tut.

« Tout avait l'air de prendre tellement bonne tournure pour lui : une femme aisée, la perspective de faire pendant le reste de sa vie ce qu'il préfère par-dessus tout, c'est-à-dire : rien du tout. Et maintenant le voilà dans un établissement de gériatrie !

— Il est en gériatrie ?

— L'amour finit un jour ou l'autre. Cette femme est encore jeune.

— Je trouve ça très égoïste de sa part.

— Ce n'est pas du goût de tout le monde de prendre soin d'un homme frappé de démence.

— Mais l'envoyer dans un centre, c'est minable.

— Peut-être qu'il s'y sent bien. Avec ceux qui sont dans le même cas.

— Je ne peux pas me l'imaginer. »

Elvira soupira.

« Moi non plus à vrai dire. » Elle resservit du thé. « Tu pourrais peut-être lui rendre visite.

— Moi ?

— Pour voir comment il va. S'il a tout ce dont il

a besoin. Si l'on peut faire quelque chose pour lui. Ça me tranquilliserait. »

Simone hésitait. « Je n'aime pas aller dans les hôpitaux.

— Ce n'est pas un hôpital. C'est une maison de vieux. Ce n'est pas aussi dur.

— Pourquoi tu n'y vas pas, toi ?

— C'est impossible.

— Ou du moins pourquoi n'y allons-nous pas ensemble ?

— Tu as peut-être raison. Oublions la chose. Oublions Conrad. »

La première impression de Simone fut cette odeur pénétrante de l'ascenseur qui envahit tout lorsque la porte s'ouvrit au sixième étage.

Lorsqu'elle sortit de l'ascenseur, le silence se fit dans la salle commune. Les mouvements s'arrêtèrent, à l'exception du tremblement de Monsieur Klein.

Elle regarda autour d'elle et découvrit Conrad à une petite table près de la fenêtre. Il regardait fixement devant lui. Elle alla vers sa table.

« Bonjour, Monsieur Lang. »

Conrad sursauta et la regarda. Puis il se leva, tendit la main à Simone et dit : « Est-ce que nous nous sommes rencontrés à Biarritz ? »

Simone rit : « Mais oui, bien sûr, à Biarritz ! »

Lorsqu'elle s'assit près de lui, tous les occupants de la salle commune reprirent leur bavardage, leur zozotement, leurs petits rires et leurs raclements de gorge.

Ce que Simone dit de Conrad Lang ne tranquillisa pas Elvira.

« Il faut le sortir de là, et le plus vite possible », dit-elle lorsqu'elle rentra toute remuée de sa visite aux *Jardins du Soleil*. Sinon, son état va encore s'aggraver.

Il ne lui avait pas du tout fait l'effet d'un malade d'Alzheimer. Il l'avait reconnue tout de suite, bien qu'ils ne se soient rencontrés que deux fois, et aussitôt il lui avait fait sa plaisanterie sur Biarritz et lui avait raconté en détail comment était Biarritz peu après la guerre, tout comme si cela s'était passé juste la veille.

Elle rapporta qu'il était là-bas entouré de vieillards complètement déments avec lesquels il ne pouvait pas échanger la moindre parole sensée. Et le meilleur, c'était qu'il ne pouvait même pas se souvenir d'une seule visite de cette Rosemarie Haug.

« Il doit arriver à cet homme d'être parfois très perturbé. Mais qui ne l'est pas ? S'il doit être dans un centre, alors il y en a au moins une bonne douzaine d'autres, ne serait-ce que parmi mes connaissances, qui doivent y aller aussi. Il faut qu'il en sorte, sinon il va y passer. »

Depuis qu'elle était mariée, Simone ne soulevait plus le même enthousiasme chez Elvira. Simone était fermement résolue à faire sortir Conrad de cet établissement.

« Le pauvre homme, commenta simplement Elvira, est-ce que tu as pu parler avec un médecin ?

— J'ai essayé. Mais on n'a pas voulu me donner d'information parce que je ne suis pas une parente.

— Peut-être devrais-tu prendre contact avec cette Rosemarie Haug ?

— C'est ce que je projette. Mais je ne sais pas si je pourrai me dominer.

— Tu peux compter sur mon soutien plein et entier », promit Elvira.

Lorsque Simone quitta le *Stöckli* elle se prit à penser qu'elle n'était peut-être pas la vieille dame froide qu'elle paraissait être.

Ce fut le début d'un bref combat pour faire sortir Conrad Lang du centre de gériatrie *Les Jardins du Soleil*.

Simone essaya vainement d'entrer en contact avec Rosemarie Haug. Le gardien de l'immeuble finit par lui dire qu'elle était en voyage pour quelque temps.

Typique, pensa Simone.

Par le biais de l'administration du centre, elle découvrit le nom du médecin qui l'avait fait entrer et elle obtint un rendez-vous sans problème dès qu'elle lui dit qu'il s'agissait de Conrad Lang.

Ce médecin s'appelait Wirth et paraissait sympathique par certains côtés. Il la reçut dans son bureau de la clinique et il l'écouta patiemment lorsqu'elle lui expliqua qu'à son avis Conrad Lang n'était pas à sa place dans cet environnement et qu'elle avait le sentiment que, si maintenant il n'était pas malade, il le deviendrait sûrement en y restant.

« Est-ce que vous connaissez bien Conrad Lang ? » fut sa première question lorsqu'elle eut terminé.

« Non, mais la famille de mon mari le connaît

très bien. On peut dire qu'il a été élevé avec mon beau-père.

— Est-ce que ce dernier partage votre impression ? »

Cette question embarrassa un peu Simone. « Il ne lui a pas rendu visite. Il est très occupé. »

Le docteur Wirth fit un signe de tête entendu.

« Les relations entre les deux ne sont pas très bonnes. Il y a eu des choses dans le passé.

— L'incendie de Corfou.

— Oui, entre autres. Je ne connais pas non plus les motifs précis. Je suis nouvelle dans la famille.

— Voyez-vous, Madame Koch, je comprends très bien ce que vous éprouvez, mais je peux vous assurer que votre impression est fausse. Si Monsieur Lang vous a fait un excellent effet, c'est parce qu'il peut accommoder bien des choses, avec les manières et les formules de son éducation, et aussi, peut-être, parce que vous l'avez trouvé dans un bon moment. Les hauts et les bas sont typiques de cette maladie. Mais nous, nous devons prendre nos dispositions pour les bas.

— Je vois la chose autrement. On devrait se baser sur les hauts pour organiser sa vie.

— Dans ce cas, que proposez-vous ?

— Qu'on le sorte de là.

— Et alors qui le soignera ?

— On ne peut plus compter sur Madame Haug, je crois bien ? » s'informa Simone, non sans une pointe d'agressivité.

Le docteur Wirth réagit avec irritation. « Madame Haug a fait plus pour Conrad Lang que l'on peut en attendre d'une femme qui venait juste de faire sa connaissance. C'est moi qui l'ai convaincue de franchir le pas en le plaçant dans un établissement spécialisé.

— J'espère qu'elle jouit pleinement de sa liberté retrouvée.

— Madame Haug est épuisée nerveusement et, de ce fait, souffre de dépression, elle est actuellement dans une clinique sur le lac de Constance. J'espère qu'elle sera bientôt sur pied. Si quelqu'un a négligé ses devoirs envers Monsieur Lang, c'est bien la famille Koch, Madame Koch. »

Simone se tut, un peu confuse. Puis elle dit, mais avec moins d'assurance : « Peut-être n'est-il pas trop tard pour remédier à cela.

— Comment voyez-vous la chose ?

— Soins à domicile. J'imagine qu'on pourrait installer dans ce sens un appartement privé et engager du personnel.

— Vingt-quatre heures sur vingt-quatre, Madame Koch, cela signifie pour faire le tour du cadran, trois à quatre personnes ayant reçu une formation spécialisée, plus du personnel pour la thérapie, la cuisine diététique, l'entretien, les soins. C'est une petite clinique pour un seul patient.

— Madame Senn m'accorde son soutien plein et entier. »

Lorsque Simone quitta la clinique, elle avait la promesse du docteur Wirth qu'il allait réfléchir à la chose et recueillir les avis de ses collègues et des autorités compétentes. Il ne doutait pas que les autorités cantonales et l'administration du centre n'agréent chaleureusement cette proposition. Il ne pouvait pas en dire autant de Rosemarie. Il ferait en tout cas de son mieux pour essayer de la convaincre.

Le projet de Simone de transformer la petite maison des invités en un mini-centre de traitement parut quand même un peu excessif aux yeux d'Elvira. Elle voulait bien l'avoir de nouveau sous contrôle, mais quand même pas de manière si étroite.

« Tu ne crois pas que la solution raisonnable, ce serait une clinique privée ?

— Il n'a pas besoin de clinique, persista Simone. Il n'a besoin que d'un peu de soins quand il a un de ses bas.

— Je l'ai vu ici même, il avait l'air complètement égaré.

— Il avait justement un de ses bas.

— Si tu amènes Koni ici, ton mari va être complètement perturbé. Pour ne rien dire de Thomas. Il doit bien exister une solution qui nous pèse moins.

— Il est des moments où l'on ne peut pas échapper à ses responsabilités.

— Nous ne sommes pas responsables de Conrad.

— D'une manière ou d'une autre, il fait partie de la famille. »

Elvira réagit tranquillement.

— Qu'est-ce que tu sais, au fond, de la famille ? », fut tout ce qu'elle lui répliqua. »

« C'est hors de question », telle fut la réponse de Rosemarie Haug, lorsque Félix Wirth vint le week-end et lui raconta la visite de Simone Koch. Ils étaient assis en train de prendre le café dans le jardin d'hiver de la clinique de convalescence, au bord du lac de Constance. Dehors le brouillard s'étendait sous leurs yeux, dissimulant la rive.

« Voilà la mauvaise conscience qui les travaille. Ils pensent maintenant qu'ils peuvent réparer avec de l'argent ce qu'ils lui ont fait en soixante ans. Ils veulent se servir de lui une dernière fois. Cette fois c'est pour apaiser leur mauvaise conscience.

— D'un autre côté, objecta Félix Wirth, ce serait pour lui la dernière occasion de vivre la fin de sa vie dans le style où il a été éduqué.

— Lorsque j'ai proposé de lui prodiguer des soins privés, tu m'as persuadé du contraire. »

— Il s'agit, comprends-le bien, de quatre à cinq cent mille francs par an. Pour un homme que tu connais peu et qui ne se souvient pas de toi.

— Tu sais quelles ont été ses dernières paroles à Thomas Koch ? Va te faire foutre ! Je trouve que nous devons respecter ça. »

Le long de la rive le brouillard s'accrochait aux branches dénudées des arbres fruitiers.

« Il faut que je m'en aille d'ici, Félix. »

Conrad Lang était assis à un endroit où il y avait beaucoup de gens quand il se passait quelque chose d'intéressant : il y avait Gene Kelly qui dansait à la télévision. Au début, il dansait sur un journal, qu'il déchirait en deux à un moment, puis il dansait sur l'une des moitiés, qu'il déchirait en deux aussi, puis faisait de même avec l'autre moitié. Tout à coup, il était dans la pièce et il dansait de nouveau.

Conrad Lang dit à une vieille dame qui était assise à côté de lui et qui bavardait avec un nourrisson : « Vous avez-vu ? Maintenant il est dedans. » Mais la femme continuait à parler. Et puis, il y avait de nouveau quelque chose d'intéressant qui se passait : c'était elle à son tour qui était dans la télévision, et l'on voyait bien que le nourrisson était une poupée et que la vieille femme était une sorcière au menton et au nez pointus.

Cela lui fit peur et il se mit à crier : « Attention, attention, sorcière, sorcière ! » Alors un homme de grande taille s'avança vers lui et lui dit : « Ferme ta gueule, sinon tu vas le sentir passer. »

Il sut à ce moment qu'il fallait qu'il sorte au plus tôt d'ici.

Il se leva et alla vers l'ascenseur, mais il n'y avait pas de bouton. Il descendit l'escalier jusqu'à une porte qui menait à un escalier de secours.

Elle était fermée à clé. Mais la clé était suspendue à côté, derrière une petite vitrine de verre. Celle-ci aussi était fermée. Juste à côté, il y avait un petit marteau, qui était lui aussi dans une petite armoire vitrée. Il donna un coup de coude dans la vitre de cette petite armoire pour pouvoir sortir le marteau. Il en frappa alors la vitrine de la clé, prit la clé et ouvrit la porte. Derrière lui il entendait le glapissement de la sorcière. Il déboucha sur la plateforme du sixième étage de l'escalier de secours. Il commença lentement à descendre.

Lorsqu'il atteignit la plate-forme du cinquième étage, il entendait Gene Kelly qui criait d'en haut : « Monsieur Lang ! »

Encore un coup de la sorcière. Sans lui accorder un regard il continua à descendre.

Il les vit venir sur la plate-forme du troisième étage : c'étaient des chasseurs alpins en uniforme blanc. Ils montaient lentement l'escalier et ils pensaient sans doute qu'il ne les avait pas vus. Au-dessus de lui aussi il entendit des pas sur les marches métalliques. Lorsqu'il leva les yeux, il vit des jambes en pantalon blanc. C'étaient encore des chasseurs alpins.

Il s'assit sur la rampe et attendit. Ils ne l'attraperaient pas vivant.

De loin déjà, Rosemarie avait remarqué qu'il se passait quelque chose d'anormal aux *Jardins du Soleil*. Sur toutes les plate-formes de l'escalier de secours qui courait du haut en bas de la façade ouest de cet immeuble de six étages, il y avait des aides-soignants, des infirmières, des pompiers et des policiers. Sauf au troisième. Il y avait sur celle-ci un homme tout seul, assis sur la rampe.

Devant l'immeuble, on voyait des voitures de police, des ambulances et des véhicules de pompiers. En approchant, elle remarqua, au pied de l'escalier de secours, un grand ballon gonflable de trois mètres de haut. Une fois qu'elle eut garé la voiture, elle réalisa qui était cet homme. Elle se mit à courir.

Un policier l'arrêta sur le cordon de sécurité.

« Il faut que je passe, gémit-elle.

— Vous êtes de la famille ?

— Non. Enfin, si. Je suis son amie proche. Laissez-moi monter. Je vais lui parler. »

Dix minutes plus tard, après que le médecin de service eut confirmé à la police que Madame Haug était la seule personne proche du patient, Rosemarie monta très lentement l'escalier.

« Mais tu sais que tu m'as fait peur, Conrad, lui dit-elle en s'efforçant de paraître gaie, si tu savais comme ça a l'air casse-cou, vu d'en bas, tout le monde est sens dessus dessous, ils ne savent pas que tu as beaucoup d'humour. »

Elle avait atteint la seconde plate-forme et elle se rapprochait de l'escalier qui menait à la troisième, passant devant le dernier avant-poste des sauveteurs.

« Je monte maintenant, Conrad, et puis nous irons faire un tour au *Grand Hôtel des Alpes*, j'aimerais bien prendre un verre maintenant, pas toi ? »

Conrad ne répondait pas. Rosemarie avait atteint la dernière section avant l'escalier qui menait à la troisième plate-forme et continuait tout doucement.

« Tu ne veux pas venir à ma rencontre, Conrad, j'ai du mal maintenant, et quand on pense qu'à l'intérieur il y a un ascenseur, et qu'il y fait frais, je vais y aller, Conrad, O.K. ? »

À ce moment elle put le voir. Il était assis sur la rampe, le dos tourné à l'abîme, avec l'air de n'être concerné par rien.

Elle franchit les deux dernières marches et prit pied sur la plate-forme, elle n'était pas à trois mètres de lui.

« Ouf, j'y suis, tu ne veux pas me dire bonjour ? Vraiment je ne te reconnais pas à rester comme ça, assis sans bouger. »

Sans faire le moindre geste de reconnaissance,

Conrad se laissa tomber de dos dans le vide, de l'autre côté de la rampe.

Il fut le seul à ne pas crier.

Il tomba mollement et ne se blessa même pas, sauf légèrement en se débattant avec les pompiers qui voulaient le sortir du coussin d'air.

Il ne fallut pas moins de quatre hommes pour le tenir et pour permettre au médecin de lui faire une piqûre sédative et le ramener enfin dans sa chambre.

Rosemarie aussi eut besoin d'un tranquillisant.

Et le directeur des *Jardins du Soleil* aussi. « Il fallait que ça arrive un jour », dit-il au commandant de l'escouade. A-t-on idée d'une instruction pareille ! La clé de l'issue de secours dans une section fermée ! Vous feriez mieux d'installer des toboggans ! »

Rosemarie resta près du lit de Conrad Lang. Avant de s'endormir, il lui dit : « Bonne nuit, Madame l'infirmière. »

Le même soir, lorsqu'elle expliqua au téléphone à Félix Wirth ce qui s'était passé, celui-ci lui demanda si elle avait encore quelque chose contre le fait que les Koch prennent en charge le destin futur de Conrad.

« Est-ce que je peux m'imposer à un homme qui, placé devant le choix : moi ou sauter depuis le troisième étage, choisit le saut ? »

Depuis la première fois, Simone avait rendu presque quotidiennement visite à Conrad. D'une certaine façon, elle se sentait liée à lui. La famille Koch avait imprimé sa marque sur sa vie sans pourtant l'avoir jamais accueilli. Elle s'était servie de lui à ses propres fins, et quand elle n'avait plus eu besoin de lui, elle l'avait rejeté. La première chose lui était déjà arrivée, et elle pouvait s'attendre à ce que l'autre lui arrive.

Le jour qui suivit son saut dans le vide, elle le trouva de bonne humeur et l'esprit dégagé, chose qui était devenue rare. Pas le moindre souvenir de la veille ne venait assombrir son humeur.

« Je vous baise la main, Madame », dit-il à la jolie inconnue qui venait visiblement pour lui. Lorsqu'il se pencha sur sa main, elle vit qu'il avait des taches bleues sur la nuque et que son oreille gauche était égratignée.

Lorsqu'elle posa la question à la surveillante, celle-ci lui raconta ce qui s'était passé la veille. Pour Simone c'était clair : tentative de suicide.

Conrad apprécia la promenade comme un enfant. Il foulait les feuilles épaisses, il s'asseyait sur tous les bancs au bord du chemin et il regarda avec fascination un groupe de bûcherons qui découpaient à la scie un hêtre qui avait été abattu.

Il sourit sans comprendre lorsqu'elle lui posa des questions sur son saut depuis la plate-forme du troisième.

La nuit tombait déjà lorsqu'ils passèrent devant le *Grand Hôtel des Alpes*. Conrad se dirigea tout droit vers l'entrée, dit bonjour aux portiers d'un signe de tête comme à de vieilles connaissances et conduisit Simone toute surprise directement au bar.

« *Small world* », dit-il à la barmaid, qui prenait leurs manteaux. Elle l'appela Koni et lui apporta un « Negroni comme toujours ».

Simone commanda un verre de champagne et se convainquit définitivement que cet homme n'était pas à sa place dans un centre de gériatrie.

« Pour son soixantième anniversaire, Gloria de Tour-et-Taxis avait fait confectionner pour le prince un gâteau avec soixante pénis de massepain. Il était pédéraste. Mais seuls les initiés étaient au courant. Tu savais ça ?

— Non, je ne le savais pas », dit Simone avec un petit rire étouffé, mais ravie aussi parce qu'il la tutoyait.

Lorsque le pianiste commença à jouer, ils renouvelèrent leur tournée. Puis soudain Conrad se leva et se dirigea vers deux vieilles dames aux robes à grandes fleurs, qui étaient assises à une petite table, tout près du piano. Il échangea quelques paroles avec elles, et lorsqu'il revint il avait les yeux humides.

« Vous êtes triste, Monsieur Lang ? demanda Simone.

— Non, je suis heureux, répondit-il, heureux que tante Sophie et tante Clara vivent toujours.

— Ah bon, et moi qui pensais que vous n'aviez pas de parents.

— D'où vous est venue cette idée ? » lui répliqua-t-il.

Lorsque Simone raconta à Elvira Senn la tentative de suicide de Conrad, celle-ci ne manifesta pas un grand intérêt.

Mais lorsqu'elle lui demanda qui étaient la tante Sophie et la tante Clara, elle tendit l'oreille.

« Est-ce qu'il a parlé de tante Sophie et de tante Clara ?

— Non pas parlé, il les a rencontrées.

— Ça fait soixante ans que toutes deux sont mortes », souffla brusquement Elvira.

Lorsque Simone s'en alla au bout d'un quart d'heure, Elvira lui avait promis qu'elle réfléchirait encore au projet d'installation de la maison des invités.

La direction du centre fut vite convaincue. Cela signifiait pour elle un lit qui se libérait et ça lui permettait d'éloigner un patient qui avait causé beaucoup de désordres ces derniers temps. Le lendemain de son saut depuis l'escalier de secours, sa nouvelle visiteuse l'avait ramené pris de boisson au centre et il s'était permis d'agresser verbalement la petite Madame Spörri.

Les autorités saluèrent l'initiative privée de la famille Koch eu égard à la pénurie dans le domaine hospitalier parce qu'elle les soulageait financièrement. Conrad était sans ressources, sans parents et, de ce fait, pupille de la municipalité.

Thomas Koch fut surtout surpris par le revirement d'Elvira. « Je ne te comprends pas, lui dit-il. Maintenant que tu pourrais enfin être débarrassée de lui, c'est toi qui le fais venir.

— Il me fait pitié.

— Tu peux le prouver d'une autre manière.

— J'aurai bientôt quatre-vingts ans. Je n'ai plus rien à prouver. »

La perspective d'être constamment confronté au

déclin de son ancien camarade de jeu du même âge que lui et d'être ainsi rappelé à l'écoulement de la vie, était désagréable à Thomas. « Fais-le entrer si tu veux dans une clinique privée, mais ne l'amène pas ici.

— Tu sais, je n'ai jamais oublié la façon dont tu as supplié à ce moment-là : je t'en prie, Maman, je t'en prie, il peut rester, hein ?

— À cette époque j'étais enfant.

— Lui aussi. »

Thomas Koch secoua sa tête charnue. « C'est la première fois que tu parles comme ça.

— Peut-être que comme ça le cercle se referme. » Elvira se leva de son siège pour marquer qu'à ses yeux la discussion était terminée.

« Mais moi je ne me soucie pas de lui », dit Thomas Koch.

Pour Urs il en fallait un peu plus.

« Tu ne parles pas sérieusement, dit-il en riant.

— Je sais que ça doit te paraître un peu excentrique.

— Excentrique, très bien. Mais pourquoi veux-tu faire ça ?

— Peut-être pour sa mère, Anna Lang. À l'époque, quand ça allait mal pour moi, c'était une bonne amie.

— Avant qu'elle fiche le camp avec un nazi et qu'elle laisse son enfant en plan ?

Elvira haussa les épaules. « Est-ce une raison pour que je doive à mon tour le laisser tomber ?

— Koni n'est pas un enfant. C'est un vieil homme importun qui a été à notre charge toute sa vie et qui est maintenant devenu tellement gaga qu'il a fallu l'enfermer. Qu'on en a eu le droit.

— Il n'a pas toujours été un vieil homme importun. Il a aussi été un bon camarade de jeu et un fidèle ami pour ton père.

— Il en a été largement dédommagé. Il n'a pas bougé le petit doigt de toute sa vie. »

Elvira se taisait. Urs revint à la charge.

« Je t'en prie, ne fais pas cette bêtise. Pour les cas comme ça, il y a l'État. Rien qu'avec ce que nous payons comme impôts à titre privé, on pourrait soigner des douzaines de Koni. Ces centres sont bien tenus.

— Si bien tenus que les patients de la section fermée peuvent se jeter depuis l'escalier de secours.

— La seule chose que j'aie à leur reprocher, c'est de s'être munis d'un ballon gonflable pour le réceptionner.

— Il y a encore une autre raison qui me fait choisir cette solution. Simone a besoin d'une tâche à accomplir.

— Ah oui ?

— Regarde-la un peu. Mais je crois que tu ne lui prêtes pas attention.

— Simone s'était fait une autre idée du mariage. Ce n'est pas une raison pour qu'elle se mette à jouer tout de suite les mères Teresa.

— Depuis qu'elle se préoccupe de Koni, elle va mieux. » Elvira ajouta avec une pointe d'agressivité : « Peut-être qu'il touche en elle le côté maternel. »

Urs voulut objecter quelque chose, puis il changea d'avis et se leva brusquement.

« Il n'y a rien à faire pour que tu changes d'avis ?

— Je ne pense pas. »

7

À l'origine, la maison des invités de la *Villa Rhododendron* était une lingerie avec des chambres pour les filles de service à l'étage supérieur. Tout comme la villa, elle était construite en briques rouges et elle avait un pigeonnier qui était pour elle ce que la tour était à la villa. Elle était située sur l'arrière de celle-ci, avec vue sur la cuisine et l'économat, dans la partie à l'ombre du parc.

On l'avait transformée dans les années cinquante pour en faire une maison des invités, avec une salle de séjour pourvue de fauteuils à oreilles et de consoles pour fumeurs. Il y avait aussi des étagères de noyer, un bar intégré, un petit piano, des portes massives de noyer, avec des poignées de laiton, des panneaux armoriés et des fenêtres à double vitrage. À côté du séjour, il y avait une chambre à coucher, une salle de bains et des toilettes. À l'étage supérieur quatre autres chambres et encore une salle de bains. Il n'y avait pas de cuisine.

Cette maison n'avait jamais connu un grand succès. De par sa situation, elle n'avait rien de bien engageant comme séjour pour les invités, si on la comparait aux grandes chambres aérées avec vue sur le lac qu'il y avait aussi pour eux dans la villa, et l'on ne manquait pas de logements pour le personnel depuis que l'on avait aménagé les combles dans les années soixante.

Si bien que le plus souvent cette maison des invités était restée vide, à quelques rares intermèdes près, lors de certaines crises conjugales, quand elle servait à Thomas Koch ou à l'une de ses femmes pour bouder.

Simone Koch s'en remit à son talent d'organisatrice qui avait si bien ébloui ses employeurs durant sa courte carrière professionnelle comme secrétaire d'une société de production de films. Ceux-ci l'avaient pourtant engagée sans trop se faire d'illusions, pour faire plaisir à son père qui occupait une position influente auprès d'un des plus grands publicitaires du pays.

En tout juste deux semaines, elle réalisa la transformation de la maison des invités pour répondre aux besoins de Conrad Lang et de ses aides-soignants. La salle de bains était désormais plus petite, mais disposée selon les standards d'un hôpital ; dans l'espace ainsi gagné, on construisit une fonctionnelle cuisine moderne, les toilettes furent équipées d'appuis et de poignées et dans la chambre on installa un lit d'hôpital multifonctionnel — le dernier cri de ce que l'on trouvait alors sur le marché. Le séjour fut rénové en douceur : on rafraîchit les anciens meubles, on enleva le tapis et on vitrifia le parquet, les tapisseries furent repeintes en blanc, et les lourdes tentures qui sentaient le renfermé furent remplacés par des rideaux clairs et aérés. Le bar fut également vidé sur les conseils du neurologue.

Au premier étage, on installa deux chambres confortables pour le personnel, un bain et une salle pour l'entretien de la forme et pour la thérapie, une pièce pour le personnel avec kitchenette, un téléviseur et deux moniteurs de surveillance qui permettaient d'observer discrètement ce qui se passait en bas.

On ne pouvait ouvrir les fenêtres et la porte de la maison qu'en composant un code.

La directrice d'une agence privée de soins à domicile avait conseillé Simone pour cette installation et c'était elle aussi qui avait engagé le personnel soignant :

Pour le service de jour : Madame Irma Catiric, quarante-six ans, Yougoslave, infirmière diplômée et expérimentée en gériatrie, qui vivait depuis vingt-deux ans en Suisse.

Pour le service de nuit : Madame Ranjah Baranaïke, Tamoule venue du Sri Lanka et résidant depuis neuf ans en Suisse, diplômée comme infirmière spécialisée en pédiatrie, mais dont les diplômes n'étaient pas reconnus en Suisse puisqu'ils avaient été délivrés à Colombo.

À titre de remplaçant régulier pour le jour et pour la nuit, on avait engagé Jacques Schneider, trente-trois ans, Suisse, infirmier diplômé, qui faisait une formation parallèle pour devenir médecin et qui finançait ses études grâce à son service de nuit.

On avait également pensé à engager une personne en réserve au cas où tous les permanents auraient été indisponibles : Sophie Berger, quarante-quatre ans, Suissesse, infirmière diplômée spécialisée en gériatrie, mère de deux enfants, qui avait repris son métier depuis un an.

Pour la cuisine diététique : Luciana Dotti, cinquante-trois ans, Italienne, résidant depuis trente-trois ans en Suisse.

Pour la physiothérapie : Peter Schaller, trente-deux ans, Suisse, diplômé de physiothérapie, spécialisé en gériatrie et en neurologie.

Pour les activités thérapeutiques (animatrice) : Jocelyne Jobert, vingt-deux ans, Suissesse, études de psychologie interrompues, animatrice thérapeutique dans plusieurs foyers privés pour personnes âgées.

Le docteur Félix Wirth avait bien voulu proposer ses services pour le traitement neurologique. La médecine générale était confiée aux soins du docteur Stäubli, soixante-six ans, qui ne suivait plus que quelques-uns de ses patients réguliers depuis de nombreuses années. Dont Madame Elvira Senn.

Le personnel d'entretien était composé de deux jeunes femmes, roumaine et albanaise, qui parlaient à peine allemand, mais qui avaient de l'expérience dans le service hospitalier.

Par une froide journée de la fin novembre, Conrad Lang fit son entrée à la maison des invités de la *Villa Rhododendron*.

« *Small World !* » telles furent ses premières paroles lorsqu'il pénétra dans le séjour.

Si Simone avait encore eu besoin d'une preuve que Conrad Lang n'était pas à sa place au sixième étage des *Jardins du Soleil*, la transformation qui s'opéra en lui dès le premier jour l'aurait parfaitement convaincue. Il s'épanouit. Il mangea avec appétit, il fit des compliments en italien à la cuisinière, il dormit sans somnifères, se rasa lui-même et s'habilla sans aide, même s'il était bizarrement accoutré.

Il considéra très vite la petite maison comme s'il y avait toujours habité et dès le second jour il fit déjà des propositions d'amélioration : il préférerait de la musique plutôt que « ça ». Par « ça » il voulait dire le téléviseur encastré dans la bibliothèque.

« Quel genre de musique ? » demanda Simone.

Il la regarda d'un air étonné. « Du piano, bien sûr. »

Le même jour Simone alla acheter une chaîne et tout ce qui lui tombait sous la main comme musique de piano. Lorsque le même soir elle passa le premier CD, il lui demanda : « Tu ne l'as pas par Horowitz ?

— Quoi ? fit Simone .

— Le nocturne opus 15, n° 2, en fa dièse majeur, lui répondit-il d'un air indulgent. Dans cette version c'est Schmalfuss. »

Après sa première visite, le docteur Wirth confirma lui aussi à Simone que Conrad Lang allait mieux. Ses phases de présence mentale étaient plus longues, sa capacité de concentration s'était améliorée et de ce fait aussi sa capacité à communiquer, tout comme sa capacité à procéder à des enchaînements d'actions plus complexes tels que se lever, se raser, s'habiller.

« Mais n'ayez pas de trop grands espoirs, ajouta-t-il, de telles oscillations avec une amélioration spontanée passagère font partie du tableau de la maladie. » Il passa sous silence qu'elles étaient souvent suivies d'un grand bond en avant dans la détérioration.

Simone nourrissait des espoirs, ne serait-ce que parce que personne ne pouvait démontrer en toute certitude que Conrad Lang souffrait bien de la maladie d'Alzheimer. Le docteur Wirth lui-même était obligé de le concéder.

Ce que Conrad préférait, c'était se promener dans le parc. Pour Simone ce n'était pas si simple, parce qu'une partie de l'accord conclu stipulait qu'elle le tiendrait à distance de la famille. Il fallait pour cela que Thomas et Urs soient sortis, et si ce n'était pas le cas, il fallait qu'elle explique à Conrad qui s'était déjà habillé pour sortir que ce n'était pas possible pour le moment.

Elvira posait moins de problèmes dans la mesure où le *Stöckli* où elle séjournait le plus souvent n'intéressait absolument pas Conrad. Il le considérait comme quelque chose qui ne faisait pas partie du parc et il faisait un détour pour l'éviter.

Il n'en allait pas de même pour la villa. À chaque fois, et pas longtemps après le commencement de leurs promenades, il en faisait tout de suite un de leurs buts. « Il commence à faire frais, rentrons », disait-il lorsqu'ils en étaient tout près. Ou bien : « Nous devrions rentrer, Tomi nous attend. »

La plupart du temps, Simone arrivait à le détourner vers l'appentis du jardinier. L'endroit qu'il préférait. Il retrouvait toujours au-dessus du chambranle l'endroit où le jardinier cachait la clé. Lorsqu'il ouvrait la porte, il disait d'un air mystérieux : « Il faut que tu sentes maintenant. »

Ils respiraient tous deux cette odeur de terreau, d'engrais et d'oignons de fleurs, qui remplissait la petite baraque. Puis il fallait que Simone s'asseye à côté de lui sur une caisse à claire-voie. Alors, après quelques secondes, il plongeait dans un autre temps qui, à en juger par l'expression de son visage, avait dû être plus heureux.

Lorsqu'elle s'enhardissait au bout d'un moment à le rappeler vers elle, dans le présent, il résistait autant qu'il pouvait avant de se laisser reconduire à la maison des invités. Mais dès qu'il pénétrait dans le séjour, il avait l'air de se sentir tout à fait chez lui. Il s'asseyait dans un fauteuil et attendait que Simone mette de la musique. Puis il fermait les yeux et il écoutait.

Au bout d'un moment, Simone sortait doucement. Elle aurait bien aimé savoir s'il remarquait qu'elle n'était plus là quand il rouvrait les yeux.

Lorsque la musique se taisait et que Conrad rouvrait les yeux, l'infirmière Ranjah était le plus souvent déjà là.

Au centre de gériatrie, le dîner aussi faisait partie des tâches de l'équipe de jour. Dès cinq heures et demie, comme les petits enfants, les patients devaient prendre leur dîner ou bien on les nourrissait à la cuillère. Mais ici, à la maison des invités, les repas étaient servis comme pour les adultes. Luciana Dotti apportait le dîner entre sept heures et sept heures et demie, et il revenait à l'infirmière de nuit de tenir compagnie à Conrad pour son dîner ou, selon la difficulté, de l'aider à le prendre.

Ranjah saluait toujours Conrad à la manière des Indes, en faisant une légère inclination et en plaçant ses mains sous son menton. Conrad lui rendait son salut avec les mêmes gestes. Ils parlaient anglais ensemble, et son accent le retransportait au SriLanka, quand l'île s'appelait encore Ceylan et quand la pelouse qui s'étendait devant le *Galle Face Hotel* était un terrain de golf.

Dans les années cinquante, il avait fait un voyage là-bas avec Thomas Koch à l'invitation du gouverneur britannique dont ils avaient connu le fils à l'institution Saint-Pierre.

Ranjah était très différente de l'infirmière Irma Catiric, bruyante, résolue, chaleureuse, qui l'intimidait un peu par son côté maternel. Ranjah était douce et réservée et elle avait cette candeur et cette tendresse que les personnes du Sri Lanka savent manifester à leurs vieux et à leurs malades.

Conrad respectait Irma. Mais Ranjah, il l'aimait. Lorsqu'elle avait sa nuit de congé et que Jacques Schneider, l'étudiant en médecine attardé, la remplaçait, il lui manquait quelque chose. Même s'il ne pouvait dire quoi.

Pour Rosemarie aussi, le transfert de Conrad à la maison des invités de la *Villa Rhododendron* semblait avoir été une décision bénéfique.

Au cours des deux semaines qui avaient été nécessaires pour préparer son nouveau domicile, elle lui avait rendu encore quelques visites aux *Jardins du*

Soleil. Il n'avait pas signifié par le moindre geste qu'il la reconnaissait.

Lors de sa dernière visite, comme elle prenait l'ascenseur pour repartir, elle s'était sentie soudain envahie par un immense soulagement en pensant qu'elle ne serait plus obligée désormais de sentir cette odeur pénétrante.

Sa mauvaise conscience disparut tout de suite lorsque Félix With lui raconta combien ce changement avait été positif pour Conrad Lang, comme il avait l'air content, et comme il était bien entouré et soigné.

À la fin de la première semaine qui suivit cette installation, en accord avec Simone Koch, elle fit, accompagnée de Félix Wirth, une visite à Conrad. L'atmosphère d'efficacité bon enfant qui régnait dans la maison des invités lui convint tout à fait.

Arrivée devant la salle de séjour, elle entendit Conrad qui riait (quand donc l'avait-elle entendu rire pour la dernière fois ?) et, lorsque l'infirmière la fit entrer, il était assis à la table à côté d'une jeune femme devant la fenêtre ; il peignait. Il cessa de rire, la regarda d'un air irrité et demanda : « Oui, c'est pourquoi ?

— C'est moi, Rosemarie, dit-elle, je voulais seulement voir comment tu vas. »

Conrad regarda la jeune femme, haussa les épaules et continua de peindre. Rosemarie resta debout un moment, indécise. Lorsqu'elle fut ressortie, elle l'entendit de nouveau rire d'un air dégagé.

Elle se sentit libérée d'un poids dont elle n'avait jamais su qu'il pesait sur elle.

Cette nuit même, elle eut sa première relation d'amour avec Félix Wirth. Sans même que Conrad Lang le remarque, Rosemarie Haug disparut de sa vie.

Simone Koch aussi reprit des forces. Non pas, comme le pensait Elvira, parce que maintenant elle avait une tâche à accomplir, mais parce que pour la première fois depuis qu'elle était devenue membre de la famille Koch, elle avait su s'affirmer. Non pas sur un point insignifiant comme la couleur des rideaux dans la salle de lecture ou comme celui du menu le jour des Rois. Elle avait imposé son point de vue dans une question fondamentale et épineuse, et celui-ci différait de l'attitude affichée de la famille.

Ce faisant elle avait fait davantage qu'elle n'aurait pu elle-même se l'imaginer. La rebellion de celle dont la famille se moquait et qu'elle rejetait n'avait pas été utile au seul Conrad, elle avait aussi profité à l'image de Simone dans la famille et auprès du personnel. Tous, même Urs, la traitaient avec davantage de respect.

Conrad Lang devint le patient atteint de la maladie d'Alzheimer le mieux soigné qu'on puisse imaginer. Il était constamment entouré par un personnel de professionnels, et pourtant tout était arrangé pour que ce qui l'entourait garde son caractère privé et qu'il se sente en sécurité et à la maison.

Tous les matins, le physiothérapeuthe venait travailler avec lui la coordination des mouvements et la mobilité, veillant au maintien d'une bonne circulation.

Tous les après-midi, c'était la thérapeuthe d'animation qui lui faisait résoudre de petites tâches de réflexion et de mémorisation. Il peignait gentiment pour elle des aquarelles et il répétait avec indulgence les chansons qu'elle accompagnait maladroitement au piano. De temps en temps, il lui faisait même le plaisir de pianoter lui-même.

Son régime était équilibré et riche en vitamines A, C et E, pour désamorcer les molécules qui détruisaient les cellules. L'irrigation cérébrale était favorisée par des extraits de gingko. On surveillait son taux de vitamine B4 et B12, et si nécessaire il était rééquilibré.

Ses journées étaient bien remplies et bien réglées, personne ne se détournait quand il racontait la même histoire pour la énième fois. On lui donnait le sentiment qu'on l'aimait bien. À la « maison des invités » ce n'était difficile pour personne. Conrad Lang était un homme aimable.

L'avant-dernier dimanche avant Noël, Conrad était déjà en manteau et en bonnet fourré entre la porte d'entrée et la porte intérieure quand Simone arriva.

« Ça fait une heure que Monsieur Lang veut sortir. Sinon, dit-il, il va arriver trop tard pour la neige », déclara Irma.

Dès qu'ils furent sortis, Conrad, qui d'habitude gardait un rythme plutôt lent, dit : « Viens ! » et il partit le premier. Simone dut faire un effort pour le suivre. Lorsqu'ils arrivèrent à son but, l'appentis du jardinier, ils étaient tous deux un peu hors d'haleine.

Il s'appuya à la charpente de bois de l'appentis et attendit.

« Qu'attendons-nous, Conrad ? » demanda Simone.

Il la regarda comme s'il remarquait seulement sa présence.

« Tu ne le sens pas ? » Et il leva de nouveau les yeux vers le ciel qui au loin se fondait avec les collines derrière le lac.

Tout à coup de gros flocons voltigèrent, ils étaient larges, épais, ils tombaient sur les bords du tonneau d'eau de pluie, sur le couvercle du fumier, les plates-bandes du chemin, les branches des sapins au-dessus des parterres de roses et les branches toutes noires des pruniers.

« Il neige des fazonetli, dit Conrad.

— Des fazonetli ? demanda Simone.

— Des petits mouchoirs. Ça vient de *fazzoletti*. »

Les petits mouchoirs tombaient du ciel gris et refroidissaient l'herbe, les branches et les dalles de pierre, jusqu'à ce que ceux qui leur succédaient ne fondent plus et "tiennent". Tout fut bientôt recouvert d'un voile gris très clair, qui devint bientôt blanc et toujours plus épais.

« Il neige des fazonetli », criait Conrad, et les bras grands ouverts, il se mit à danser de manière désordonnée, le visage tourné vers le ciel, la bouche et les yeux ouverts autant qu'il pouvait.

« Il neige des fazonetli », chantait Conrad, lançant son bonnet de fourrure en l'air.

Tous deux dansaient sous les flocons, jusqu'à ce qu'ils n'en puissent plus de rire et de pleurer de joie.

Conrad et Simone revinrent les cheveux mouillés et les manteaux tout blancs à la maison des invités. Irma, la garde-malade, disparut avec Conrad. Simone gagna le salon, alluma les deux bougies de la couronne de l'Avent, mit le concerto de Schumann, s'assit sur le sofa et attendit.

Lorsque la garde-malade revint avec Conrad, il portait des vêtements secs, elle lui avait séché les cheveux avec le sèche-cheveux et il avait les joues roses comme un enfant heureux. Il s'assit dans son fauteuil, mangea un peu de pâtisserie de Noël, sur la table basse, ferma les yeux et écouta la musique.

Peu de temps après il s'endormit.

Simone souffla les bougies et sortit doucement de la pièce.

Sur le seuil, elle croisa une grande femme mince aux cheveux roux, de quarante-cinq ans à peu près, qui portait un tablier blanc d'infirmière.

« Mon nom est Sophie Berger, je suis la remplaçante. Madame Ranjah a son jour de congé, et Monsieur Schneider a eu un accident d'auto à cause de la neige.

— Il est blessé ? demanda Simone.

— Non. Mais il a heurté un tram. C'est une affaire qui va faire beaucoup de paperasses.

— Bon, vous n'aurez pas beaucoup de travail maintenant. Je crois que Monsieur Lang va très bien dormir. »

Simone composa le code pour sortir.

— Vous connaissez Monsieur Lang ?

— Oui, j'ai déjà eu le plaisir de le rencontrer. »

Simone passa son manteau mouillé sur ses épaules et s'en retourna d'un air content vers la villa. Les dalles de granit noir du chemin commençaient déjà à réapparaître.

Konikoni ouvrit les yeux et les referma aussitôt.

Après un moment il les ouvrit de nouveau, mais cette fois très lentement pour qu'on ne le remarque pas de l'extérieur. Un peu de lumière pénétra d'abord à travers ses paupières, puis il put reconnaître les contours des meubles, et puis il vit Maman Anna.

Elle portait un tablier de travail blanc, comme une infirmière, et elle était en train de mettre la table.

Il attendit qu'elle sorte et quand il l'entendit parler dans la cuisine, il se leva du fauteuil rapidement pour aller se cacher derrière le sofa qui était contre le mur.

Il entendit Maman Anna rentrer, puis il vit ses chaussures et ses jambes.

Elle cria : « Monsieur Lang ? » et ressortit de la pièce.

Il l'entendit ouvrir la porte de la chambre à coucher. « Monsieur Lang ? »

Puis la porte de la salle de bains. « Monsieur Lang ? »

Elle parlait avec quelqu'un dans la cuisine. Puis il entendit ses pas dans l'escalier.

Après quelque temps elle redescendit. « Monsieur

Lang ? » Elle ouvrit la porte intérieure puis la porte de la maison. Pendant un moment tout fut silencieux. Après quoi, devant la fenêtre, il entendit encore la voix de Maman Anna appeler à mi-voix : « Monsieur Lang ? »

Konikoni se leva et marcha doucement dans le corridor. Il entendait des bruits qui venaient de la cuisine. La porte intérieure était ouverte. Il alla jusqu'à la grande porte. Elle n'était que poussée. Avec un sourire il se glissa dehors dans la nuit. Le ciel était clair maintenant. La demi-lune éclairait en face la ligne blême des collines.

Les Koch avaient quelques invités comme c'était toujours le cas les dimanches de l'Avent. Cette tradition remontait à Edgar Senn. Il avait commencé par inviter à dîner le premier dimanche de l'Avent d'éminents collaborateurs des usines Koch, ce qui était leur accorder une distinction toute particulière. Avec la prospérité de l'entreprise le nombre des collaborateurs de ce niveau avait aussi augmenté et c'est ainsi qu'avec les années tous les dimanches de l'Avent étaient devenus l'occasion d'un dîner de direction.

Ce soir-là, on avait réuni des représentants de la direction pour les sections du textile et de l'énergie, c'était un mélange quelque peu osé de jeunes managers à la mode (pour le textile) et de directeurs plus âgés et bons vivants (pour l'énergie), qui étaient tous venus avec leurs épouses. Il y avait vingt-huit personnes assises autour de la grande table de la salle à manger, en y incluant Elvira, Simone, Thomas et Urs.

On était justement en train d'apporter le premier service lorsque Simone fut appelée de table pour une affaire urgente. Urs se leva quelques secondes de table comme elle s'excusait. Tous les Messieurs firent de même.

Dehors, dans le vestibule, la garde-malade suppléante l'attendait.

« Monsieur Lang a disparu.

— Disparu ? Comment est-ce possible ? » demanda Simone en enfilant un manteau et en se précipitant vers la porte.

Sophie Berger la suivit en courant. « Il n'est pas dans la maison, cria-t-elle comme Simone se précipitait vers la maison des hôtes. J'ai regardé partout. »

Simone changea de direction. Sans échanger un mot, les deux femmes traversèrent le parc, dont les arbres dégouttaient de la neige qui fondait.

Par plaques, devant l'appentis du jardinier, il y avait encore de la neige, et au clair de lune on pouvait voir des traces de pas qui y menaient. La porte n'était pas verrouillée. Simone l'ouvrit. « Conrad ? »

Pas de réponse. Un rectangle de lune pénétrait par la porte ouverte. Les claies sur lesquels ils s'asseyaient toujours, la tourbe, les oignons de fleurs, les sacs d'engrais, tout était en place.

Mais Conrad n'était pas là. Comme elle repartait, elle vit quelque chose sur le sol. Elle le ramassa. C'était un chausson de Conrad. En regardant de plus près, elle vit aussi l'autre. Et à côté ses chaussettes.

« Madame Koch, cria Sophie Berger, regardez. »

Simone sortit. L'infirmière montrait sur la neige l'empreinte de deux pieds nus. Au droit il manquait un orteil, au gauche il en manquait deux.

« Je crois que nous n'allons pas attendre ma femme, dit Urs Koch à Trentini — qui, dans les grandes occasions, était de service à la villa — en dissimulant à peine son irritation.

— Espérons que ce ne sont pas de graves problèmes, dit maternellement Madame Gubler, la femme du délégué "Turbines".

— Une grande maison comme ça, c'est un peu comme un bateau de ligne, on a toujours besoin quelque part du premier officier, ajouta son mari.

— Une belle image », approuva Thomas Koch.

Elvira se proposait dans sa tête de parler avec Simone de quelques règles de base qui s'imposent aux maîtresses de maison.

Le personnel en était au service du second plat quand on frappa au carreau de la porte de la véranda.

Thomas lança un regard à Trentini. Celui-ci alla à la porte, écarta un peu le rideau et épia dehors. Puis il revint vers Thomas Koch et lui chuchota quelque chose.

Tandis que tous deux délibéraient encore de ce qu'il fallait faire, une porte qui ouvrait vers l'intérieur commença à se profiler derrière le rideau. Quelque chose se déplaçait derrière. Tout à coup le rideau s'ouvrit en deux.

Conrad Lang entra. Il était tout mouillé et crotté, les jambes de son pantalon remontées au-dessus de ses pieds nus. Il regarda tout autour de lui dans le silence général et s'avança vers Elvira Senn.

Il s'arrêta devant sa chaise et chuchota : « Maman Vira, Maman Anna doit s'en aller. S'il te plaît ! »

Ce fut Thomas Koch qui fut le plus inquiet de la réaction d'Elvira. Il était assis à sa gauche et, en dehors d'elle, il était le seul à avoir compris ce que Conrad avait dit. Elle était devenue blanche comme neige et il fallut qu'il l'accompagnât au *Stöckli* où elle s'allongea aussitôt sur le sofa du salon et ferma les yeux. Il étendit sur elle une couverture. « Dois-je appeler le docteur Stäubli ? »

Elle ne répondit pas.

« Où est son numéro ?

— Dans le cabinet de travail, sur le secrétaire. »

Lorsque Thomas revint, il était un peu énervé. « Sa femme m'a dit qu'il avait déjà été appelé auprès de Koni. Je l'ai joint à la maison des invités et je lui ai rappelé l'ordre des priorités. »

Tandis qu'ils attendaient le médecin, Thomas demanda : « Qu'est-ce donc qui t'a tant effrayée ? »

Elvira ne répondit pas.

« Maman Vira, Maman Anna doit s'en aller ? »

Elle secoua la tête.

« C'est pourtant bien ce qu'il a dit ?

— Ce n'est pas ce que j'ai entendu. »

On sonna à la porte. Thomas Koch se leva et fit entrer le docteur Stäubli.

Les accès de faiblesse chez les diabétiques sont souvent le signe que leur équilibre interne s'est modifié. Après avoir pris la tension et le pouls d'Elvira, le docteur Stäubli contrôla son taux de glucose et diagnostiqua une légère hypoglycémie, une complication qu'il faut le plus souvent attribuer à une erreur dans le régime ou à une erreur dans le dosage de l'insuline. Mais comme il savait qu'Elvira était une patiente très disciplinée et très précise et qu'il avait été informé chez Conrad Lang du fait que ce dernier avait surgi inopinément à la villa, il soupçonna une autre cause.

« Est-ce que l'apparition de notre patient vous a fait un grand choc ?

— Oui, on peut le dire.

— Si vous m'aviez consulté au sujet de Conrad Lang, je vous aurais résolument déconseillé de le prendre ici.

— Pouvais-je savoir qu'ils le laisseraient librement galoper la nuit ? — Il ne s'agit pas seulement de cet incident. Dans tous les cas c'est une charge. Je suis votre médecin, je dois vous interdire tout ce qui peut créer des excitations.

— Dois-je le jeter dehors ? De quoi cela aurait-il l'air ?

— Essayez du moins de l'oublier. Faisons comme s'il n'existait pas. »

Elvira sourit. « Comment va-t-il ? »

Le docteur Stäubli secoua la tête. « Il était complètement bouleversé, avec une forte hypothermie. Je lui ai donné un tranquillisant. J'espère qu'il dort maintenant, et si nous avons de la chance, il s'en tirera sans pneumonie. »

Il lui tendit un bonbon sucré au raisin. « Sucez ça et dans une heure encore un autre. Je reviendrai demain matin et nous verrons alors s'il y a lieu de modifier quelque chose aux doses d'insuline. »

Elvira défit le bonbon de sa cellophane. « Combien de temps ça dure, avant qu'on meure, quand on a la maladie d'Alzheimer ?

— Entre un an et six ans. Cela dépend de l'évolution et des soins. Conrad Lang peut arriver à soixante-dix ans, mais il se pourrait aussi qu'il ne voie pas les prochains Noëls. Ou que d'ici là il ait atteint la phase terminale. »

Le docteur Stäubli se leva. « Si du moins il vit jusqu'à celui qui vient. Je vais encore jeter un coup d'œil sur lui. Après quoi vous pouvez me joindre à la maison toute la nuit. »

Elvira se redressa sur son fauteuil Récamier.

« Ne bougez pas. Je me reconduirai moi-même. » Le docteur Stäubli lui donna la main. « À demain matin, vers neuf heures. »

Elvira Senn se leva pourtant et le reconduisit à la porte. Puis elle alla au téléphone et composa le numéro de Schöller.

Si Schöller avait dû décrire ses sentiments pour Elvira Senn, il n'aurait pas utilisé le mot "amour". Mais il y avait dans son attitude quelque chose comme de l'adoration, de l'inclination et de l'obéissance. Et aussi — pourquoi aurait-il dû se cacher ? — une attirance érotique. C'était un célibataire qui allait sur les soixante ans et qui s'était toujours senti attiré par les femmes plus âgées, dominatrices. Et cette qualité enrichissait d'une autre facette — même si elle n'était pas très importante — leur relation à plusieurs niveaux. Elvira avait beau avoir quatre-vingts ans, elle restait une femme attirante et de surcroît elle avait beaucoup de pouvoir.

Selon ses informations — qui d'habitude étaient fiables —, Schöller était l'unique amant, occasionnel, d'Elvira Senn, ce qui jusqu'à un certain degré faisait de lui son confident. Pour autant qu'une femme aussi autonome et calculatrice fût capable de confiance en général. Il savait qu'elle ne lui communiquait que ce qui lui paraissait la servir et qu'elle l'utilisait à ses fins. Sur ce dernier point, il ne se distinguait de la plupart des gens de son entourage que dans la mesure où, lui, trouvait cela excitant.

Même si, dans cette étrange relation, Schöller n'était pas vraiment la partie dominante, Elvira pouvait s'en remettre à son instinct protecteur. Ce qu'elle lui relata, tard dans la nuit et en détail ce soir-là, le teint blême et d'une voix faible, l'indigna contre Conrad Lang et contre tous ceux qui le lui imposaient.

Il était bien plus de minuit et le thermomètre était descendu bien au-dessous de zéro, lorsque Schöller quitta le *Stöckli*. Plein de haine : Elvira l'avait soigneusement attisée.

Les caves des grandes maisons sont comme toutes les caves. Elles sentent la lessive, le moisi et le fuel domestique, et elles sont pleines de choses que plus personne ne réutilisera jamais. Elles sont éclairées par des minuteries et quand on les a actionnées, la lumière s'éteint d'elle-même au bout de quelques minutes.

Il n'était pas difficile de trouver la chaufferie de la *Villa Rhododendron*. Elle était située tout près de l'escalier de la cave et à travers sa porte passait une vibration douce et régulière. Elle n'était pas fermée à clé. Depuis son installation dans les années vingt, tout le dispositif de chauffage avait été constamment modernisé et modifié en conséquence. Il consistait en une grande cuve, un brûleur, un brûleur de réserve, une pompe d'inversion, une pompe d'inversion de réserve, et tout un fouillis de tuyaux isolés qui, depuis cette centrale, allaient desservir et chauffer tous les bâtiments qui étaient sur la propriété. À l'endroit où tous ces tuyaux se réunissaient avant de quitter la chaufferie, ils étaient bien alignés et munis de vannes, avec des panneaux bleus qui indiquaient : "*Garage*", ou bien "*Tour*", "*Stöckli*", "*Serres*", "*Aile ouest*" ou "*Toit*". Du point de vue du chauffage central, la *Villa Rhododendron* était divisée en modules qui selon les besoins pouvaient être mis en service ou arrêtés.

La lumière s'éteignit dans la chaufferie. Schöller tâtonna jusqu'à la petite lueur jaune de l'interrupteur. Il retourna aux vannes et en ferma une. L'écriteau portait : *Maison des invités*.

Sophie Berger ne se faisait pas d'illusions : ses plans de réinsertion professionnelle avaient subi un rude coup avec cet incident. Même si on lui concédait que la tentative de fuite avait été élaborée avec raffinement, l'agence de soins à domicile ne ferait certainement plus appel à elle dans le futur. Le docteur Wirth, qu'on était allé chercher dans un restaurant où, à cette époque de l'année, il fallait réserver quatre semaines à l'avance, n'avait pas laissé sous-entendre qu'il lui laisserait une dernière chance, comme il l'avait fait après le premier incident avec Conrad Lang.

Il lui avait dit assez brutalement qu'elle devait surveiller le patient sur le moniteur et l'informer, lui ou le docteur Stäubli, s'il venait à se réveiller. En aucun cas elle ne devait pénétrer dans sa chambre.

Elle se plia volontiers à cette instruction. Elle n'éprouvait pas la moindre envie de rencontrer le vieux une fois de plus. Elle lui en voulait personnellement de lui causer de telles difficultés. Auparavant elle avait toujours eu un bon contact avec les patients perturbés. Surtout si c'étaient des hommes. Qu'y pouvait-elle si elle lui rappelait quelqu'un ?

Elle était donc assise là, dans la salle de surveillance, et elle regardait le moniteur. Conrad Lang était couché sur le dos et dormait la bouche grande ouverte. Peut-être pourrait-elle faire une formation pour devenir assistante d'un dentiste ? Ou une formation qui n'ait plus rien à voir du tout avec la médecine ? Travailler dans un bar où les vieux gâteux ne prendraient pas la fuite à sa simple vue.

Et où il ne ferait pas aussi froid que chez les gens riches. Elle se leva, alla chercher une couverture, s'assit dans le seul fauteuil confortable, se glissa sous sa couverture et continua de fixer le moniteur.

Elle se réveilla parce qu'elle était gelée. Il était presque six heures. Sur le moniteur, Conrad Lang dormait toujours, la bouche grande ouverte. Il avait seulement repoussé sa couverture et sa chemise de nuit était toute remontée.

Sophie Berger se leva et descendit sans faire de bruit jusqu'à la chambre à coucher. Elle ramassa la couverture sur le sol et couvrit Conrad Lang. Il était couvert de sueur bien que le thermomètre de la chambre ne marquât que douze degrés.

Elle retourna à la chambre de surveillance et téléphona à Monsieur Hugli aux serres. Cela prit un certain temps avant qu'il ne réponde.

« Ici Sophie Berger, la garde-malade de la maison des invités. Est-ce qu'il y a un problème avec le chauffage ? »

Le chauffage n'était pas à vrai dire du domaine de Monsieur Hugli. Mais à six heures du matin, il pouvait bien accepter que cela soit de son ressort. Il se rendit à la chaufferie et après quelque temps il se rendit compte que la vanne de distribution pour la maison des invités était fermée. « Tout est en ordre », annonça-t-il. Il ne voulait créer de difficultés à personne.

Lorsque peu après sept heures, l'infirmière de jour, Irma Catiric, vint prendre son service, il faisait un peu plus chaud dans la maison des invités. Malgré tout sa première question fut : « Est-ce qu'il y a un problème avec le chauffage ? On se croirait dans un réfrigérateur.

— Il paraît que tout est en ordre, je me suis informée. »

Irma l'infirmière entra dans la chambre à coucher, en ressortit presque aussitôt, courut au téléphone sans dire un mot et composa le numéro du docteur Stäubli.

« Pneumonie », dit-elle seulement. Puis elle raccrocha.

« Est-ce que vous êtes aveugle ? » jeta-t-elle en passant à Sophie Berger.

« On m'a interdit de pénétrer dans la chambre », voulut-elle dire. Mais Irma l'infirmière avait de nouveau disparu dans la chambre de Conrad Lang.

Bien que l'état physique de Conrad Lang ne fût pas mauvais, la pneumonie le fit beaucoup décliner. Sa confusion augmenta du fait du manque d'oxygène, les antibiotiques l'affaiblirent. Il ne mangeait pas et toute la journée il était attaché à sa perfusion. On ne pouvait le sortir du lit qu'en réunissant toutes les forces ; il restait passif avec le physiothérapeuthe et c'est à peine si l'on pouvait échanger quelques mots avec lui. Il n'y avait que quand venait son infirmière Ranjah qu'il mettait les mains sous son menton et qu'il souriait.

Le docteur Stäubli passait chaque jour, il l'examinait et il lui disait des mots de réconfort. « Il faut manger, Monsieur Lang, levez-vous, déplacez-vous. Si vous ne vous soignez pas vous-même, je ne le peux pas non plus. » Il déclara à Elvira, à qui il devait faire son rapport après chaque visite qu'il faisait à Conrad : « S'il survit, ce sera à grand prix. C'est tout à fait typique de la maladie d'Alzheimer, ça évolue par étapes. Ou bien par beaucoup de petites. Ou bien, comme dans son cas, par quelques grandes.

— Dit-il quelque chose ? » voulait-elle savoir à

chaque fois. Quand il disait non, elle paraissait soulagée.

Elle questionnait aussi Simone : « Est-ce qu'il dit quelque chose ? Est-ce que vous parlez ensemble ? »

Simone secouait la tête. « Peut-être devrais-tu lui rendre une fois visite ? Tu pourrais essayer de parler du passé avec lui. Moi je n'en sais rien.

— Le passé, c'est le passé, dit Elvira.

— Pas dans le cas de cette maladie », répondit Simone.

Conrad Lang serait sans doute mort depuis longtemps s'il n'y avait pas eu Ranjah, l'infirmière. Lorsque, après un nouvel insuccès pour le séduire à travers l'un de ses plats préférés, sa cuisinière officielle, découragée, eut renoncé, Ranjah se mit en secret à le gaver de petites bouchées qu'elle amenait de chez elle — des amandes au miel, des boulettes de riz au coriandre, des petites bouchées de bœuf rôti froid avec du citron et des oignons — et qu'elle lui fourrait directement dans la bouche, de ses doigts longs et fins. Tout en faisant cela, elle papotait avec lui dans un mélange de tamoul, de cinghalais et d'anglais, tout en le cajolant et en l'embrassant comme un nourrisson.

Ranjah ne racontait à personne les succès de sa thérapie. Dans des cas antérieurs elle avait eu souvent de mauvaises expériences, parce que ses méthodes allaient presque toujours à l'encontre de la lettre des règlements hospitaliers chez nous.

Ce fut donc un pur hasard si Simone vint à les

connaître. Ayant eu une journée pleine d'obligations ce jour-là, exceptionnellement, elle ne put rendre visite à Conrad qu'à la nuit tombée. Lorsqu'elle entra dans la maison des invités, elle entendit un babillage dans la chambre de Conrad. Elle ouvrit doucement la porte et vit alors Ranjah qui donnait la becquée à un Conrad bienheureux.

Lorsque Conrad la vit et prit peur, Ranjah lui caressa les cheveux : « *Don't worry, Mama Anna is not here.* »

C'est alors seulement qu'elle remarqua Simone dans l'encadrement de la porte.

« Qui est Maman Anna ? demanda Simone à Urs ce même soir. C'est quelqu'un dont Conrad a peur. »

Urs n'en avait aucune idée.

Son beau-père l'aida un peu. « Sa mère s'appelait Anna. Mais pourquoi devrait-il avoir peur d'elle ?

— Est-ce qu'elle ne l'a pas déposé chez un paysan quand il était enfant ?

— Pour ça on peut haïr quelqu'un. Mais en avoir peur ?

— Peut-être que nous ne savons pas tout. »

Thomas Koch haussa les épaules, se leva et prit congé. Il n'était jamais qu'un play-boy vieillissant entre deux mariages.

Simone ne put dormir. Au milieu de la nuit il lui vint une idée. Elle se leva, descendit dans le vestibule et attendit que son beau-père rentre à la maison. Lorsqu'il rentra finalement, les yeux vitreux et faisant beaucoup de bruit, elle s'était endormie dans le fauteuil. Elle sursauta et lui demanda : « Est-ce qu'elle avait les cheveux roux ?

— Blondes ou brunes, j'aime toutes les femmes, chantonna-t-il.

— La mère de Conrad, je veux dire. »

Thomas eut besoin d'un moment pour saisir ce qu'elle voulait dire. Puis il éclata de rire. « Rousse comme le diable. »

« Des photos d'autrefois ? Je n'ai pas de photos d'autrefois. Sur ces photos on ne voit jamais que combien l'on a vieilli. » Elvira était assise dans la chambre où elle prenait le petit déjeuner, et elle faisait comprendre à Simone qu'elle dérangeait. « Pourquoi en as-tu besoin ?

— Je veux les montrer à Conrad. Parfois ça permet de tirer de son apathie quelqu'un atteint de la maladie d'Alzheimer.

— Je n'en ai pas. »

Simone renonça. « Peux-tu t'imaginer pourquoi il a peur de sa mère ?

— Peut-être parce que les choses n'ont pas bien tourné pour lui, sourit Elvira.

— Quel genre de femme était-ce ?

— Le genre de femme qui cache son enfant à un diplomate nazi pour que celui-ci l'épouse.

— Mais elle fut ta meilleure amie pendant un moment.

— Anna est morte depuis longtemps, je ne veux pas parler d'elle.

— Comment est-elle morte ?

« — Lors d'une attaque aérienne contre un train, pour autant que je sache.

— Et elle avait les cheveux roux.

— Quelle importance cela a qu'elle ait eu les cheveux roux ?

— Conrad avait peur de la garde-malade. Et celle-ci a les cheveux roux.

— Anna était blonde.

— Thomas dit qu'elle était rousse comme le diable.

— Thomas aussi oublie un peu les choses. »

Montserrat ne travaillait à la villa que depuis quatre semaines. C'était la nièce de Candelaria, qui s'arrangeait toujours pour placer l'une ou l'autre des membres de sa nombreuse famille au service des Koch. Montserrat était employée comme femme de ménage.

« Aujourd'hui la Señora était dans le bureau du Don, raconta-t-elle à Candelaria au déjeuner. Elle cherchait quelque chose dans son bureau.

— Est-ce que tu as frappé ?

— Je pensais qu'il n'y avait personne parce que je l'avais vu sortir.

— Il faut toujours frapper avant d'entrer.

— Même quand on est sûr que la pièce est vide ?

— Même quand il ne reste plus rien de la maison, sauf la porte. »

Montserrat avait dix-neuf ans et il lui restait bien des choses à apprendre.

Urs ne fut pas non plus d'une grande aide. Simone aborda ce thème avec lui au déjeuner qu'exceptionnellement il prit à la villa.

I

« Pourquoi as-tu besoin de vieilles photos ? » lui demanda-t-il un peu irrité. Il devinait que cela avait encore à voir avec son hobby, Conrad Lang.

« Les spécialistes nous recommandent de regarder avec lui des photos de son passé, cela peut servir à les raccrocher au présent. Mais il semble qu'il n'y en ait pas dans votre famille.

— Elvira a des étagères entières pleines d'albums de photos.

— Elle ne m'en a donné aucune. Elle dit qu'elle ne sait pas où elles sont. »

Il rit d'un air incrédule. « Dans son cabinet, dans la bibliothèque murale. Des quantités. »

Simone attendit jusqu'à trois heures de l'après-midi, l'heure à laquelle d'habitude Elvira faisait sa correspondance. Elle se rendit au *Stöckli* et sonna à la porte du cabinet de travail.

« Oui ? » répondit Elvira d'un ton peu amène. Simone avait brisé l'un des tabous de la maison. Lorsque Elvira était dans son cabinet de travail, elle n'y était pour personne.

Simone entra. « Urs m'a dit que tu gardais tes photos ici. Peut-être pourrais-je en emprunter quelques-unes. »

Elvira ôta ses lunettes. « On voit bien que cela fait longtemps qu'Urs n'a pas mis les pieds ici. Tu en vois, toi, des photos ? » Elle montrait les rayons près d'elle.

On y voyait quelques classeurs, une série de rapports commerciaux annuels relatifs aux entreprises Koch, à leurs diverses branches et à d'autres entreprises, un dictionnaire en dix-huit volumes et deux photos encadrées d'Elvira avec son premier et son second mari.

Pas la moindre photo sinon, pas le moindre album.

« Peut-être que personne ne doit voir comment elle n'a cessé de rajeunir », dit Thomas Koch en riant, quand Simone lui raconta cette entrevue.

Il était d'excellente humeur lorsqu'elle vint le trouver. Il venait juste de se décider à passer les fêtes sur le *Why not ?*, le yacht des Barenboïm, qui faisait une croisière dans les Caraïbes avec tout un groupe de gens amusants. Pour se conformer à une loi non écrite, il passerait encore Noël à la villa et il s'envolerait le lendemain pour Curaçao pour embarquer là-bas, en compagnie de Salomé Winter, vingt-trois ans.

Il se montra donc très coopératif et fut d'accord pour mettre des photos à la disposition de Simone, « par boîtes entières », si elle le voulait.

Mais lorsque, sûr de son coup, il ouvrit le tiroir à photos, celui-ci était vide. Bien qu'il aurait pu jurer qu'elles étaient là.

Il prit même le temps de chercher à d'autres endroits où elles auraient pu être. Les photos restèrent introuvables.

On célébra le réveillon de Noël à la *Villa Rhododendron,* dans le cercle familial le plus étroit. Dans la bibliothèque on avait dressé un grand arbre de Noël, décoré avec des accessoires qui remontaient encore au premier mariage de Wilhelm Koch : on y avait placé des boules de verre transparentes qui scintillaient comme des bulles de savon, des pommes de glace en verre et des angelots avec des visages pareils à ceux des poupées à la mode du tournant du siècle. Les branches s'alourdissaient de pommes rouges et de rubans de soie, et des fils d'argent et des cheveux d'ange y étaient suspendus. Toutes les bougies étaient rouges. Au faîte de l'arbre, il y avait un ange doré qui, les bras étendus, bénissait les hommes de bonne volonté.

La tradition voulait que le plus âgé des hommes présents lise le passage de l'Évangile qui relatait Noël. Depuis de nombreuses années c'était Thomas Koch.

« Et l'ange du Seigneur vint vers eux, lisait-il d'un ton solennel, et la clarté du Seigneur les illuminait, et ils furent frappés d'une grande frayeur. Et l'ange leur parla : Ne craignez rien ! Je vous annonce une grande joie qui vous concerne tous, car aujourd'hui un Sauveur vous est né dans la ville de David, c'est le Christ, notre Seigneur. »

Puis Thomas se mit au piano et joua son pot-pourri, un peu rouillé, de Noël.

Elvira écoutait avec émotion, Urs pensait à l'augmentation imminente de capital dans le secteur de l'électronique, Thomas à Salomé Winter, vingt-trois ans, et Simone à Conrad Lang.

Conrad Lang était assis avec Ranjah dans le séjour de la maison des invités. Nul ne pouvait savoir à quoi il pensait.

Au matin du jour de Noël, Simone frappa à la porte de son beau-père, fermement résolue à produire un miracle de Noël.

Thomas Koch fit des pieds et des mains, trouva

mille échappatoires, protesta et quémanda. Mais Simone ne lâcha pas prise.

Peut-être était-ce la joie par anticipation de se retrouver aux Caraïbes, peut-être l'armagnac 1875 qu'il avait promis pour l'anniversaire de son père, peut-être était-ce sa faiblesse qui ne lui permettait pas de résister aux prières des jeunes et jolies femmes, ou peut-être était-ce l'émotion qui le prit à l'idée qu'il pouvait être capable d'un aussi grand geste, en tout cas, il fit avant son départ une visite surprise auprès de Conrad Lang dans la maison des invités.

Lorsqu'il entra dans la chambre et qu'il vit Conrad assis sans bouger à la fenêtre, les yeux fixes, il regretta déjà sa résolution. Pourtant il prit place près de lui. Simone les laissa seuls.

« Urs a de la chance avec sa femme », dit Thomas.

Conrad ne comprenait pas.

« Simone, qui vient juste de sortir. »

Conrad ne se souvenait pas.

« J'embarque demain sur le *Why not.* »

Conrad ne réagissait pas.

« Le yacht des Barenboïm, dit Thomas pour l'aider.

— Ah oui, dit Conrad.

— Est-ce que tu as besoin de quelque chose ? Est-ce que je dois t'apporter quelque chose ?

— Quoi ?

— Quelque chose. »

Conrad réfléchit. Il tentait d'organiser ses pensées, au moins pour pouvoir donner une réponse. Mais au moment où il commençait à avoir le sentiment qu'il pourrait peut-être y arriver, il ne savait plus à quoi il devait répondre.

« Bien, bien », dit-il finalement.

Thomas Koch n'était pas un homme patient. « Enfin bref (il dit ces mots en français), si quelque chose te vient à l'esprit, fais-le-moi savoir.

— D'accord », répondit Conrad, en français cette fois.

Thomas se rassit et continua : « Tu préfères parler français ?

— Si c'est plus facile pour toi. »

Ils s'entretinrent en français à propos de Paris. Koni expliqua à Thomas où l'on mangeait dernièrement les meilleures huîtres aux Halles et il voulut savoir s'il ferait courir "Éclair" cette saison à Longchamp.

Les Halles avaient été démolies en 1971 et Thomas ne possédait plus de chevaux de course depuis 1962.

L'astuce de parler français ne marchait pas avec Simone. C'était comme si pour Conrad cette langue qui lui donnait accès à une partie de ses souvenirs ne le mettait en relation qu'avec Thomas Koch.

Mais le même soir Simone eut droit à son second miracle de Noël.

Simone s'était aménagé dans la villa une pièce à son goût. Beaucoup de fleurs sur les fauteuils, sur les divans, sur les rideaux et les coussins ; beaucoup de dentelles et de bouquets secs et un parfum artificiel d'après-midi d'été qui émanait de nombreux récipients remplis de fleurs séchés. Urs appelait cette pièce par moquerie la "chambre Laura-Ashley" et ne cachait nullement qu'il en avait horreur. Mais pour Simone, c'était l'unique refuge dans cette grande maison qui mêlait l'austérité un peu sombre des maisons fin de siècle à la rigueur du Bauhaus.

Lorsque Simone entra dans la "chambre Laura-Ashley", il y avait une enveloppe jaune sur sa petite table de travail.

« J'ai quand même trouvé quelques photos. Dieu, qu'est-ce que nous avons vieilli ! Bonne chance. Thomas », était-il griffonné sur une feuille de papier.

Ces photos se ressemblaient toutes : on y voyait des jeunes gens détendus, en costume de ski des années cinquante, assis à une longue table dans un refuge de montagne. On y voyait des jeunes gens tout aussi désinvoltes en maillot de bain des années soixante appuyés au bastingage d'un yacht. Ces mêmes jeunes gens en tenue de soirée des années cinquante assis à une longue table avec des cotillons et des serpentins de la Saint-Sylvestre. Les mêmes avec d'autres, en tenue de vacances des années cinquante, dans une voiture décapotable. Sur toutes les photos, on reconnaissait Thomas Koch et sur la plupart aussi Conrad Lang.

Conrad Lang réagit aux photos comme Simone l'espérait.

« C'était le réveillon, dit-il, lorsqu'elle lui montra la photo de la fête. Au *Palace*.

— En quelle année, s'enquit Simone.

— L'an dernier. »

Pour la photo de la décapotable, il montra le chauffeur : « C'est Peter Court. En 1955, non loin de Douvres, il a heurté de plein fouet un camion de bétail. Il revenait d'un séjour de trois mois sur le continent. Il a eu des problèmes avec la conduite à gauche. Vingt-six ans. »

En voyant la photo des skieurs au refuge, il secoua la tête avec étonnement : « Serge Payot ! Dire qu'il vit encore ! »

Puis il prit la photo de groupe sur le yacht et sourit. « Ceux du *Tesoro*. Claudio Piedrini et son frère Nunzio. Et... »

Il déchira la photo en petits morceaux tout en grommelant : « Ce cochon-là. Ce cochon. Ce maudit cochon. »

Puis il ferma la bouche et ne l'ouvrit plus de toute la visite qu'elle lui fit.

Lorsque Simone recolla les bouts de la photo, elle ne lui trouva rien de particulier. Thomas avait le bras passé autour de la taille d'une fille, comme sur toutes les autres photos, du reste. Conrad manquait.

Koni se réveilla au milieu de la nuit, sachant qu'il haïssait Tomi. Il ne savait pas à vrai dire pourquoi, mais un sentiment de haine l'envahissait tout entier. Il savait que cette haine s'adressait à Tomi parce qu'il pouvait penser à tous les gens qu'il avait rencontrés dans sa vie — à Elvira, à son mari Edgar Senn, à Joseph Zellweger de la ferme Zellweger et à sa femme décharnée, au professeur de piano Jacques Latour — sans éprouver davantage qu'un peu de répulsion ou de peur. Pour les Piedrini, c'était déjà un peu plus que de la répulsion, c'était comme du dégoût, mais ce n'était rien en comparaison de ce qu'il éprouvait pour Tomi.

Lorsqu'il pensait à Tomi, son cœur se soulevait un

moment et il sentait le sang lui monter aux joues et il n'avait plus qu'un désir : tuer ce cochon.

Il se redressa et descendit du lit. La porte s'ouvrit aussitôt et, dans la fente éclairée, la voix de Ranjah chantonnait : « Mama Anna isn't here.

— *I'll kill the pig* », s'écria Conrad.

Ranjah alluma la lumière et fut effrayée de l'expression de son visage. Elle marcha vers lui et lui passa le bras autour du cou.

« Quel cochon ? »

Conrad réfléchit. *Which pig ?* Il ne le savait déjà plus.

Le lendemain Simone revint avec les photos. « C'était le réveillon au *Palace*. 1959 », dit-il. Et : « Peter Court ! Je pensais qu'il était mort dans un accident. » Et : « Ah, Serge Payot. Et Tomi, ce cochon.

— Pourquoi Tomi est-il un cochon ? demanda Simone.

— Tout le monde le sait », répondit-il.

Le lendemain, Simone partit avec mauvaise conscience pour Bad Zürs passer le réveillon et faire du ski avec Urs (« Tu te souviens ? Je suis Urs, ton mari ! » lui avait-il lancé récemment, alors qu'elle revenait de la maison des invités). Elle donna les photos à Ranjah pour qu'elle puisse les regarder avec Conrad.

Lorsqu'elle revint, sa léthargie avait fait place à autre chose.

On eût dit que c'était de la rage.

Ranjah confirma cette impression. Elle lui raconta qu'il était plus agité la nuit, qu'il avait des cauchemars et que quelquefois il se réveillait plein de haine.

« Dans ce cas nous ne lui montrerons plus les photos », dit Simone.

Ranjah la regarda avec surprise : « Mais alors dans ce cas vous allez lui ôter un sentiment ! »

Simone continua donc de lui montrer les photos.

« Quelles photos ? » voulut savoir Elvira Senn.

En lui faisant son rapport sur l'état de Conrad, le docteur Stäubli avait glissé en passant : « Il continue de décliner, semble-t-il. Il ne réagit pratiquement plus aux photos. »

Le docteur lui décrivit les photos que Conrad avait vues et revues avec Simone. Au début avec un peu de succès, mais ces derniers temps avec des signes toujours plus nets qu'il ne pouvait plus se souvenir.

« Et quand ça marchait, comment cela se manifestait-il ?

— Ça l'excitait. Il s'est mis à bavarder. Il mélangeait certes les époques, mais ça fait partie du tableau de la maladie.

— Qu'est-ce qu'il a raconté ?

— Il parlait des gens qui sont sur les photos, des endroits où elles ont été prises. D'une manière très étonnante parfois. Ce sont quand même des photos vieilles de quarante ans.

— Et, maintenant, il n'y réagit plus ?

— À peine. La partie du cerveau dans laquelle ces souvenirs sont conservés semble également atteinte maintenant. »

Le docteur Stäubli aurait bien aimé savoir pourquoi cela avait l'air de tranquilliser Elvira.

8

Un peu plus d'un an après que le cocher de traîneau Fausto Bertini l'eut trouvé dans un trou de neige du Stazerwald, il semblait que Conrad Lang veuille se replier complètement sur lui-même. Les seuls, qui avaient encore un peu accès auprès d'une certaine partie de lui-même, étaient Ranjah, à qui il faisait un grand sourire quand elle pénétrait dans la pièce et avec qui il parlait anglais de manière cohérente et très correcte, et Jocelyne Jobert, la thérapeute animatrice, pour laquelle il peignait des aquarelles, d'un coup de pinceau clair et économe.

Ce mois de janvier était bien triste, à peine y eut-il une journée ou deux où l'on pouvait voir jusqu'à l'extrémité du lac, et presque tous les jours il tombait une pluie glacée et monotone.

Simone traversait sa septième crise conjugale. Au ski, Urs avait fait la connaissance de Theresia Palmers, une jeune coureuse de Vienne qu'Erwin Gubler, l'un des plus gros marchands immobiliers, avait fait venir pour les fêtes. Urs l'avait maintenant installée dans la suite de la Tour, au *Grand Hôtel des*

Alpes, dans la meilleure tradition familiale. Simone l'avait su parce que parmi les enregistrements d'appels téléphoniques, il y en avait un qui disait : « Madame Theresia Palmers prie Monsieur U. Koch de la rappeler. *Grand Hôtel des Alpes*, suite de la Tour. » Suivait un numéro de téléphone.

Ce n'était pas tant cette liaison que le moment où elle survenait qui blessait Simone. Elle était en effet enceinte. Urs, à vrai dire, ne le savait pas encore. Le jour où elle voulait lui annoncer la nouvelle, elle avait trouvé ce message. Mais elle doutait terriblement qu'il allait, de ce fait, changer de comportement.

La mélancolie de ce janvier-là et la tristesse qui s'installaient à la maison des invités firent le reste. Pour la première fois depuis qu'elle avait pris Conrad Lang sous son aile, ses dépressions l'écrasaient de nouveau de tout leur poids de plomb.

Elle continuait bien de s'obliger à rendre visite à Conrad aux heures habituelles, mais c'étaient des moments éprouvants, qu'ils passaient ensemble sans s'adresser un mot, chacun étant plongé dans une sorte d'impasse.

Il arrivait de plus en plus souvent qu'elle s'en aille plus tôt et de plus en plus souvent aussi qu'après une telle visite elle se réfugie dans sa " chambre Laura-Ashley " et se mette à pleurer. Et chaque fois c'était un peu plus sur elle-même qu'elle pleurait et de moins en moins sur Conrad Lang.

Il semblait que Simone Koch fût la deuxième femme qui, sans qu'il le remarque, quittait la vie de Conrad.

Elvira Senn attendit encore quelques jours. Lorsque les nouvelles en provenance de la maison des invités cessèrent de faire état d'une amélioration de la santé de Conrad Lang, elle céda aux pressions du docteur Stäubli et partit pour Gstaad où elle entendait passer ses habituelles vacances d'hiver au chalet des Koch.

« Cela vous fera du bien de prendre de la distance », lui dit-il. Et il lui promit de tenir en main la situation. « S'il se passe quelque chose, je vous appellerai.

— Même au milieu de la nuit.

— Même au milieu de la nuit », se permit-il de mentir.

Elvira à Gstaad, Thomas aux Caraïbes, Urs occupé à sa liaison — la vie de société à la *Villa Rhododendron* était réduite à sa plus simple expression et Simone, dans son état, n'était pas femme à pouvoir y remédier. Elle était contente de n'avoir aucune obligation, et elle restait au lit ou dans sa chambre jusque tard dans l'après-midi ; elle ne sortait plus guère que pour rendre à Conrad les visites dont elle lui était redevable.

Par un après-midi brumeux — une longue pluie froide tambourinait aux fenêtres, et à peine pouvait-on distinguer le groupe des hêtres à côté du pavillon. Urs avait prétexté un déplacement professionnel à Paris pour le week-end et Simone se sentait les membres aussi lourds que les branches toutes mouillées du vieux sapin à côté de sa fenêtre — au point qu'elle décida de ne pas aller chez Conrad Lang.

Le lendemain non plus, elle ne quitta pas sa chambre. Et le surlendemain, jusque tard dans l'après-midi, elle avait réussi à ne pas penser à lui, lorsqu'on frappa à la porte.

C'était Ranjah qui avait entendu dire qu'elle n'allait pas bien et qui venait lui demander si elle avait besoin de quelque chose. Elle avait apporté une aquarelle de Conrad.

C'était comme un jardin avec beaucoup de couleurs, et sur le bord il y avait un tronc assez court. Conrad avait écrit à côté le mot « Arbre ».

Ce ne fut pas tant l'image qui la toucha que ce qu'il avait écrit sur le bord inférieur en lettres maladroites : « Conrad Lang. À vrai dire je voulais encore écrire là-dessus. »

Que voulait-il écrire ? Et à propos de quoi ? De ce bizarre jardin fait de lignes serpentantes, de cercles, de taches, de rubans rouges, verts, jaunes et bleus, qui peut-être représentaient des haies, des chemins, des mares, des buissons, des fleurs et des plates-bandes ? Ou de ce grand mot d'« arbre » appliqué à ce pauvre petit et pitoyable tronc ?

Voulait-il écrire à ce propos qu'un tronc reste encore un arbre ?

« À vrai dire je voulais encore écrire là-dessus. » Et qu'est-ce qui l'en empêchait ? Le fait qu'il avait de nouveau oublié de quoi il s'agissait ? Ou qu'il n'y ait personne qui puisse comprendre ce qu'il voulait dire par là ?

Cette aquarelle était pour elle la preuve qu'il se passait encore bien des choses dans ce cerveau dont les médecins disaient qu'il ne serait bientôt plus en mesure de diriger les fonctions les plus simples du corps.

Simone Koch ne disparut pas de la vie de Conrad. Au contraire, elle décida de faire tout son possible pour qu'il ne disparaisse pas de la sienne.

Le docteur Wirth fut quelque peu surpris quand on lui fit savoir, lors de sa visite, que Madame Simone Koch désirait le voir aussitôt après.

Il était maintenant assis dans cette chambre de jeune fille, si caractéristique et qui convenait si peu à cette grande maison ; il s'efforçait de lui expliquer qu'il n'existait à ce jour aucune guérison possible pour ceux qui étaient atteints de la maladie d'Alzheimer.

« En l'état actuel des choses, il n'existe en tout et pour tout que ce que nous faisons déjà : le gingko, les vitamines, la physiothérapie, la thérapie par les activités, l'entraînement de la mémoire. Nous avons eu aussi de très beaux résultats. Ce à quoi nous assistons à présent, c'est à un nouveau stade. Cette maladie est inexorable, Madame Koch. À ce jour.

— À ce jour ? Y a-t-il donc des perspectives de pouvoir arrêter la progression de la maladie ?

— Il y a des gens qui disent que ce sera faisable dans un avenir prévisible.

— Quels gens ?

— La maladie d'Alzheimer est un problème de très grande ampleur dont la solution exige par conséquent beaucoup d'argent. Il n'existe probablement pas une seule entreprise pharmaceutique qui ne fasse pas des recherches à son sujet.

— Et on obtient des résultats tangibles, dites-vous ?

— Il y en a de nouveaux tous les mois, dont certains promettent beaucoup.

— Dans ce cas, pourquoi n'essayez-vous pas quelque chose ? Qu'est-ce que Monsieur Lang a à perdre ?

— Lui, pas beaucoup, mais, moi, si. Ces médicaments ne sont pas encore autorisés.

— Mais est-ce que l'on ne fait pas parfois des tests sur des volontaires ?

— À ce stade de la maladie, on ne possède plus de volonté autonome.

— Dans ce cas, on ne peut jamais faire d'expériences avec des patients ?

— Si. Quand celui-ci, dans un stade encore pas très avancé, en donne l'autorisation. Au niveau prophylactique pour ainsi dire.

— Et à qui la donne-t-il ?

— Normalement à son médecin traitant.

— Vous l'a-t-il donnée ?

— Non.

— Pourquoi donc ?

— Il n'en fut jamais question.

— C'est-à-dire que vous ne lui avez pas proposé ?

— Cela ne fait pas partie de la routine. » Le docteur Wirth commençait à se sentir un peu mal à l'aise. « Puis-je, sinon, faire quelque chose d'autre pour vous ? Je suis attendu à la clinique.

— Est-ce que l'on peut procéder à de tels tests même sans l'accord du patient ? »

Le docteur Wirth se leva. « Très difficilement.

— Mais ce n'est pas impossible ?

— Il y a des possibilités.

— Dans ce cas, je vous prie de les examiner.

— Je le ferai volontiers, promit le docteur Wirth. Mais essayez donc avec des photos d'une autre période de sa vie. Il arrive qu'on puisse comme ça déclencher un processus. »

Pendant une semaine elle n'entendit plus parler du docteur Wirth, puis elle le rencontra par hasard dans un restaurant trois étoiles. Urs l'avait emmenée là pour dissiper les soupçons qu'à son avis elle nourrissait contre lui.

Le docteur Wirth était assis quelques tables plus loin avec une femme encore très séduisante qui avait la cinquantaine bien passée. Ils prenaient un « menu surprise ». À les voir l'un et l'autre, on remarquait bien qu'il ne s'agissait pas d'un dîner de travail.

Il lui sembla reconnaître cette femme. Mais ce ne fut que lorsque tous deux sortirent, bras dessus bras dessous, qu'elle la reconnut : Rosemarie Haug, l'amie de Conrad Lang, qui ne s'était plus montrée depuis longtemps.

Peut-être se montra-t-elle en cela injuste envers le docteur Wirth : mais dès ce moment, elle décida de changer de neurologue pour Conrad.

Cette résolution et le délicieux bordeaux qu'ils avaient commandé lui donnèrent assez d'audace pour qu'elle se permît la petite cruauté d'annoncer à Urs qu'elle était enceinte.

Ce qui mit immédiatement fin à l'affaire Theresa Palmers, *Grand Hôtel des Alpes*, suite de la Tour.

« Est-ce que vous connaissez un bon neurologue ? » demanda-t-elle à son gynécologue, le docteur Spörri, pendant qu'il l'examinait.

« Vous n'avez pas besoin de neurologue, il est tout à fait normal d'être un peu déprimée au commencement de la grossesse.

— Je m'occupe de quelqu'un qui souffre de la maladie d'Alzheimer, expliqua-t-elle.

— En guise d'introduction aux soins pour les nourrissons ? » Le gynécologue de Simone manquait parfois de tact.

Après la consultation, il lui donna l'adresse d'un neurologue et fixa un rendez-vous pour elle.

« Ne vous impliquez pas trop avec votre patient. Cela a des contrecoups sur le moral. »

Ce neurologue s'appelait le docteur Beat Steiner. Il l'écouta calmement. Puis il lui déclara : « Il existe des commencements de solution qui promettent beaucoup, c'est exact. Certains sont sur le point d'être autorisés. Le docteur Wirth fait partie de cette poignée de médecins qui procèdent actuellement à des tests cliniques. S'il ne l'a pas fait sur ce patient, il doit avoir ses raisons. ».

Simone ne mentionna pas Rosemarie Haug. « Il n'a pas reçu l'accord du patient à l'époque. Et dans son état actuel il est très difficile de recueillir un accord. »

La réaction du docteur Steiner lui fit demander : « Est-ce que vous êtes d'un autre avis ?

— Voyez-vous, Madame Koch, il est toujours quelque peu délicat de contredire un confrère. Surtout quand on a comme moi dans ce cas autant d'éléments sur lesquels s'appuyer. » Il réfléchit un moment. « Mais je vais vous donner une réponse théorique. Il existe la possibilité d'expérimenter sur des patients des liaisons chimiques qui ont été vérifiées dans des tests précliniques et qui lors des tests cliniques sur des patients en bonne santé n'ont pas montré d'effets secondaires. Il faut pour cela l'accord du patient et si ce n'est plus possible, celle de la famille. Et l'accord d'un comité d'éthique.

— Et s'il n'y a pas de parents ?

— C'est de la responsabilité du tuteur légal.

— Et l'accord du comité d'éthique, est-ce qu'on peut l'obtenir ?

— Si le test a un sens et si le risque est mesurable, on reçoit l'autorisation pour une seule application.

— Est-ce que vous-même procédez à de tels tests ? »

Le docteur Steiner secoua la tête. « Ce sont des professeurs et des chargés de cours sous contrat de recherche avec des entreprises pharmaceutiques et des médecins hospitaliers qui y procèdent.

— Vous en connaissez ?

— Le docteur Wirth.

— Et en dehors du docteur Wirth ?

— Dans votre cas, le patient reçoit des soins privés. C'est un problème. Ce serait plus simple s'il était dans une clinique. Une telle solution peut-elle être envisagée ? »

Simone n'avait pas besoin de réfléchir. « Non, en aucun cas.

— Alors ce sera difficile.

— Pouvez-vous cependant vous renseigner ? »

Le docteur Steiner hésita.

« Je vous en prie.

— Je vous ferai signe. »

Lorsque Simone arriva dans la salle à manger de la maison des hôtes, Conrad Lang était assis à la table. sa main reposait sur une grosse balle de plastique avec des bandes de couleur.

Elle s'assit à ses côtés. Après un moment il détacha son regard de la balle et il la regarda. « Regarde un peu », dit-il et il montra la balle, « tu as vu comme ça passe par-derrière.

— Tu veux dire comme les couleurs tournent autour de la balle ? »

Il lui en fit la démonstration comme un professeur qui ne se fait aucune illusion sur la capacité à comprendre de son élève. Puis il secoua la tête, rit et se remit à étudier la balle.

« Ah maintenant, je vois, moi aussi », dit Simone.

Conrad leva vers elle des yeux étonnés. » Comment êtes-vous entrée ? »

Juste après cette visite chez Conrad, Simone se décida à faire un acte courageux.

Elle se procura la clé du *Stöckli*, qui était accrochée dans l'office, à la cuisine de la villa. Elle attendit que le personnel de la sécurité ait terminé sa ronde et ait quitté le domaine. Puis elle se mit en route.

Toute la journée avait été crépusculaire. Dans les maisons, les lumières étaient allumées et le brouillard était si épais qu'il s'accrochait aux sapins. Malgré la rapidité du chemin qu'il fallait prendre jusqu'au *Stöckli*, le manteau de pluie de Simone était déjà tout trempé lorsqu'elle arriva. Elle y entra comme si elle était dans son bon droit.

La maison était chaude et aérée. Sur la commode, près de la garde-robe, il y avait des fleurs fraîches comme chaque jour. Elvira aimait à s'imaginer qu'elle pouvait rentrer à n'importe quel moment sans s'annoncer et qu'elle trouverait alors tout comme si elle n'était sortie que pour quelques heures.

Simone s'arrêta un moment, incertaine, dans le vestibule et réfléchit par où elle devait commencer. Puis elle se dirigea vers la chambre du petit déjeuner.

Là aussi il y avait des fleurs fraîches. Et sur la table, près de la fenêtre, les journaux du jour qui n'avaient pas été touchés. La seule pièce de mobilier, qui pouvait poser problème, c'était un petit buffet en cerisier et acier chromé. Elle ouvrit les portes coulissantes. Tout ce qu'elle trouva fut un service à thé de douze pièces, en porcelaine de Meissen, un peu de vaisselle pour le petit déjeuner, quelques verres et quelques bouteilles de différentes liqueurs.

En dehors de la porte qui menait dans le corridor, il y en avait une autre, dans cette pièce, qui débouchait sur la garde-robe. Simone l'ouvrit et prit peur en voyant au même moment une autre s'ouvrir dans le mur d'en face et quand elle vit la silhouette d'une femme se détacher dans son cadre. Puis elle remarqua qu'en fait le mur n'était qu'un miroir. Des deux côtés de cette pièce il y avait de hautes portes coulissantes. Lorsque Simone ouvrit l'une, la lumière s'alluma dans l'une des armoires qui se trouvait derrière.

Elle explora sans succès quatre de ces très grandes penderies pleines de vêtements, de linge, de corsages, de chaussures, de fourrures et de costumes variés. Puis elle découvrit la poignée d'une porte qui se trouvait dans la cloison en miroir et en ouvrit une autre qui conduisait à une salle de bains en marbre couleur émeraude.

Simone ouvrit quelques petites armoires à glace, quelques tiroirs à maquillage, un petit réfrigérateur qui contenait des cartouches d'insuline et continua son chemin jusqu'à la prochaine porte.

C'était la chambre à coucher d'Elvira Senn.

Il n'y avait là plus rien des euphémismes retenus, des lignes claires et des compositions aux couleurs équilibrées qui régnaient dans les autres pièces. C'était au contraire le domaine d'un mélange débridé d'Art nouveau, de baroque, de style Louis-Philippe et d'atmosphère hollywoodienne.

Près d'un lit aux dimensions étonnantes pour une dame de son âge, il y avait un secrétaire d'époque Louis-Philippe, avec de coûteuses marqueteries en bois d'érable ; lui faisait face une opulente commode Empire, et dans l'intervalle des deux fenêtres, aux rideaux bouffants en crêpe de soie vieux-rose, il y avait une vitrine toute simple en noyer, bourrée de bibelots que l'on accumule en quatre-vingts ans d'existence. Contre la cloison de la salle de bains se trouvait une coiffeuse Art déco en laque noir, rouge et or.

Toute la pièce sentait la poudre et de lourds parfums et était déjà plongée dans le crépuscule précoce de cette journée sans lumière.

Simone tira les rideaux, alluma la lumière et s'attaqua pour commencer au secrétaire Louis-Philippe.

Dans l'organigramme de l'agence de sécurité privée, il y avait des patrouilles complémentaires dont la fréquence et l'horaire étaient fixés par un générateur aléatoire de la centrale. Ce jour-là, l'appel joignit la patrouille alors qu'elle rentrait pour le soir de fête. « Patrouille complémentaire *Rhododendron* », annonça la radio, juste comme ils étaient en train de s'engager dans le garage souterrain de la centrale.

« Merde de générateur aléatoire, jura Armin Frei qui conduisait.

— On pourrait déjà être descendus... », suggéra Karl Welti. Il avait rendez-vous avec la jolie assistante de son dentiste au fichier duquel il figurait toujours comme étudiant.

« Oui, mais nous ne sommes pas descendus », répliqua Armin Frei, qui n'avait pas de rendez-vous en dehors des habitués à la table du même nom, où il pourrait tonitruer par la suite : « Savez-vous ce qui m'est encore arrivé aujourd'hui avec cette connerie de générateur aléatoire ? »

Il fit faire demi-tour au véhicule et il reprit le chemin de la *Villa Rhododendron*.

— Est-ce que tu peux au moins faire halte à une cabine téléphonique, Monsieur le fayot ?

— On n'est pas forcément fayot parce qu'on ne chie pas sur son boulot.

— Tiens, voilà une cabine téléphonique, fayot. »

Lorsqu'ils furent de nouveau à proximité de la villa, la nuit était tombée. Ils ouvrirent la porte, s'annoncèrent à l'interphone : « Service de sécurité, patrouille complémentaire. » Puis, de mauvaise humeur, ils suivirent les cônes que leurs lampes projetaient à travers le parc dégoulinant de pluie.

Quand ils furent au *Stöckli*, ils virent une bande de lumière qui venait de la chambre et qui faisait briller les feuilles mouillées d'un rhododendron.

« C'est pourtant signalé comme provisoirement inhabité, dit Armin Frei.

— Et encore ça en plus ! » gémit Karl Welti.

Simone était découragée. Même dans la chambre à coucher il n'y avait rien. Elle s'assura qu'elle n'avait rien déplacé et éteignit la lumière. Elle était debout dans l'obscurité et avait encore l'image du secrétaire devant les yeux. Il y avait quelque chose qui clochait. Elle alluma de nouveau la lumière et remarqua ce qui n'allait pas. Le battant de l'écritoire était relevé quand elle était entrée dans la pièce. Maintenant il était baissé. Elle le releva et tourna la clé. Mais la serrure ne fermait pas. Elle s'y reprit à plusieurs fois. Mais comme cela ne marchait toujours pas, elle essaya dans l'autre sens. La clé tourna et le battant fut verrouillé.

Elle éteignit de nouveau la lumière, et de nouveau elle eut devant elle l'image du secrétaire sur lequel quelque chose clochait. Lorsqu'elle fit une nouvelle fois la lumière, elle remarqua que la paroi latérale de la partie supérieure du meuble était écartée. Elle s'approcha et constata que cette paroi s'ouvrait comme une porte. Elle avait dû s'ouvrir au moment où elle tournait la serrure dans l'autre sens.

Cette porte dissimulait un espace creux entre la fausse et la vraie paroi du meuble. Il y avait là, cachés, neuf albums de photos diversement reliés.

Simone les sortit de leur cachette, fit claquer la serrure de la porte secrète et éteignit la lumière.

Comme elle ouvrait la porte du corridor, deux fortes lampes de poche l'éblouirent.

« Service de sécurité ! Pas un geste ! » ordonna une voix excitée.

Les deux vigiles connaissaient Simone et s'excusèrent.

Simone déclina leurs excuses. « Ça donne un sentiment de confiance de savoir que vous êtes si vigilants. Puis-je vous offrir quelque chose ? »

Armin Frei n'était pas contre. Mais Karl Welti lui brûla la politesse : « Non merci, pas pendant le service. » S'ils se dépêchaient, ça pourrait encore aller pour l'assistante du dentiste.

Armin Frei se vengea en tirant avec componction de la poche de sa veste le bloc des rapports pour en rédiger un. « En ce cas nous avons seulement besoin de votre signature.

— Viens donc, ce n'est pas nécessaire, c'est la propriétaire.

— La maison était signalée comme momentanément inhabitée. » Armin Frei commença à porter la date d'un air pédant : « Lieu : chambre à coucher *Stöckli*, heure : 18 h 35.

— Je préférerais que vous ne fassiez pas de

rapport écrit. Je voulais faire une surprise pour le quatre-vingtième anniversaire de Madame Senn. » Elle montra les albums de photos.

Armin Frei. « Ah bon. Nous avons aussi fait ça pour le soixantième anniversaire de mon père. Avec de vieilles photos.

— Justement, dit Simone.

— Justement », pressait Karl Welti.

Ces neuf albums étaient d'époques différentes. La plupart dataient de la fin des années cinquante et du début des années soixante. On y voyait le gros Edgar Senn, l'allure décontractée, et Elvira à ses côtés, plutôt douce, élégante et quelque peu distante, faisant l'effet d'une demoiselle aux côtés du roi Babar. Sur un très petit nombre on voyait Thomas Koch mais sur aucune Conrad Lang.

L'un de ces albums datait des toutes premières années de l'après-guerre. Sur la plupart des photos on retrouvait Thomas Koch : Thomas en uniforme scolaire, Thomas en tenue de tennis, Thomas en tenue de ski, Thomas à cheval, Thomas faisant sa confirmation. Sur quelques-unes de ces photos, on voyait aussi un garçon du même âge, un peu gauche : il s'agissait très vraisemblablement de Conrad Lang.

L'avant-dernier album, si l'on remontait dans le temps, devait dater des derniers temps de l'avant-guerre. On y retrouvait toute une série de clichés de sites célèbres du monde entier et sur presque tous on pouvait reconnaître Elvira jeune avec parfois un, parfois deux petits garçons.

L'album le plus ancien datait des années trente. Presque toutes les photos avaient été prises à la *Villa Rhododendron* ou dans son parc. On y voyait Elvira presque adolescente encore et Wilhelm Koch, déjà vieux.

Et des emplacements vides auxquels collaient encore les lambeaux blancs de photos arrachées.

Le lendemain, Simone fit faire des copies laser des trois albums sur lesquels on voyait apparaître Conrad Lang. Et aussi — elle ne savait pas pourquoi — des pages desquelles les photos avaient été arrachées. Après quoi elle retourna au *Stöckli* et replaça les neuf albums dans leur cachette.

Lorsque vers midi elle rendit visite à Conrad, l'infirmière Irma Catiric la reçut, très irritée : « Il ne mange pas », proféra-t-elle avec un air de reproche, comme si Simone en était responsable.

Lorsqu'elle retrouva Conrad, elle vit devant lui une assiette de cannelloni aux légumes à laquelle il n'avait pas touché, un verre de jus de carotte frais, du céleri, des pommes et une coupelle de salade.

Irma se pencha pour ramasser la serviette qui était tombée par terre et elle la lui passa énergiquement autour du cou. « Allons, on va montrer à notre visiteuse comment on mange bien ! » Dans un moment de fébrilité on pouvait bien concéder à Irma de tels écarts dans la langue des gardes-malades.

Conrad arracha la serviette qu'on lui avait passée autour du cou et la jeta à terre. « Maintenant ça va péter », gronda-t-il.

Irma leva les yeux au ciel et sortit.

« J'ai besoin de ton aide », dit Simone. Conrad la regarda avec étonnement.

« J'ai apporté quelques photos et je ne sais pas ce qu'il y a dessus. »

Elle l'aida à se lever (depuis qu'il avait eu sa pneumonie, il lui arrivait souvent de ne pas bien tenir sur ses jambes), et ils s'assirent côte à côte sur le sofa. Simone avait apporté l'album avec les photos sur lesquelles parfois on voyait le garçon un peu maladroit, dont elle était tentée de penser que c'était Conrad Lang.

« Celle-ci, par exemple. Peux-tu me dire qui sont ces gens ? » Cette photo avait été prise sur un bateau à aubes. On y voyait quelques jeunes garçons du même âge avec leurs sacs à dos et un homme, lui aussi avec un sac à dos et une casquette blanche à visière.

Conrad n'eut pas besoin de réfléchir. « Mais c'est Baumgartner, notre instituteur. Pendant le voyage scolaire au Rütli. Et c'est Heinz Albrecht, Joseph Bindschedler, Manuel Eicholzer, Niklaus Fritschi, et ici Richard Marthaler, nous l'appelions Marteli, et le gros, c'est Marcel von Gunten. Tomi, c'est celui qui n'a pas de sac à dos.

— Pourquoi Tomi n'avait-il pas de sac à dos ?

— Nous en avions un pour nous deux.

— Et alors ? Comment s'était passé ce voyage scolaire ?

— Quand Furrer a pris cette photo, c'était juste le jour où il ne pleuvait pas.

— Qui est Furrer ?

— C'est le professeur de géographie. Ici c'est

Tomi sur la piste de ski "Lanigiro" à Saint-Moritz. "Lanigiro", ça veut dire "original" écrit à l'envers, c'est un orchestre célèbre qui a souvent joué à Saint-Moritz. C'est moi qui ai fait la photo. »

Conrad feuilleta l'album avec beaucoup d'intérêt. Il pouvait commenter en détail toutes les photos sur lesquelles il figurait. Lorsqu'il ne se rappelait pas tout de suite le nom de quelqu'un, il s'irritait même, comme quelqu'un à qui ce genre d'oubli n'arrive jamais. « Je l'ai sur le bout de la langue », répétait-il sans arrêt.

Il pouvait même commenter quelques photos sur lesquelles il n'était pas. « Ici, c'est Tomi sur "Relampago". En espagnol ça veut dire "Éclair". À cette époque, j'étais encore à la ferme de Zellweger. L'étalon avait déjà été vendu quand je suis revenu à la *Villa Rhododendron*.

Une photo avec Thomas et deux jeunes hommes en pull-over de cricket et raquettes de tennis entraîna cette explication : « Ça c'est Thomas avec nos "roommates" au collège Saint-Pierre, Jean Luc de Rivière et Peter Court. Moi, je suis "en retenue" parce qu'ils m'ont attrapé au village.

— C'est-à-dire ? demanda Simone.

— J'étais collé. »

Irma qui venait de rentrer dans la pièce maugréa : « Vous aurez aussi une retenue, si vous ne mangez pas ! »

Koni se leva avec obéissance, se mit à table et commença à manger.

Koni s'était rendu au village et il avait acheté quatre bouteilles de vin à l'*Auberge du Lac*. Le soir il y avait eu au dîner du rôti de bœuf et de Rivière avait dit : « Un petit verre de vin rouge en accompagnement ne serait pas à dédaigner », ce qui lui avait valu un énorme éclat de rire.

Après le repas, Conrad s'était rendu à la maison du jardinier ; il avait appliqué une échelle au mur, avait grimpé au sommet et il s'était efforcé en vain de tirer cette échelle jusqu'en haut du mur pour la faire glisser de l'autre côté. Un moment il avait pensé abandonner, mais la tentation de resurgir avec quelques bouteilles de vin dans la chambre et d'être fêté avait été la plus forte. Il sauta et se décida à ne se poser la question de son retour que quand le moment serait venu.

Il se procura sans problème quatre bouteilles de vin de table à *l'Auberge du Lac*. Il était bien plus difficile de refaire dans l'autre sens le mur du "Saint-Pierre". Il fit les cent pas devant le mur en attendant que, dans les chambres, les premières lumières s'éteignent. Il avait le choix entre manquer l'appel lors du contrôle des chambres ou tenter de convaincre le portier de le laisser entrer sans le signaler. Finalement il sonna chez le portier. Au bout d'un moment celui-ci arriva en traînant les savates, il ouvrit le judas du portail, reconnut Conrad et le laissa entrer. À peine fut-il à l'intérieur que Conrad lui tendit deux bouteilles de rouge. Le portier mit ses lunettes et lut l'étiquette d'un air sceptique. Conrad tira la troisième bouteille de la poche de son manteau et, lorsqu'il vit que le vieux continuait à secouer la tête, il sortit aussi la quatrième.

Sur quoi ils gagnèrent ensemble la maisonnette

du portier et le bonhomme informa le surveillant de service.

Cela lui avait valu quatre semaines de "retenue", autant dire d'arrêts. Arrêts dans sa chambre, en dehors des heures de cours, repas obligatoirement pris dans la chambre, et pour tout sport quinze tours à faire en courant autour du terrain de sport. Et la honte de s'y connaître si peu en vin ainsi que celle d'avoir cru pouvoir corrompre le vieux Fournier avec quatre bouteilles de vin de table de l'*Auberge du Lac*.

Maintenant il était dans sa chambre et il lui fallait attendre que Tomi, Jean-Luc de Rivière et Peter Court remontent. Ils seraient en plein dans une conversation qu'ils avaient commencée durant le temps libre, et ils ne se donneraient pas la peine de lui expliquer de quoi il s'agissait. Ils feraient des allusions à des événements auxquels il n'aurait pas assisté, et ils allaient rire de bons mots dont il n'était pas au courant.

Lorsqu'ils entrèrent, ils avaient une fille avec eux.

« Dites donc, comment vous avez fait pour la faire entrer ici », dit-il en riant et il se leva.

Elle dit : « Conrad, puis-je te présenter le docteur Kundert et le docteur O'Neill ? »

Koni cligna des yeux en les regardant tous deux et leur tendit la main. « Très honoré, docteur. Très honoré, docteur. » Puis d'un air béat il attendit de voir comment le jeu allait se développer.

« Ces deux messieurs t'ausculteront volontiers, si tu n'as rien contre. »

C'était donc une sorte de jeu du docteur. « Mais

tout au contraire, Mademoiselle. » Il cligna de nouveau des yeux à l'adresse des autres.

Sur quoi la fille alla vers la porte et l'ouvrit. « Je suis de l'autre côté à la villa si vous avez besoin de moi.

— Eh, n'allez pas si vite. Vous participerez bien ?

— Peut-être une autre fois », répondit-elle et elle ferma la porte.

« Pourquoi la laissez-vous partir ? », demanda-t-il à de Rivière et à Court. Mais ceux-ci en étaient déjà revenus à leurs jeux. Ils parlaient de choses qui n'avaient pas de sens pour lui, ils se référaient à des événements qui avaient eu lieu sans lui et ils parlaient de gens dont il n'avait jamais entendu parler de toute sa vie.

« Où est donc passé Tomi ? » demanda-t-il. Les deux autres firent comme s'ils ne savaient pas de quoi il parlait.

Il eut alors une illumination. « Je suis de l'autre côté, à la villa, lui avait dit la fille. Tu as trois chances pour deviner avec qui. »

Le docteur Peter Kundert était un neuropsychologue de trente-huit ans. Il avait étudié la médecine et la psychologie et avait opté pour la neuropsychologie comme spécialité. À l'hôpital de la Madeleine, dans l'équipe du professeur Klein, il participait à un test clinique qu'il considérait à titre personnel comme une pure perte de temps.

Le docteur Ian O'Neill était un biochimiste du même âge à peu près. Il venait de Dublin et, en tant que membre d'une équipe de recherche, il participait au même projet dans une entreprise pharmaceutique de Bâle. Pour cette recherche, il partageait le sentiment de Kundert.

Ils s'étaient connus à travers des relations de travail et étaient devenus amis. Ils s'étaient avoué leurs doutes en prenant un verre. À une heure tardive, O'Neill parla à Kundert d'une autre molécule chimique, le POM 55, à laquelle il donnait des chances incomparablement plus grandes. Et pas seulement parce que ses compétences y étaient engagées.

Le lendemain, Kundert commit l'erreur d'en parler à son chef. Celui-ci crut y discerner une critique de son propre projet. C'en fut fait dès lors de donner une chance au projet d'O'Neill à l'hôpital de la Madeleine.

Dans l'intervalle les tests précliniques du POM 55 s'étaient déroulés de manière si satisfaisante que le moment était venu de procéder aux tests cliniques, que O'Neill devait coordonner. Ce qui aurait mis un terme à la collaboration de Kundert et O'Neill. Aussi tous deux furent-ils tout de suite intéressés quand le docteur Steiner leur parla d'un malade d'Alzheimer, en traitement exclusivement privé, pour qui on souhaiterait procéder à un test clinique avec un médicament expérimental. Ce pourrait être une chance de faire participer Kundert au projet en dépit de son activité à l'hôpital de la Madeleine. Même si cela n'avait plus le même caractère officiel.

Kundert et O'Neill se réjouirent tous deux d'apprendre le bon état relatif du patient. S'il y avait eu perte de la parole ou de grandes difficultés d'élocution, ç'aurait été le signe que la maladie était si avancée que les dommages étaient irréversibles. Dans un tel cas aucune commission d'éthique ne leur aurait donné son accord pour le test.

Ils étaient assis tous deux dans la chambre de Simone comme deux petits garçons sur le point de recevoir un nouveau jouet s'ils se tenaient bien.

Kundert était grand et légèrement voûté, comme s'il voulait se faire plus petit qu'il n'était. Il souriait tout le temps et portait une paire de lunettes qu'il enlevait toujours pour parler et gardait dans la main. Il avait les cheveux noirs et touffus, bien que déjà parcourus par des traînées blanches. Sur la nuque ses cheveux retombaient en petites boucles.

O'Neill était petit et massif, et ses cheveux bruns étouffaient sous toute la laque dont il avait besoin pour les empêcher de se dresser dans toutes les directions comme sous un séchoir. Il avait une tête de chien errant prêt à toutes les bagarres.

Ce fut Kundert qui parla.

« Monsieur Lang est certainement perturbé et désorienté, mais il est étonnamment présent, même si on ne sait pas exactement à quel endroit et à quelle époque. Il nous appelés de Rivière et Court.

— C'étaient ses compagnons de chambre à l'institution Saint-Pierre, dans les années quarante, expliqua Simone.

— Nous avons été surpris par la fluidité de son langage et par le vocabulaire très riche dont il dispose. Ça signifie que ce que nous appelons aphasie, la perturbation du langage, n'est pas encore intervenue ou n'est pas encore bien avancée.

— Ça n'a pas toujours été comme ça, il y a eu des phases où il ne disait pas un mot. Ce n'est que depuis que j'ai retrouvé des photos de son enfance qu'il se montre si intéressé et si éloquent.

— Il est important que vous continuiez de regarder de telles photos avec lui pendant qu'on procéderait à un éventuel traitement.

— Croyez-vous qu'il y ait une chance de le guérir ? » demanda Simone.

Les deux médecins se regardèrent. Le docteur O'Neill prit le relais. Il parlait en haut allemand comme un livre, mais avec un accent anglais et cette intonation bizarre des Irlandais qui terminent chaque phrase en interrogation.

« Il y a trois caractéristiques importantes dans le cerveau d'un malade d'Alzheimer : en premier lieu, les plaques, qui se déposent entre les cellules nerveuses, elles sont constituées essentiellement d'amyloïde fibrillaire qui infectée fonctionne comme un poison. En second lieu, les cellules nerveuses à proximité desquelles on retrouve en troisième lieu les neurofibrilles, les squelettes de cellules qui sont surphosphorisés et qui cessent de ce fait de fonctionner. Quelle est la relation entre ces trois facteurs, nous ne le savons pas. »

Simone avait dû regarder O'Neill d'un air un peu désemparé, car il se sentit obligé d'ajouter : « Il s'agit de trois importantes modifications de la maladie, dont nous ne savons pas si l'une conditionne l'autre et, si oui, laquelle conditionne la troisième. C'est-à-dire que nous pouvons essayer de désarmorcer le pouvoir d'infection de l'amyloïde, ou d'arrêter l'inflammation des cellules ou la surphosphorisation des neurofibrilles.

— Explique-lui quand même notre hypothèse de départ, insista Kundert.

— C'est la suivante : l'amyloïde vénéneux est responsable de l'inflammation des nerfs avoisinants et de l'hyperphosphorisation. »

O'Neill attendit l'effet de sa thèse sur Simone. Mais elle se contenta de hocher la tête et d'attendre qu'il continue.

« Nous savons que l'amyloïde devient un poison quand il devient fibrillaire. Il nous faut donc empêcher ce processus.

— Et vous le pouvez ? »

Le docteur Kundert et le docteur O'Neill échangèrent un regard. O'Neill répondit : « J'affirme que oui, nous le pouvons. »

Kundert ajouta avec enthousiasme : « Les résultats à ce jour sont impressionnants. Cela fonctionne en culture cellulaire, cela fonctionne avec les rats, et les tests précliniques avec des volontaires sains n'ont pas montré d'effets secondaires.

— Mais vous ne l'avez encore jamais expérimenté sur un cas d'Alzheimer ?

— Monsieur Lang serait parmi les tout premiers.

— Que risque-t-il ?

— Que la maladie continue de progresser.

— Il le risque de toutes les façons », répondit Simone.

Un après-midi d'octobre, Koni se trouvait devant la serre près du tas de fumier. Cela sentait le pourri, comme les briques humides et couvertes de mousse qui formaient la base et le sol du bâtiment. De là il pouvait surveiller tout le chemin glissant et couvert de feuilles qui allait à la maison du jardinier et au bâtiment principal.

Il était convenu qu'il devait donner deux coups au carreau derrière lui s'il y avait un danger. Et qu'il devait tourner le dos à la serre et ne jamais, en aucun cas, tourner la tête.

Koni ne respectait qu'à demi cette partie de la convention. Il dissimulait dans sa main droite un petit miroir de poche rond, qu'il passait sous son aisselle gauche pour épier ce qui se passait dans la serre.

Il n'y avait pas grand-chose à voir. Il faisait sombre dans la serre, et les pots de fleurs et les éventails des palmiers en seaux, déjà rentrés pour l'hiver, bouchaient la vue. Mais sous un certain angle, il pouvait par moments distinguer vaguement dans le vert sombre de la serre la peau blanche de Geneviève, la fille docile du jardinier, c'était peut-être un sein, peut-être une fesse.

On disait de Geneviève qu'on pouvait tout faire avec elle. Cette simple perspective transformait les rendez-vous avec elle en brèves rencontres fébriles pour lesquelles les amants inexpérimentés s'inscrivaient sans espoir.

Koni ne faisait pas partie des amants, son rôle était d'assurer la sécurité des rencontres. Cela apparaissait à tous comme la répartition naturelle des tâches et, au début, ç'avait été aussi comme ça pour Koni.

Mais ces derniers temps, depuis qu'il avait inventé ce petit tour avec le miroir de poche, il s'était peu à peu projeté dans l'autre rôle et il s'imaginait que c'était lui qui baissait ce pantalon rose — à moins que ce ne soit un soutien-gorge ? — et qui dénudait ce derrière — mais n'était-ce pas plutôt une poitrine qu'il découvrait ?

Koni était debout devant la serre près du tas de fumier. Dans son miroir, Tomi se débattait avec les membres de Geneviève qui n'offraient pas de résistance. Koni cherchait toujours à se faire une image plus nette dans l'image toujours changeante de son miroir.

Tout à coup cela sentit le cigare froid. Il leva les yeux et il vit le visage méfiant du chef jardinier principal. Koni perdit le contrôle de lui-même et il frappa deux fois au carreau.

Il était maintenant assis dans sa chambre, dans son fauteuil, et il attendait la suite des événements.

Soudain la porte s'ouvrit et Geneviève entra avec un aspirateur. Elle lui sourit, brancha la prise et commença à passer l'aspirateur. Il la regardait passer l'extrémité entre les pieds de la table et des chaises et la voyait qui se rapprochait. Elle écarta la petite table basse qui était entre son fauteuil et le sofa et commença à aspirer le tapis à ses pieds.

Puis elle glissa la tête de l'aspirateur sous le sofa. Lorsque le tuyau arriva au bord inférieur de celui-ci, elle se pencha. Son derrière était maintenant juste à la hauteur des yeux de Conrad Lang. Elle portait un tablier de travail vert tilleul, qui lui descendait juste au-dessus du genou.

Conrad savait que Geneviève ne ferait rien s'il relevait d'un coup le bord de son tablier des deux mains.

C'est ce qu'il fit. L'espace d'une seconde il aperçut tout un enchevêtrement de collants et de linge couleur de lait, puis il entendit un cri, et il sentit sur sa joue qu'on venait de lui donner une gifle.

Les larmes lui vinrent tout de suite aux yeux.

« Pardon, pardon, mais faut pas lever ma jupe, Monsieur Lang, gémissait Svaja Romanescu, lorsque l'infirmière Irma, qui avait vu ce qui se passait sur le moniteur, entra.

— On ne frappe pas les patients, même quand ils deviennent de vieux cochons. »

L'une des nouveautés qu'avait introduites le docteur Kundert avait été d'enregistrer la surveillance par moniteur. Il y avait deux jeux de bandes pour chaque série de vingt-quatre heures, sur lesquels on réenregistrait s'il ne se passait rien de particulier. Il avait ainsi la possibilité d'étudier des observations qu'avait faites le personnel soignant pendant que lui-même était absent. C'était très utile, surtout dans la perspective du traitement prochain avec le POM 55, sur lequel tous comptaient fermement. Les heures de ses visites variaient beaucoup, du fait qu'il continuait sans discontinuer son service à l'hôpital de la Madeleine. Il voulait attendre la décision de l'entreprise pharmaceutique et savoir s'ils étaient d'accord pour le test dans ces conditions et avec cette équipe. Alors seulement il informerait son professeur et ferait l'annonce officielle.

Le docteur Wirth non plus n'était pas dans le secret, mais comme ses visites se déroulaient à des heures bien précises, il n'était pas difficile d'éviter une rencontre des deux neurologues.

Simone avait aussi manifesté le désir que provisoirement au moins Kundert fasse tout pour ne pas rencontrer le docteur Stäubli. Elle ne voulait en aucun cas se fier à la discrétion de celui-ci face à sa patiente de longue date, Elvira. Pour cette même raison, elle faisait bien attention aussi à ce qu'il n'apprenne rien de ses séances de photos avec Conrad.

Simone et le docteur Kundert regardèrent avec l'infirmière Ranjah l'enregistrement de la scène sur le moniteur. Ils virent alors Conrad immobile dans son fauteuil, lever la tête et sourire, Svaja Romanescu apparaître à gauche sur l'écran avec l'aspirateur. Écarter la tablette, passer l'aspirateur sous le sofa, se pencher et Koni, comme si ça allait de soi, lever bien haut la jupe. Puis la gifle.

« Ça ne correspond pas du tout à son caractère, s'étonna Simone.

— Dans les cas d'Alzheimer, il n'y a rien d'étonnant à ce que le caractère d'un patient change.

— C'est à cause des photos, rétorqua Ranjah. Sur les photos que vous regardez avec lui, dessus il est à un âge où les garçons sont comme ça.

— Est-ce que ce serait une explication ? demanda Simone.

— Les patients vivent souvent très intensément dans le passé. Si Conrad Lang vit dans cette période de la vie qui était pour lui la puberté, la théorie n'est pas erronée. Est-ce que je peux voir ces photos ? » pria le docteur Kundert.

Ranjah jeta un regard interrogateur à Simone. Comme celle-ci lui faisait signe que oui, elle sortit de la pièce et revint avec la pile de photocopies prises dans l'album qui remontait au séjour à l'institution Saint-Pierre. Simone gardait les autres dans sa chambre.

Kundert regarda les photos. « Ce n'est pas la pire période dans la vie d'un homme, observa-t-il finalement. Si tout se passe bien, nous aurons du succès, avant qu'il ne perde le souvenir de cette époque. »

Simone n'était pas si sûre que cela marcherait. Dès les jours suivants, elle crut remarquer des signes qui montraient que l'intérêt de Conrad pour ces photos commençait à baisser. Il ne connaissait plus si bien non plus les noms de ses condisciples et les circonstances dans lesquelles ces photos avaient été faites. Beaucoup de réactions de Conrad ne lui échappaient pas : la manière dont il perdait le fil quand il traitait d'un de ses thèmes favoris ou comment il passait à autre chose quand elle cherchait à attirer son attention sur une image particulière. C'était exactement ce qui s'était passé quand il avait commencé à cesser de s'intéresser aux photos de Thomas des années cinquante et soixante.

Comme si elle n'avait pas eu déjà assez de problèmes avec elle-même, il lui en arriva aussi qui lui étaient propres : les trois premiers mois de sa grossesse s'étaient déroulés sans les manifestations annexes dont se plaignent souvent les femmes : les malaises et les envies de vomir au réveil, les vertiges soudains toute la journée. Mais alors qu'elle en était déjà au quatrième mois, période où en principe ces symptômes disparaissent, ils commencèrent à se manifester chez Simone.

« Il ne faut surtout pas vous en inquiéter, lui avait dit son gynécologue.

— Dites-le à mon mari », avait-elle répondu.

Au début Urs l'avait touchée par ses prévenances exagérées, mais maintenant il commençait à lui taper sur les nerfs. Chaque fois qu'elle se levait la nuit, il lui demandait : « Tu te sens bien, trésor ? », et quand elle s'attardait au cabinet de toilette, il venait frapper à la porte et soufflait : « Est-ce que tu as besoin de quelque chose, trésor ? » Jusqu'alors, il ne l'avait jamais appelée "trésor".

Il lui était difficile de lui cacher qu'elle vomissait le matin, et il ne fut pas long à se servir de cela comme d'un moyen de pression contre Conrad Lang.

« J'admire ton dévouement, mais le moment est venu où il faut que tu fasses attention à toi. Laisse-le donc aux spécialistes. »

La situation en était là quand Elvira rentra de voyage.

Pendant son absence, Simone s'était souvent demandé si elle avait bien tout laissé au *Stöckli* comme elle l'avait trouvé. Si par exemple, dans le casier secret du secrétaire, les albums avaient été disposés dans un ordre particulier ou si les personnes de l'agence qui avaient fait les photocopies n'avaient pas oublié par mégarde des signets ou des notes entre les pages qui auraient pu trahir ce qu'elle avait fait.

Aussi était-elle nerveuse quand vint le soir où Urs

et elle-même invitèrent Elvira à un petit dîner pour marquer son retour.

En lui donnant deux baisers bien froids, Elvira en tout cas ne laissa rien transparaître. Elle avait l'air reposée. Elle avait le visage discrètement et uniformément bronzé, et ses cheveux d'une teinture plus claire mais discrète le soulignaient d'une façon avantageuse.

Elle raconta quelques petits faits à propos de connaissances qu'ils avaient en commun, et qu'elle avait rencontrées à la montagne, s'arrêta un moment sur la décision de Thomas de conclure son pèlerinage d'hiver par un séjour de trois semaines à Acapulco — c'étaient ses propres termes au téléphone — puis elle en vint au fait :

« Comment va notre malade ?

— Comme n'importe qui dans son état.

— Il est assis à regarder devant lui ?

— Non, il parle.

— De quoi ?

— D'autrefois.

— Quoi ?

— De son séjour à l'institution Saint-Pierre.

— Mais ça fait plus de cinquante ans.

— Il remonte toujours plus dans le passé. Toujours plus loin dans ses souvenirs.

— Elle va se tuer avec ce Koni. Il faudrait qu'elle se ménage un peu. » Urs sourit à Simone : « Est-ce qu'on le lui dit ? »

Simone se leva et quitta la pièce.

Urs resta assis, sidéré.

« Ne te gêne pas, suis-la !

— Excuse-moi, c'est... Simone...

— J'ai tout compris. Je suis contente pour vous. »

À peine Urs était-il sorti qu'Elvira se leva aussi.

Il était tard mais le docteur Stäubli avait encore reçu un appel. Peu après dix heures il se présenta à la porte de la *Villa Rhododendron* et il y rencontra un homme plutôt jeune encore et grand, qui venait d'appuyer sur le bouton numéro 4 des numéros qui ne portaient pas de nom, le numéro de la maison des invités. Les deux hommes se firent un signe de tête. À l'interphone on entendait la voix de Simone : « Docteur Kundert ?

— Oui, c'est moi. »

On entendit le bourdonnement du tire-suisse.

« Je peux entrer avec vous ? » demanda le docteur Stäubli.

Kundert hésitait. « Je ne sais pas si l'on est très strict ici sur les principes de sécurité. Vous êtes attendu à la villa ?

— Non, aujourd'hui, c'est au *Stöckli*. Mais je suis aussi souvent à la maison des invités auprès de notre patient Conrad Lang. Je suis le docteur Stäubli. »

En chemin il demanda à Kundert : « Vous êtes donc tout nouveau dans notre équipe ?

— Oui, tout nouveau.

— Psychiatrie ?

— Neuropsychologie.

— Et le docteur Wirth ? »

Ils avaient atteint la bifurcation qui menait à la maison des invités. Stäubli s'arrêta un moment, attendant une réponse.

« Je suis très heureux d'avoir fait votre connais-sance », dit Kundert un peu précipitamment, lais-sant Stäubli en plan.

Au *Stöckli* c'était une Elvira agitée qui l'attendait.

« Vous n'avez pourtant pas l'air de quelqu'un qui appelle en urgence, sourit Stäubli.

— Le bronzage dissimule la pâleur. Mon taux de glucose est trop élevé. Et parfois j'ai l'impression que le sol vacille.

— Vous avez quatre-vingts ans et vous venez de descendre de quinze cents mètres d'altitude.

— Je n'ai pas encore quatre-vingts ans. »

Il la suivit dans la chambre à coucher. Au moment même où il allait prendre sa tension, elle voulut savoir : « Comment va-t-il ?

— Rien de changé par rapport à avant-hier lors de notre dernier entretien téléphonique.

— Vous ne m'avez rien dit à ce moment-là des souvenirs détaillés qu'il a d'événements qui ont eu lieu il y a cinquante ans.

— Je ne l'ai pas fait parce que ça ne colle pas. Il y en a beaucoup qui envieraient votre tension. Moi, par exemple.

— Simone dit qu'il raconte en détail ce qui se passait à l'institution Saint-Pierre.

— C'est vrai que pour le moment il parle de nouveau, mais tout ça est très confus. Si elle le com-prend, c'est qu'il y a chez elle quelque chose qui ne tourne pas rond.

— Elle est enceinte.

— Dans ce cas, il vaudrait mieux qu'elle ne joue

pas à faire l'infirmière au milieu de la nuit avec de jeunes médecins.

— Elle fait ça ?

— En ce moment même. Je suis entré avec lui. Un certain docteur Kundert, neuropsychologue.

— Et que devient le docteur Wirth alors ?

— Je m'en suis enquis.

— Et alors ? »

Stäubli haussa les épaules. « Et les taux de glucose ? »

Elvira montra sa coiffeuse. C'était là qu'étaient ses tablettes pour le sang, l'urine et l'acétone. Stäubli les étudia.

« Les variations restent dans des limites tolérables.

— Je peux seulement vous dire, comment je me sens répliqua Elvira d'un ton froid. Vous dites toujours que les bilans faits par la personne elle-même manquent de précision. »

Le docteur Stäubli se mit à fouiller dans sa serviette.

« Qu'en est-il du docteur Wirth ?

— Je le lui demanderai directement.

— Tenez-moi au courant. » Elvira détourna le visage quand le docteur Stäubli la piqua à l'extrémité du doigt et fit couler une goutte de son sang sur la bande-test.

Deux jours plus tard le docteur Kundert était à la rue.

Stäubli s'était informé auprès de Wirth des tâches que Kundert était appelé à accomplir auprès de Conrad Lang. Wirth avait déjà entendu parler de Kundert. Il passait pour un jeune médecin extrêmement talentueux dans l'équipe du professeur Klein, médecin-chef du département de gériatrie à l'hôpital de la Madeleine.

Celui-ci fut surpris des questions que lui posait Wirth et il convoqua Kundert.

Kundert se montra assez courageux et assez honnête quand il lui donna la réponse. L'entretien dura dix minutes. Sur quoi Kundert se retrouva avec sa révocation immédiate en poche. Motif : atteinte qualifiée au contrat d'engagement. Il n'y avait rien à objecter à cela du point de vue juridique.

Il était assis encore plus voûté que d'habitude, près de Simone. « Il ne me reste plus qu'à trouver un poste, le plus loin possible. Le bras du professeur est très long.

— Que diriez-vous d'être engagé de manière fixe comme membre de l'équipe soignante ? s'enquit Simone. Du moins pour un temps donné. Jusqu'à ce que vous ayez trouvé une solution.

— Le chef d'O'Neill ne me confiera pas ce test. Il est probable qu'en ce moment même il est au téléphone avec le professeur Klein qui lui hurle dans les oreilles et qu'il doit lui jurer qu'il ne donnera pas suite.

— Quand bien même.

— Quel avantage pour vous, si nous ne pouvons pas faire ce test ?

— Il n'est plus question que je voie le visage de Wirth. »

Kundert sourit. « C'est une raison qui se défend. »

Un médecin hospitalier ne gagne pas une fortune, mais trop en tout cas pour le budget dont Simone disposait pour Conrad Lang. Il ne lui restait rien d'autre à faire que d'en parler à Urs.

« Tu es sûre que ça te déchargerait ?

— Tout à fait. Cette personne serait employée, et disponible, à plein temps.

— Qu'en pense Elvira ? En dernière analyse, tout cela passe par son compte.

— Je serais heureuse si nous ne devions pas débattre avec elle de tous les problèmes posés par ma grossesse. »

Urs fut convaincu par cet aspect imprévu de la question : il s'agissait bien de résoudre un des problèmes posés par la grossesse de sa femme, même si en apparence la question était d'engager un neuropsychologue permanent pour un ami de la maison très peu apprécié. Le docteur Peter Kundert fut engagé sur-le-champ. Pour des raisons comptables, il devait figurer comme médecin du travail des entreprises Koch, mais dans ce cadre il était mis complètement à la disposition du patient Conrad Lang pour les soins.

Ce fut précisément cet artifice comptable qui autorisa le département de recherche de la société pharmaceutique pour laquelle travaillait Ian O'Neill à inclure le docteur Kundert, neuropsychologue d'entreprise pour une grande firme suisse, dans les tests cliniques de POM 55.

Les arguments très combatifs du docteur O'Neill et l'aversion toujours plus grande du chef du département de recherches envers les prétentions étalées par le professeur Klein de l'hôpital de la Madeleine firent le reste.

9

« C'est drôle comme ça nous tire vers le haut »,
dit Conrad Lang. Simone Koch s'efforçait de le
comprendre. Ils étaient assis au fond de la voiture du
docteur Kundert, pris dans une file qui montait vers
la clinique par la route de la forêt.

Conrad lui expliqua. « Quand ça avance, nous
aussi nous avançons. Et quand ça s'arrête, nous nous
arrêtons aussi. » Il montrait les voitures qui les pré-
cédaient.

Simone avait compris. « Tu veux dire que c'est
comme un train ? »

Conrad secoua la tête. « Mais non, c'est d'ici que
je parle. Comme ça nous tire vers le haut. »

Simone s'était habituée à ce que Conrad voie des
choses qui lui demeuraient cachées. Ou qu'il voie
des choses tout autrement qu'elle ne les voyait. Il
pouvait lever les yeux vers la fenêtre et dire : « Avant,
il y en avait une autre à cet endroit. » Cela voulait
dire alors qu'il considérait la fenêtre comme si c'était
une image qui avait été accrochée au mur.

Mais lorsqu'il expliquait une photo, il pouvait

aussi arriver qu'il décrive avec les mains et les pieds ce qu'il y avait au-dessus, au-dessous, devant et derrière. Parce qu'il croyait qu'elle ne pouvait pas comprendre les trois dimensions. Ces derniers temps cela arrivait plus souvent, et cela les inquiétait tous. La photo sur le bateau à aubes, à propos de laquelle il avait su réciter sans erreur les noms de toutes les personnes présentes, il la lui avait déjà deux fois expliquée de cette manière. « Ce qu'on voit là est ici, et ça là-bas. »

Ils étaient en route pour la clinique universitaire où l'on avait procédé ces derniers jours à différents examens cliniques sur la personne de Conrad. Il s'agissait de faire un bilan diagnostique. Qui devait constituer la base de décision pour la commission d'éthique et permettre d'établir les valeurs de comparaison pour le traitement.

Les tests psychologiques qu'ils avaient faits à la maison des invités étaient terminés. Il avait également subi des électro-encéphalogrammes et l'on avait mesuré le taux d'irrigation de toutes les zones du cerveau.

On l'emmenait aujourd'hui pour le dernier examen, le scanner.

Conrad s'était prêté à tous ces examens avec indifférence ou amusement. Il se laissa installer sans broncher dans le fauteuil, se laissa mettre une couverture et introduire dans le cylindre du scanner.

Quand celui-ci se mit à tourner, d'abord lentement, puis vite, de plus en plus vite, Conrad s'endormit.

Il dormait encore quand on dégagea le fauteuil.

« Monsieur Lang ? cria l'assistante.

— Monsieur Lang ? » cria le docteur Kundert.

Conrad ne réagit pas. Kundert le secoua doucement. Puis plus fort.

« Bonjour, Monsieur Lang ! », dit-il enfin d'une voix forte.

Conrad ouvrit les yeux. Puis il ôta sa couverture et regarda ses pieds nus. « Je le savais bien, s'exclama-t-il. Trois doigts de pied. »

Il sauta à bas du fauteuil et atterrit si maladroitement qu'il se brisa le tibia et le péroné de la jambe gauche.

« Quelle malchance. Le pauvre garçon ! » déclara Elvira, lorsque au cours de sa visite le docteur Stäubli lui raconta l'accident survenu à Conrad Lang. L'intonation n'était pas très compatissante mais plutôt intéressée. « C'est grave ?

— La fracture en soi est sans complication. Mais pour un patient atteint de la maladie d'Alzheimer, être obligé de garder le lit, cela signifie un grand bond en arrière quand il est immobilisé. Il faut qu'il renonce à la gymnastique, sa mobilité et sa capacité de coordination en souffrent, cela augmente le danger de complications comme les accidents de la circulation sanguine, les embolies, l'atrophie musculaire, la décalcification des os.

— Ça accélère le cours de la maladie ?

— C'est un danger bien réel. » Il écrivait en même temps sur sa feuille de maladie.

« C'est certainement mieux comme ça pour lui. »

Le docteur Stäubli leva les yeux. « Pourquoi dites-vous ça ?

— Ce n'est pas une vie. »

Il réfléchit un moment. « Je ne sais pas. C'est ce qui nous semble. Peut-être vit-il dans un monde dont aucun de nous n'a idée. C'est peut-être ça la vraie vie.

— Vous ne dites pas ça sérieusement ! »

Le docteur haussa les épaules. « Je ne voudrais pas en tout cas avoir à décider. »

Kundert et O'Neill convinrent par précaution de ne pas faire état de l'accident devant la commission d'éthique. Elle devait, deux jours plus tard, se prononcer, entre autres choses, sur la "proposition du docteur Kundert".

L'accident avait aussi son aspect positif. L'historique de la maladie de Conrad Lang que le docteur Wirth restitua à contrecœur et en trois étapes relatait un événement comparable lors de la première tomographie un peu plus d'un an auparavant. À cette époque aussi, le malade avait mis cet examen en relation avec la perte de trois de ses doigts de pied.

« Cela veut dire en premier lieu qu'il a encore pu apprendre quelque chose depuis un an, expliqua à Simone le docteur Kundert. Et en second lieu, que c'est enregistré dans la mémoire épisodique et que cela peut être rappelé par le même épisode.

— Et c'est un bon signe ?

— Il se peut que cette partie du cerveau ne soit pas si totalement détruite qu'elle ne se laisse plus stimuler. »

Kundert et O'Neill décidèrent de souligner cet aspect de l'incident face à la commission d'éthique.

Lorsque Simone rendit visite à Conrad le jour qui précédait la décision de la commission, elle apportait de nouvelles photos.

Il était allongé dans son lit d'hôpital et il fixait sa jambe dans le plâtre qui était suspendue au-dessus du lit par une sorte de barre. Lorsqu'elle lui montra les photos sur lesquelles les deux garçons étaient représentés avec Elvira, il ne parut pas particulièrement intéressé.

Il se voyait là enfant à Venise sur la place Saint-Marc vide de gens, à côté de Thomas et d'Elvira, entourés d'une douzaine de pigeons. À en juger par les ombres très courtes, il devait être midi. En arrière-fond on voyait les tables vides devant les arcades des cafés dont toutes les marquises étaient baissées pour que les gens plus raisonnables puissent déjeuner à l'abri du soleil de midi.

À propos de quelques photos Conrad pouvait dire où elles avaient été prises. « Venise », disait-il, ou « Milan ». Et sur toutes il reconnaissait « Tomi, Koni et maman Vira.

— Maman Vira ?

— Maman Vira. »

Il se voyait avec Tomi sur une plage, elle aussi vide, construisant un château de sable à l'ombre d'une toile de tente. En arrière-plan on voyait toute une rangée de tentes de plage. Juste à l'endroit où l'ombre de la toile tendue s'arrêtait, il y avait un transat où était étendue Elvira, en maillot de bain très pudique. À côté d'elle, il y avait un autre transat, vide.

« Tomi, Koni et Maman Vira.

— Où ?

— Au bord de la mer. »

Sur la dernière page il y avait trois photos. L'une d'entre elles montrait deux rangées de hublots sur le ventre sombre d'un bateau, et l'on voyait même les rivets de la coque. Et une coursive blanche avec l'inscription DOVER qui surgissait à l'intérieur du bateau et dans la pénombre, ce qu'on pouvait identifier comme une tache blanche ou la chemise d'un homme probablement en uniforme.

La seconde photo montrait la même coursive de plus près. À l'arrière-plan il y avait le personnage en uniforme, et au premier plan, le dos au bateau, Elvira et Thomas qui faisaient signe au photographe.

La troisième photo eut un effet bouleversant sur Conrad. Elle montrait la coursive mais dans l'autre sens. On voyait une partie d'un bâtiment du port, des gens en chapeau et manteau qui faisaient des signes, et au premier plan, sur la coursive, une femme et un homme. De l'homme on voyait la bouche étroite et souriante, mais les yeux étaient dissimulés par le large rebord d'un chapeau mou. Il portait un manteau de tweed ouvert sur un costume trois-pièces de flanelle, une chemise de couleur claire et une cravate rayée. Le col de son manteau était relevé, il avait la main gauche enfoncée dans la poche qui était placée si haut qu'il devait plier le bras.

On ne pouvait pas distinguer s'il laissait tomber son bras droit ou s'il l'avait passé autour de la taille de la femme qui était à côté de lui. Elle aussi était grande et elle souriait de manière provocante à l'appareil photo. Elle portait d'un air mutin un petit bonnet de fourrure sur sa coiffure de page et était vêtue d'un costume de tweed plutôt grossier avec un col en fourrure assorti au bonnet, un pull-over à fines rayures et un long châle de cachemire. Un sac à bandoulière pendait à son épaule droite.

« Maman Anna », proféra Conrad avec mépris, et d'un geste violent il repoussa toutes les photocopies qui étaient sur le lit.

Lorsque Simone examina cette photo de plus près, elle crut discerner une certaine ressemblance entre la femme qu'elle montrait et l'assistante aux cheveux roux, Sophie Berger, que l'on avait dû congédier.

Koni devait rester couché dans le noir, même s'il en était effrayé. Il n'avait pas le droit d'appeler et il n'avait pas le droit de se lever.

Sinon les hommes noirs, les ramponneaux aux yeux blancs qui apportent le charbon, viendraient le chercher. Ils arrivaient avec des sacs noirs pleins dans la cave de l'hôtel et ils ressortaient avec des sacs noirs vides. Une fois il en vit un qui ressortait avec un sac à demi plein. Il demanda à Maman Anna ce qu'il y avait dans le sac. « Des enfants désobéissants comme toi.

— Qu'est-ce qu'ils en font ?

— Qu'est-ce que tu crois qu'ils en font ? »

Koni ne savait pas, mais il s'imaginait le pire.

Et le pire, ce serait de devoir toujours rester dans le sac noir. Toujours dans le noir.

Auparavant, Koni n'avait jamais eu peur de l'obscurité. Ça n'avait commencé qu'à Londres. À Londres, il lui arrivait parfois d'entendre soudain les sirènes et alors tout devenait noir. On disait que c'étaient des exercices pour se préparer à la guerre et il voyait bien en regardant les gens qu'eux aussi avaient peur.

À vrai dire c'était des sirènes qu'il avait peur, mais comme le noir allait de pair avec les sirènes, il avait aussi peur du noir.

Koni pouvait donc choisir entre avoir peur de l'obscurité et peur d'être surpris avec la lumière allumée. Il était arrivé qu'il choisisse la seconde solution et qu'il allume, c'est pourquoi Maman Anna l'avait attaché au lit par la jambe.

Il pouvait l'entendre dans la pièce à côté avec l'homme qui n'avait pas le droit de le voir. Si l'homme le voyait, Koni partirait dans le sac.

Avant, d'autres hommes étaient venus et eux aussi ils étaient restés. Mais ceux-là avaient le droit de le voir. À eux, il avait le droit de dire bonsoir avant d'aller au lit. Il arrivait même qu'ils apportent quelque chose pour lui. Mais celui-ci n'avait pas le droit de le voir.

C'est pour cela qu'il était attaché dans le noir.

Ranjah était dans la salle de surveillance et elle observait le moniteur de la chambre de Conrad. La chambre était dans l'obscurité, et de Conrad on ne distinguait que le contour sur le fond plus clair du lit. Il ne faisait pas un mouvement mais elle savait qu'il était éveillé. Quand Conrad Lang dormait sur le dos, ce qui était le cas maintenant puisqu'il ne pouvait pas faire autrement à cause de son plâtre, il ronflait. Mais on n'entendait pas de ronflement. On n'entendait que la respiration régulière et les longues inspirations de quelqu'un qui est couché mais qui veille dans la nuit.

Ranjah se leva de sa chaise et descendit doucement l'escalier. Elle tourna avec précaution la poignée de la chambre où il était couché. Lorsqu'elle fut dans la pièce, elle remarqua qu'il retenait sa respiration.

« Monsieur Lang ? » chuchota-t-elle. Pas de réaction. Elle alla vers son lit.

« Monsieur Lang ? »

Conrad ne bougeait pas. Cela inquiéta Ranjah. Elle chercha l'interrupteur, qui était juste à côté de la sonnette d'alarme sur la poignée destinée à l'aider à se soulever du lit. Elle fit de la lumière.

Conrad Lang pressa ses mains devant ses yeux.

« Je n'ai pas allumé, Maman Anna, dit-il d'un ton suppliant.

— *Mama Anna isn't here* », dit Ranjah et elle le prit dans ses bras.

Quand elle transmit le relais le lendemain matin à l'infirmière Irma, Ranjah lui raconta l'incident : « Dites au docteur que les diables du passé ne le laissent pas dormir. »

Le docteur Kundert et Simone visionnèrent ce qui s'était passé.

« Pourquoi donc a-t-il peur de la lumière ? demanda Simone.

— Il n'avait pas peur de la lumière. Mais peur de l'allumer. Parce que Maman Anna le lui avait interdit. Ce n'est pas de la lumière qu'il a peur. Il a peur de Maman Anna. » Le docteur Kundert rembobina la vidéo, jusqu'au moment où Conrad Lang se tenait les yeux et suppliait : « Je n'ai pas allumé la lumière, Maman Anna.

— Maman Anna, répéta Simone. À votre avis, pourquoi les appelle-t-il Maman Anna et Maman Vira ?

— C'est le langage des enfants, émit Kundert.

— Ou peut-être de deux enfants du même âge qui appellent chacun leur mère maman. Ça donne lieu constamment à des confusions. De là : Maman Anna et Maman Vira. »

Une semaine plus tard, la commission d'éthique fit connaître son avis favorable à l'admission du patient Conrad Lang, âgé de soixante-sept ans, dans une expérimentation de POM 55, en une seule prise. Le docteur Kundert put à peine se retenir de le communiquer à la seconde même à Simone.

Celle-ci avait passé une mauvaise nuit. Urs avait persisté à vouloir appeler le docteur Spörri. Il était passé avant d'aller ouvrir son cabinet et il lui avait ordonné de garder le lit. Elle était dans la dix-huitième semaine et les vertiges du matin étaient pires que jamais. Ça la prenait maintenant au milieu de la nuit, le lit commençait à tourner. Il lui fallait même parfois se lever dès trois heures du matin et aller vomir.

« Il y a quelque chose qui n'est pas normal », répétait Urs. Il était habitué à ce que l'on prenne ses objections au sérieux.

Le docteur Spörri le tranquillisa. « Vomir et avoir

des vertiges, cela fait partie d'une grossesse qui se passe bien. Nous savons par des études confirmées que les bébés des femmes qui ont souffert de ces troubles ont en règle générale plus de poids à la naissance et qu'ils naissent moins souvent avant terme. »

Il prescrivit cependant à Simone de garder impérativement le lit. Plus pour tranquilliser son époux que par nécessité médicale.

Candelaria, la femme de ménage, reçut pour instruction d'éviter à sa femme les conversations téléphoniques et les visiteurs.

« Mais c'est très important !, insistait le docteur Kundert.

— Quand le docteur a dit non, c'est non, répondit Candelaria. Vous aussi vous êtes docteur. »

Il lui fallut donc patienter jusqu'à l'après-midi, quand Simone se sentit mieux et qu'en dépit des protestations de Candelaria elle se rendit à la maison des invités.

« On peut y aller », fit observer Kundert négligemment, lorsqu'elle entra dans la salle de contrôle, qui ressemblait de plus en plus à une salle de surveillance.

Simone pensa tout d'abord que cela se rapportait à l'écran sur lequel on voyait le physiothérapeute se donner beaucoup de peine pour un Conrad apathique. Ce ne fut que lorsqu'elle le vit attendre sa réaction avec un air béat qu'elle comprit.

« Ils ont donné leur feu vert ?

— Demain, O'Neill viendra avec le POM 55. On peut agir après-demain.

— Si vite que ça ?

— Plus nous tardons, plus il y a de cellules détruites. »

Simone s'assit à la table sur laquelle il y avait des tasses à café et une bouteille thermos. Elle avait beaucoup changé ces derniers mois. Elle se maquillait moins et ne s'habillait plus de manière aussi soignée. Elle avait choisi un style plus pratique et une mode plus classique. Ses traits avaient gagné en féminité. À peine remarquait-on déjà la grossesse sur son visage. Mais elle était un peu pâle, et le maquillage n'avait pas fait complètement disparaître les zones d'ombre sous ses yeux.

« Est-ce que vous allez mieux ? » demanda Kundert.

Simone fit signe que oui.

« Est-ce que nous pouvons compter sur vous ? »

Au cas où ils obtiendraient l'autorisation, toute une série de tests avaient été prévus avec lesquels ils voulaient mesurer l'efficacité du traitement. En dehors des recherches avec les appareils, les diagnostics de laboratoire et les tests psychologiques, ils voulaient aussi contrôler la capacité de mémoire de Conrad avec les photos de son passé. Simone s'était déclarée prête à collaborer à cette partie du programme. Elle devait donc reprendre une à une les photos avec lui et s'en tenir à un type de questionnaire, dans l'espoir que l'on pourrait déterminer, sur la base de ses réponses, si les capacités de sa mémoire avaient continué de se détériorer ou si elles étaient restées stationnaires.

« Bien entendu vous pouvez compter sur moi.

Mais il veut peut-être mieux me programmer pour les après-midi. »

La photo préférée de Conrad montrait un cabriolet Mercedes sur une prairie à l'orée d'un bois. Contre le logement chromé de la roue de secours, qui prenait appui sur le garde-boue avant à l'élégante courbure, Elvira se tenait appuyée, habillée tout en blanc : jupe étroite jusqu'au mollet, gilet court rayé à large revers, gants, béret basque qui était incliné de la tempe gauche vers l'oreille droite. Seules les chaussures et les bas étaient noirs.

Sous son bras gauche elle serrait un sac en crocodile sans anse, appuyant nonchalamment son coude droit à la fenêtre ouverte. Au premier coup d'œil il semblait qu'elle fût seule sur la photo. Mais la première fois qu'il avait vu ce cliché, Conrad avait attiré l'attention de Simone sur une touffe de cheveux qui apparaissait derrière le garde-boue arrière gauche : « Koni. » À y regarder de plus près, on pouvait remarquer un front à moitié caché par ces cheveux et un œil qui guettait au travers.

Puis Conrad montrait le garde-boue avant gauche : « Tomi. » Là aussi, tapi entre le phare et le radiateur, on pouvait apercevoir un gamin. « La Mercedes fait du cent dix à l'heure. »

Dès lors, à chaque fois qu'on en arrivait à cette photo, il attendait avec amusement de voir si elle y remarquait quelque chose. Et, si elle lui faisait le plaisir de n'y rien trouver de spécial, il lui montrait avec une joie enfantine les deux gamins cachés.

« Koni-Tomi. » Et il ajoutait d'un ton professionnel :
« La Mercedes fait du cent dix à l'heure. »

Lorsqu'il était apathique et déprimé et qu'il écartait les photos, elle pouvait compter sur cette image-devinette pour le sortir de cette humeur. Et si c'était nécessaire, elle pouvait même répéter l'opération plusieurs fois.

Simone jouait à ce petit jeu avec Conrad lorsque l'infirmière Irma surgit pour annoncer que le docteur O'Neill était juste à côté et voulait lui parler un instant.

Dans la salle de séjour, O'Neill et Kundert étaient debout près de la table autour d'un petit appareil anguleux surmonté d'un masque et de ses tuyaux. Cela ressemblait exactement au masque à oxygène dont le personnel navigant fait la démonstration au départ de chaque vol.

O'Neill ne perdit pas de temps en salutations.

« Il faut que nous vérifiions comment il réagit à ça.

— Qu'est-ce que c'est ?

— Un appareil à aérosol. C'est lui qui va nous permettre de diffuser le POM 55. Il doit être inhalé.

— Inhalé ? Je pensais que ce serait une injection ou que ça se ferait par voie buccale.

— Ce serait mieux. Mais nous n'en sommes pas encore là. Il faut qu'il l'absorbe par inhalation. C'est la meilleure façon pour dépasser la limite cerveau-sang. »

Simone fit signe qu'elle comprenait. « Que dois-je faire ? »

Le docteur Kundert intervint. « Le pulvérisateur est maintenant rempli d'eau et de quelques gouttes d'huiles essentielles. Je voudrais seulement que vous retourniez le voir et que vous continuiez à lui faire voir des photos. Puis nous arriverons avec l'appareil et vous le prierez de faire une courte inhalation et nous verrons alors s'il y a des problèmes, si le masque est bien adapté, etc. Il est souhaitable qu'il soit le plus détendu possible. »

Lorsque Simone revint dans la chambre de Conrad, celui-ci somnolait. Elle eut quelque peine à obtenir qu'il se concentre sur les photos. Ce ne fut que quand on en vint à la Mercedes que son intérêt s'éveilla.

« Ah, et ici, c'est Elvira devant une auto ? »

Il sourit béatement un moment et ne dit rien. Puis il montra le garde-boue arrière. « Koni. » Puis le garde-boue avant. « Tomi. »

Puis il rit et ajouta : « La Mercedes fait du cent dix. »

Il prêta à peine attention au docteur Kundert et à l'infirmière Irma lorsqu'ils entrèrent dans la pièce avec l'appareil et installèrent celui-ci sur le plateau mobile de la table où Conrad prenait maintenant ses repas.

Ce ne fut que lorsqu'ils manœuvrèrent le plateau au-dessus de son lit et que Simone enleva les photocopies de la couverture en disant : « Ah oui, il faut aussi que nous fassions ça ! » qu'il remarqua l'appareil. « Qu'est-ce que c'est que ça ? demanda-t-il à Irma.

Un inhalateur. C'est pour les inhalations.

— Ah bien », fit-il. Mais l'on voyait bien qu'il ne savait pas ce qu'il devait faire.

« Nous vous mettons le masque, et puis vous respirez deux ou trois fois profondément. Et c'est tout.

— Ah oui », fit-il en hochant la tête. Puis il regarda Simone, ricana et haussa les épaules.

« Ça te fera du bien », dit-elle. Conrad se laissa nouer le masque sans résister.

Le docteur Kundert commanda : « Inspirez — expirez — inspirez — expirez. » Conrad Lang obéissait. À la cinquième inspiration, Kundert pressa le bouton du nébuliseur et le relâcha à l'expiration. Conrad continua tranquillement de respirer.

Après sept inhalations, Kundert ne pressa plus sur le bouton, il laissa Conrad respirer encore plusieurs fois puis il le libéra de son masque.

« Et voilà, c'est fini, dit-il en souriant. Comment vous sentez-vous ? »

Conrad jeta un nouveau regard béat sur Simone en haussant les épaules.

L'infirmière emporta le plateau de la table. Simone replaça les photos sur la couverture. Lorsque Kundert et l'infirmière quittèrent la pièce, ils entendirent Conrad dire : « La Mercedes faisait du cent dix. »

Le canot descendait lentement le fleuve. Sur les deux rives, la jungle des palétuviers s'enfonçait jusque dans l'eau. Koni plongeait la pagaie, frappait l'eau, la relevait, la ramenait vers l'avant, la plongeait, frappait l'eau, la relevait, la ramenait vers l'avant, la replongeait. Le canot glissait de plus en plus vite, et la rivière coulait, et le canot glissait et la rivière glissait.

À ce moment Koni entendit une voix. Elle disait :
« Ramez, ramez. »

Koni plongeait la pagaie, frappait l'eau, la relevait, la ramenait vers l'avant, la replongeait, frappait l'eau.

« Ramez, ramez », disait la voix.

C'est ce que je fais, pensait Koni.

« Respirez, respirez », disait la voix.

Koni ouvrit les yeux. Un visage était penché sur lui. La bouche, le nez, les cheveux étaient couverts d'un tissu blanc. Il ne voyait que les yeux.

« Respirez, respirez », disait le visage.

Koni respirait. Soudain il fut secoué par une épouvantable douleur. Il voulait prendre son ventre avec ses mains, mais il ne le pouvait pas. Ses mains étaient attachées.

Il cria. Quelqu'un lui pressait un masque sur la bouche et le nez.

Koni tenta de détourner la tête.

Quelqu'un lui maintenait fermement la tête. Son ventre lui faisait mal.

« Respirez, respirez. »

Koni respira.

La douleur se dissipa.

« Ramez, ramez », disait la voix.

Koni plongea la pagaie, frappa l'eau, la releva, la ramena par devant, la replongea, frappa l'eau. Le canot glissait toujours plus vite, et plus vite coulait la rivière et plus vite filait le bateau.

« Ramez, ramez.

— Respirez, respirez.

— Respirez.

— Respirez ! »

Koni ouvrit les yeux. Il faisait sombre. Il cria. Il cria et il cria encore.

La porte s'ouvrit subitement et la lumière s'alluma. Ranjah courut vers son lit.

Il avait rejeté la couverture et il tenait son ventre qu'il avait dégagé.

« *Now then, now then*, disait Ranjah et elle lui faisait des caresses au visage.

— *It hurts*, gémissait Koni.

— *Let's see.* » Ranjah retira doucement sa main. Elle vit alors apparaître la vieille cicatrice de son opération de l'appendicite.

Simone passa une mauvaise nuit. Elle eut un sommeil agité et elle se réveilla peu après deux heures. Elle s'efforça longtemps de garder une respiration égale, pour qu'Urs qui avait le sommeil léger ne remarque pas qu'elle était réveillée et ne recommence pas à l'importuner. « Qu'est-ce qu'il y a ? Tu ne te sens pas bien ? Est-ce que je dois t'apporter quelque chose ? Dois-je appeler le médecin ? Il y a quelque chose qui ne va pas. Ce n'est pas normal. Peut-être que nous devrions changer de médecin. Tu ne prends pas assez soin de toi. C'est à cause de toute cette affaire insensée avec Koni. Tu as dit que ça irait mieux avec le nouveau médecin. Tu portes maintenant la responsabilité de deux personnes. Ce n'est pas seulement ton enfant, c'est aussi le mien. Est-ce que je dois t'apporter quelque chose ? Est-ce que tu dois aller à la salle de bains, trésor ? »

Ce ne fut que lorsqu'elle vit le rayon de lumière sous la porte qui menait au boudoir, qu'elle remarqua qu'elle était seule au lit. Elle alluma.

Lentement la chambre commença à tourner et elle sentit la salive qui s'accumulait dans sa bouche. Elle se plaça sur le rebord du lit et elle tenta de se concentrer sur autre chose. Soudain elle eut le sentiment d'entendre la voix d'Urs dans le boudoir. Elle se leva lentement, alla à la porte et l'ouvrit.

Urs était assis, une fesse sur le petit bureau, il souriait et tenait le combiné du téléphone tout près de son visage. Il fut si surpris de l'irruption de Simone qu'il était inutile de tenter de lui raconter une histoire. Il resta simplement assis, laissa tomber le combiné et la regarda refermer la porte avec dégoût.

Simone réussit à gagner les toilettes. Puis elle se mit à vomir comme elle ne l'avait encore jamais fait de sa vie.

Elle ne savait pas combien de temps elle était restée agenouillée devant la cuvette des WC, mais quand elle revint toute pâle et épuisée des toilettes, le docteur Spörri l'attendait. Elle l'introduisit dans sa chambre Laura-Ashley et n'accorda pas un regard à Urs qui était à côté de lui. Elle referma la porte et s'allongea sur le fauteuil Récamier. Le docteur lui prit le pouls et la tension.

« Il faut aller à l'hôpital jusqu'à ce que ça aille mieux.

— Ça n'ira pas mieux à l'hôpital.

— Là au moins nous pouvons vous donner une alimentation artificielle. Vous n'absorbez rien, vous vous déshydratez. C'est très mauvais pour votre bébé.

— Ici aussi on peut me nourrir artificiellement.

— Vous avez besoin de soins et de contrôles médicaux, ça ne peut se faire qu'à l'hôpital.

— Un hôpital, j'en ai un ici aussi. »

Peu après le lever du soleil, Simone était déjà sous perfusion dans une des deux chambres réservées au personnel, au premier étage de la maison des invités. Urs avait fait une faible et vaine tentative de protestation.

« Tiens-toi tranquille », s'était-elle bornée à lui dire, et il avait tout de suite cédé.

Après avoir au départ manifesté son scepticisme, le docteur Spörri s'était montré impressionné par la qualité des installations et des équipements de la maison des invités.

Ranjah préparait la perfusion comme une routine et lorsque le docteur Spörri l'eut installée, elle fixa d'une main habile la canule et le tuyau.

Peu de temps après Simone s'endormit.

Simone fut réveillée par une toux un peu artificielle. Elle ouvrit les yeux et vit l'infirmière Irma debout près de son lit, occupée à changer la bouteille de la perfusion.

« Votre mari est venu, sourit-elle. Je lui ai dit que vous ne deviez pas être dérangée.

— C'est bien. C'est ce que vous lui direz aussi à l'avenir. Quelle heure est-il ?

— Un peu plus de deux heures. »

Simone sursauta. Elle avait dormi huit heures. « Et Monsieur Lang ?

— Tout est prêt pour commencer.

— Pourquoi ne m'a-t-on pas réveillée ? » Simone

repoussa la couverture et voulut se lever. Irma lui mit la main sur l'épaule. « Le docteur Kundert a dit que je ne devais pas vous réveiller. Mais que, si vous étiez réveillée, je l'appelle. Je vais le faire. Attendez ici. »

Peu après Kundert entra.

« Je croyais que vous aviez besoin de moi pour l'opération ? demanda Simone.

— Notre intention était d'attendre que vous vous réveilliez au moment du changement de la perfusion.

— Si je ne m'étais pas réveillée, vous auriez commencé sans moi ? »

Kundert sourit d'un air niais. « Mais vous êtes réveillée !

— Alors, enlevez-moi ça. » Elle lui tendit son bras.

« Est-ce que vous vous sentez vraiment en état ? Je ne pense pas qu'il y aura de problèmes. Ranjah est là aussi. Elle a un effet apaisant sur notre patient.

— Il est donc agité ?

— Il a passé une mauvaise nuit. C'est pourquoi Ranjah est venue. Au cas où, a-t-elle dit.

— Enlevez-moi ça, s'il vous plaît. »

Kundert se leva, prit du désinfectant et un pansement, détacha la perfusion, enleva la canule, désinfecta et mit un pansement. Puis il sortit. « Nous vous attendons en bas. »

On avait installé l'aérosol sur le plateau mobile dans la chambre de Conrad, mais il était placé de biais, hors de son champ de vision, derrière le lit. Kundert, O'Neill et l'infirmière Irma étaient debout à côté et firent un signe de bienvenue à Simone lorsqu'elle entra.

La coiffure d'O'Neill laissait entendre qu'il avait passé une nuit très agitée.

Ranjah était assise sur le lit de Conrad et elle regardait les photos avec lui. Lorsque Simone entra, il leva brièvement les yeux sur elle et la salua d'un sourire émerveillé, comme s'il voulait dire : qui es-tu, belle étrangère ?

« Ne vous laissez pas perturber, je voulais juste jeter un œil. »

Conrad était content d'avoir tant de public. Il continua d'expliquer les photos. Il était plus présent maintenant que dans la matinée et il s'arrêtait à des photos qui ne l'intéressaient pas particulièrement d'habitude : Venise, la plage, la cathédrale de Milan.

O'Neill ouvrit un petit réfrigérateur en arrière-plan, il y prit une petite ampoule, désinfecta son embout de caoutchouc, y enfonça une canule et pompa son contenu. Il l'injecta dans le nébuliseur de l'aérosol et fit un signe à Simone.

Ranjah en était justement à la photo préférée de Conrad. « Celle-ci aussi est intéressante. Est-ce que tu peux nous en dire quelque chose ? » demanda instamment Simone. Elle fit un signe à O'Neill.

Le compresseur de l'aérosol commença à bourdonner. L'infirmière Irma approcha le plateau mobile du lit.

Conrad Lang était content de ce jeu. Juste au moment où il allait commencer, Simone dit : « Ah, mais il faut d'abord que nous fassions vite l'inhalation. »

Elle prit les photos sur la couverture et Irma plaça l'appareil sous le nez de Conrad.

« Qu'est-ce que c'est ?

— Le moment est venu de recommencer l'inhalation. »

Conrad ne montra pas de faiblesse. « Bien sûr », dit-il et il se laissa attacher le masque sans manifester de résistance. Simone et Ranjah souriaient en le regardant. Puis elles firent de la place pour le docteur Kundert.

« Inspirez — expirez — inspirez — expirez », commandait-il. Conrad obéissait. Kundert s'adapta à son rythme. Puis il appuya sur le bouton de ventilation, le relâcha, le pressa, le relâcha. À chaque inspiration maintenant, Conrad inspirait de fines particules de POM 55.

« Inspirez — expirez — inspirez.

— Respirez, respirez. »

Conrad Lang ferma les yeux.

« Respirez, respirez. »

Le niveau baissait dans le nébuliseur.

« Respirez, respirez.

— Ramez, ramez. »

Conrad ouvrit grands les yeux, il porta la main au masque d'inhalation et l'arracha de son visage.

Personne ne s'y était attendu, personne n'eut la présence d'esprit de l'en empêcher. Kundert réussit tout juste à mettre l'appareil à l'abri des coups que Conrad donnait maintenant sauvagement.

Il fut impossible de convaincre Conrad Lang de remettre le masque sur son visage. À contrecœur O'Neill et Kundert décidèrent donc d'en rester là. En mesurant le niveau restant de POM 55, O'Neill avait pu constater que 80 % du produit avaient été absorbés jusqu'à l'incident.

« Ça devrait suffire », dit-il, mais il n'avait pas l'air très convaincu.

Conrad eut besoin d'un bon bout de temps avant de se calmer. Simone essaya en vain de détourner son attention au moyen des photos. Ce ne fut que lorsqu'ils furent tous sortis et que Ranjah vint vers lui avec ses amandes au miel, en lui tenant un discours affectueux dans un charabia de toutes les langues, qu'il se détendit peu à peu.

Kundert, O'Neill et Simone étaient maintenant assis dans la salle de contrôle.

« Si ça ne marche pas, nous ne saurons jamais si c'est simplement parce que la dose était trop faible, déplorait Kundert.

— Le dosage de médicaments expérimentaux se fait toujours plus ou moins au petit bonheur, dit O'Neill pour le tranquilliser.

— Qu'est-ce qui va se passer maintenant ? s'informa Simone.

— Maintenant nous attendons, répondit Kundert.

— Combien de temps ?

— Jusqu'à ce qu'il se passe quelque chose. »

10

« Ils ont essayé *quoi* ? demanda Elvira stupéfaite.

— Dans le cadre d'un test clinique, on a administré à Conrad Lang un médicament qui est encore dans le domaine de la recherche, expliqua le docteur Stäubli.

— Ils en ont le droit ?

— Si un médecin le propose et si toutes les personnes concernées sont d'accord.

— On ne m'a rien demandé.

— Vous n'êtes pas concernée dans ce sens-là. Sont concernés le médecin, le laboratoire pharmaceutique, une commission d'éthique et le patient. Dans ce cas, il s'agit de l'autorité de tutelle.

— Et ils étaient tous d'accord ?

— Manifestement. »

Elvira Senn secoua la tête. « Je pensais que c'était inguérissable.

— Ça l'est. Jusqu'à présent.

— Et Koni sera peut-être le premier qu'ils guériront ?

— Dans le meilleur des cas, il apportera sa contribution à la recherche sur la maladie d'Alzheimer.

— Sans le savoir ?

— Sans même le soupçonner. »

Dans les jours qui suivirent, à la maison des invités, toute l'énergie fut consacrée à remettre sur pied les deux patients.

On mit à Conrad Lang un plâtre ambulatoire. Le thérapeuthe et l'infirmière Irma s'efforçaient de lui faire faire quelques pas chaque jour.

Simone Koch passait la plus grande partie de journée avec sa perfusion. Mais l'après-midi, dans la mesure où elle pouvait capter son attention aussi longtemps, elle passait à peu près une heure à regarder des photos avec Conrad Lang. Elle lui posait les questions qui avaient été précisément préétablies et le docteur Kundert exploitait les résultats sur l'écran.

Jusqu'à présent, en dehors des légères variations habituelles, on ne pouvait pas constater de détérioration. Ce qui, après si peu de temps, n'était certes pas suffisant pour alimenter l'optimisme.

Tout au long de ces journées, la seule surprise à la maison des invités fut la visite inattendue de Thomas Koch.

Il se présenta soudain à la porte tout bronzé et plein d'énergie et demanda à être reçu. L'infirmière Irma, qui ne l'avait jamais vu auparavant, fit l'erreur de lui demander qui il était et ce qu'il voulait. Et lui fit l'erreur de lui répondre : « Qu'est-ce que ça peut vous foutre ? ! Laissez-moi entrer. »

Le docteur Kundert entendit cette vive discussion

dans l'entre-deux-portes, jeta un œil pour voir ce qui se passait et sauva la situation.

Peu de temps après, Thomas irrité entrait dans la chambre où sa belle-fille recevait sa perfusion et comptait les gouttes.

Cette vue — celle de la jolie femme, la vue aussi de celle qui allait le faire grand-père pour la première fois — l'apaisa sur-le-champ. Au lieu de se plaindre de l'accueil que lui avait réservé Irma comme il se l'était fermement promis, il dit : « J'espère que tu seras bientôt rétablie.

— Je l'espère aussi, soupira Simone. Comment était-ce ?

— Où ?

— Je ne sais pas. Là où tu es allé. »

Thomas Koch réfléchit un moment. « À la Jamaïque.

— Peut-être que tu voyages trop.

— Comment ça ?

— S'il faut que tu réfléchisses si longtemps pour savoir où tu étais.

— C'est l'âge. » Il rit un peu trop fort. Et il s'assit sur la chaise à côté du lit. Puis il prit un air grave et paternellement lui saisit la main.

« Urs m'a avoué que ce n'est pas seulement par crainte des complications pour ta grossesse que tu dors ici. »

Simone ne répondit rien.

« Je lui ai passé un savon. »

Elle espérait qu'il allait lâcher sa main.

« Je crains qu'il ne tienne ça de moi. Le chat court toujours après les souris. Mais pour ce qui est des

Koch, tu peux être sûre d'une chose. Quand on est au cœur de la discussion et de la bataille, nous sommes à côté de nos femmes. Le reste, quelle importance ça a ? Pas beaucoup. »

Elle retira sa main.

« Je te comprends sans peine. On ne fait pas ça, surtout quand sa femme attend un heureux événement. Il n'y a pas d'excuse dans un cas pareil. » Il en vint au fait. « Malgré tout, je trouve que tu devrais sortir d'ici. Les médecins, les infirmières et un vieil homme qui meurt à petit feu, tout cela forme un environnement plutôt étouffant pour une jeune femme qui sera bientôt maman. Nous allons t'installer une chambre là-haut et nous engagerons une personne pour t'assister. Tu seras étonnée de te retrouver si vite sur pied.

— J'ai tout ce qu'il faut ici et je suis soignée à la perfection. Un époux infidèle n'est pas non plus l'entourage idéal pour une future maman.

— Ça n'arrivera plus.

— C'est arrivé une fois de trop.

— Tout cela va rentrer dans l'ordre.

— Non. »

Il y avait dans ce « non » l'idée que pour Simone c'était tout réfléchi. En fait, tout lui était apparu clairement à cette seconde. Non, ça n'allait pas rentrer dans l'ordre. Jamais. Il était temps qu'elle se préoccupe de réfléchir à ce qui allait se passer plus tard.

« Qu'est-ce que tu veux dire ?

— Je ne sais pas encore.

— Ne fais pas de bêtises.

— Certainement pas. »

Thomas se leva. « Puis-je transmettre quelque chose à Urs ? »

Simone secoua la tête.

« Rétablis-toi vite, dit Thomas. » Il lui pressa le bras et se leva.

« Est-ce que tu es allé voir Conrad ?

— Non.

— Pourquoi ça ?

— Je ne saurais pas quoi lui dire.

— Parle-lui d'autrefois.

— Cela rend vieux de parler d'autrefois », ricana Thomas et il sortit de la pièce.

À partir de ce moment, Simone alla mieux. Le même soir, les odeurs qui venaient de la cuisine diététique déclenchèrent en elle une grosse faim au lieu du malaise habituel. Elle pria Ranjah, tout étonnée, de lui apporter quelque chose à manger et elle dévora avec plaisir deux gros sandwiches au salami. Cette nuit-là elle dormit merveilleusement bien. Le lendemain matin elle n'eut ni vertige ni envie de vomir. Et elle s'installa devant un grand déjeuner complet.

La certitude, qui l'avait soudain gagnée qu'elle n'aimait pas Urs et qu'elle ne voulait pas passer sa vie avec lui, avait guéri Simone.

Désormais elle n'avait plus besoin de perfusion, mais elle se promit de le dissimuler à la famille Koch tant qu'elle n'aurait pas fait les premiers pas qui s'imposaient pour le futur. Provisoirement, elle resterait encore à la maison des invités.

Aussi soudaine qu'avait été l'amélioration pour

Simone, aussi rapide fut la détérioration pour Conrad Lang.

Il avait tenté à plusieurs reprises de se lever durant la nuit. À chaque fois Ranjah, qui ne perdait pas des yeux le moniteur, était apparue à temps dans sa chambre et avait évité le pire.

Il persistait à vouloir toujours s'habiller. Ranjah qui était née et élevée dans la tradition de respecter la volonté des personnes âgées, le soutenait pour gagner l'armoire et l'aidait.

Quand Conrad était habillé, bizarrement — mais en cela aussi Ranjah le laissait faire à sa guise — et se tenait au milieu de la chambre, il ne savait plus ce qu'il avait eu en tête.

Ranjah l'aidait alors patiemment à se déshabiller à nouveau et à se mettre au lit ; elle lui apportait du thé et restait près de lui jusqu'à ce qu'il se soit rendormi, et elle retournait dans la pièce où était le moniteur vidéo. Jusqu'à la prochaine fois.

En exploitant les résultats de cette nuit-là, le docteur Kundert s'inquiéta de constater que l'anglais de Conrad était beaucoup moins bon. Il cherchait longuement ses mots et mélangeait un peu le français et l'espagnol.

Il avait aussi fait au lit et cela non plus n'était pas bon signe. Les problèmes occasionnels d'incontinence chez Conrad étaient jusqu'à présent liés à son apraxie, cette incapacité des gens atteints de la maladie d'Alzheimer à un stade avancé, d'exécuter des actions complexes. Mais avec l'assistance du personnel soignant, il n'avait jusqu'alors pas rencontré de trop grandes difficultés.

On pouvait craindre maintenant que son cerveau ne commençât à perdre le contrôle de ses fonctions corporelles.

Le docteur Kundert supputait que l'état du patient allait se détériorer. Aussi, lorsque ce même après-midi, à l'heure habituelle, Simone eut sa séance de photos avec Conrad, il était particulièrement tendu devant le moniteur.

Après quelques minutes il vit ses craintes se confirmer. Conrad Lang s'intéressait bien aux photos que Simone lui montrait mais comme quelqu'un qui les voyait pour la première fois. C'est à peine s'il pouvait répondre à la moindre des questions standard, et c'est à peine aussi s'il répondit une fois de manière standard. Simone dut sans répit recourir à toutes les aides qui avaient été prévues dans ce cas et plus d'une fois elle jeta un regard perplexe sur l'objectif caché qui les filmait tous deux.

Lorsqu'elle en arriva à la photo avec le cabriolet, Kundert ne tint plus sur sa chaise. Il se leva et se plaça le plus près possible du moniteur.

Elle lui posa sa question habituelle : « Et ici, c'est Elvira ? »

Conrad hésita comme pour toutes les autres questions. Cette fois, manifestement, ce n'était pas pour faire languir Simone, mais parce qu'il fallait vraiment qu'il cherche.

Puis il fit oui de la tête et prit un air béat. Simone aussi, soulagée, sourit d'aise, et Kundert en fit de même devant le moniteur.

Conrad Lang indiqua la touffe de cheveux de

Koni derrière le garde-boue gauche et dit : « Tomi-koni. »

Puis il montra Tomi dans l'espace qui séparait le phare gauche, sur le garde-boue avant, et le radiateur et ricana : « Konitomi. »

Simone improvisa. Elle lui montra le petit garçon caché que Conrad lui avait jusqu'alors toujours présenté comme « Koni » et demanda : « Koni ? »

Conrad secoua la tête d'un air amusé et lui répliqua : « Tomi.

— Et à quelle vitesse va la Mercedes ? demanda-t-elle.

— Aucune idée. »

Kundert et Simone regardèrent ensemble les photos.

« Lorsque vous avez montré Koni, il a dit : "Tomikoni" ?

— Et lorsque j'ai montré Tomi, "Konitomi" », compléta Simone.

— Il voulait camoufler qu'il ne savait plus exactement qui se cachait où.

— Et pourquoi alors a-t-il interverti les noms quand je l'ai relancé ?

— C'est qu'il avait de nouveau oublié le jeu Tomikoni/Konitomi. »

Simone était découragée. « Est-ce que ça veut dire que le traitement n'a pas d'effet ?

— Il ne peut pas avoir déjà agi. Cela signifie seulement que la maladie suit son cours. Ça ne dit rien sur le POM 55. Cela veut dire qu'une nouvelle connexion de cellule nerveuse à cellule nerveuse a été coupée. Nous n'avons simplement pas eu de chance.

— Surtout Conrad.

— Surtout lui. »

Les deux se turent. Puis Simone dit : « Vous vous imaginez : supposons que ça marche mais qu'il n'y ait plus rien à ce moment à faire marcher. »

Cette supposition n'était pas du tout éloignée de celle de Kundert.

Koni voyait tous ces visages qui étaient dans la pièce. Ils le regardaient depuis le tapis et depuis les rideaux. La plupart étaient méchants. Quelques-uns étaient à la fois aimables et méchants. Très peu seulement avaient une mimique aimable.

Lorsqu'il ne bougeait pas, ils ne le voyaient pas et ne pouvaient rien lui faire.

Ça ne servait à rien d'éteindre la lumière. D'autres visages vinrent. Ceux-ci faisaient des grimaces dans le vent. Puis vinrent des animaux qui se mirent aux aguets sur la chaise. C'est pourquoi il était mieux de ne pas éteindre la lumière. Comme ça on pouvait continuer de tenir ces visages à l'œil. Et comme ça aussi, sur la chaise, il n'y avait que ses vêtements.

L'espoir qu'il ne s'était agi pour Conrad que d'un déclin passager s'évanouit bientôt dans les jours qui suivirent.

Les tests du docteur Kundert révélèrent une détérioration notable pour pratiquement tous les paramètres mesurables de l'état cérébral. Le physiothérapeute confirma aussi ce diagnostic.

Le rapport de Jocelyne Jobert, l'animatrice, fut moins alarmiste. Conrad s'adonnait avec autant de ferveur à ses aquarelles. Les résultats de cette activité étaient toujours plus abstraits et l'orthographe des légendes dont il continuait de pourvoir ses peintures avait décliné. Presque pour un mot sur deux s'y manifestaient des répétitions de lettres ou de syllabes, parce qu'il oubliait qu'il les avait déjà écrites. « EuEurope » ou « Pompommierr », écrivait-il.

Comme auparavant il reprenait en fredonnant les chansons de marche, de Noël ou d'étudiants qu'elle lui chantait en écorchant l'allemand.

Mais devant les photos que Simone lui montrait, il ne réagissait plus que passivement. Il ne disait plus : « Venise », « Milan » ou « Au bord de la mer », quand elle l'interrogeait pour savoir où cette photo avait été prise. Il se contentait tout au plus de hocher positivement la tête quand elle suggérait : « C'est au bord de la mer ? » ou bien « Est-ce que c'est Venise ? »

Mais elle pouvait tout aussi bien lui montrer la photo de la place Saint-Marc et lui demander : « Est-ce que c'est Paris ? » Et lui disait, oui, de la tête.

Il ne pouvait plus distinguer Thomas de lui-même. Il faisait la confusion entre les deux ou bien il les appelait « Konitomi » ou « Tomikoni ». Sur toutes les photos, par contre, il identifiait Elvira Senn comme « Maman Vira ».

Simone rentra déprimée de sa dernière séance de

photos et une fois dans sa chambre elle jeta les photocopies sur la table.

« Je suis content que tu ailles mieux », dit une voix derrière elle.

C'était Thomas Koch. Il était assis sur le bord du lit et maintenant se levait. Simone le regarda et attendit.

« L'infirmière m'a fait entrer. Elle s'est quand même souvenue qu'ici c'est chez moi.

— Je ne retourne pas à la villa, si c'est ça qui t'amène.

— C'est une affaire entre toi et Urs. »

Simone attendit.

« Comment va Koni ? »

Simone haussa les épaules. « Aujourd'hui pas très bien.

— Et ce remède miracle ?

— Pas de résultat, dit-elle. Pas encore », s'empressa-t-elle d'ajouter.

Simone n'avait encore jamais vu Thomas Koch comme ça. Toute son assurance s'était évanouie. Il était là debout, embarrassé, dans sa petite chambre toute simple, il ne savait pas quoi faire de ses mains et il paraissait se faire sérieusement du souci.

« Assieds-toi donc.

— Je n'ai pas beaucoup de temps. » Il prit les photos sur la table et les feuilleta d'un air absent. Simone eut peur. Mais Thomas Koch ne semblait pas se préoccuper le moins du monde d'où elles pouvaient venir.

« Tant de souvenirs, murmura-t-il d'un air songeur.

— Pour lui il y en a un peu moins chaque jour. »
Simone lui montra l'un des garçons sous l'auvent
d'une tente sur la plage. Le crâne au carré, les yeux
très près l'un de l'autre.

« N'est-ce pas que c'est toi, là ?

— Tu le vois bien.

— Koni n'arrive plus à vous distinguer l'un de
l'autre. Parfois il t'appelle Koni, parfois c'est lui qu'il
appelle Tomi et parfois ils vous appelle Tomikoni ou
Konitomi.

— Quelle effroyable maladie. » Thomas continuait de feuilleter les photos. « Comment ça a
commencé ?

— Comme chez tous ces malades : de petits
oublis, des distractions insignifiantes, des choses
qu'on perd, des noms qu'on oublie, on a tout à coup
du mal avec une carte de restaurant, on perd le sens
de l'orientation, puis on ne reconnaît plus des pers-
sonnes que l'on connaît bien, on oublie les noms des
objets, on ne sait plus à quoi ils servent, on n'arrive
plus à rien retenir, et l'on ne se souvient plus que de
choses qui remontent très loin dans le temps.

— Et comment ça s'est passé pour les menus ?

— Des gens, qui auparavant ne consacraient pas
plus d'une minute à étudier une carte, restent assis là
à feuilleter et n'arrivent plus à se décider. »

Thomas hocha la tête. Comme s'il savait de quoi
elle parlait.

« Est-ce que tu voudrais le voir ?

— Non, dit-il rapidement. Non, peut-être une
autre fois. Tu dois comprendre ça. »

Simone comprenait. Thomas Koch se faisait sincèrement du souci. Mais pour lui, pas pour Conrad Lang.

Konitomi aurait pu déjà dormir. Il était fatigué. Mais il ne voulait pas. S'il s'endormait, ils allaient venir et ils le piqueraient.

Il n'avait pas le droit non plus de croiser les bras derrière la tête quand il était couché sur le dos. Parce qu'ils allaient le piquer aux aisselles. Avec de longues aiguilles.

Tomikoni ne savait pas ce qui était le mieux : s'il ne faisait pas de lumière ils ne le verraient pas. Mais s'il faisait de la lumière il les verrait à temps.

Mais s'il s'endormait, il ne les verrait pas tourner le bouton. Alors il remarquerait trop tard qu'ils étaient déjà là.

S'il se cachait ils repartiraient peut-être.

Konitomi repoussa doucement la couverture et tira ses jambes à lui. Ce n'était pas si simple. Ils lui avaient accroché quelque chose de lourd à sa jambe gauche pour qu'il ne puisse pas s'enfuir.

Il fallait maintenant laisser tomber les pieds le long du lit. D'abord le droit. Puis le lourd.

Il se laissa glisser du bord. Il était debout à côté du lit.

Où allait-il se cacher ?

Trop tard. La lumière s'alluma.

« Ne pas piquer, supplia Tomikoni.

— *Now there, now there* », dit Ranjah pour le calmer.

Depuis le jour où on lui avait répondu à la porte

de la maison des invités que Simone ne devait pas être dérangée, Urs Koch avait laissé s'écouler quatre semaines. Durant tout ce temps, c'étaient des tiers qui lui avaient rapporté au jour le jour comment allait sa femme. Jusqu'à présent la tactique, « ne pas courir après les femmes, elles reviennent toutes seules », lui avait toujours réussi.

Dans le cas de Simone — dont il avait appris à connaître et à apprécier la capacité d'indulgence, en dépit des exigences nouvelles dues à sa grossesse — il ne doutait pas que ça allait marcher.

Lorsque son père lui tint ce propos : « Tu as intérêt à te corriger cette fois, sinon il finira bien par lui venir des idées stupides », il demanda : « Le suicide ? »

Lorsque son père répondit : « Le divorce », Urs se mit à ricaner et il ne se fit pas davantage de soucis. Il attendit encore un peu. Puis comme elle ne se manifestait toujours pas, il changea de tactique.

Il se présenta à la maison des invités avec un grand bouquet de camélias, les fleurs préférées de Simone, il sonna et lui fit savoir par l'infirmière Irma qu'il ne partirait pas sans avoir été reçu, même s'il devait rester là toute la nuit.

Cela fonctionna. Peu de temps après il fut introduit dans la chambre de Simone.

« Je voudrais te faire mes excuses et te prier de revenir avec moi à la maison », dit-il pour entamer la conversation. Cela faisait également partie de sa nouvelle tactique.

Même lorsque Simone lui répliqua : « Non, Urs, cela n'a pas de sens », il ne se départit pas de son rôle qui ne lui était pourtant pas facile. « J'en suis bien conscient : ce que j'ai fait ne peut pas se réparer. »

Ce ne fut que lorsque Simone lui répondit : « Non, c'est pourquoi il vaut mieux que tu n'essayes même pas », qu'il changea de ton et qu'il explosa.

« Est-ce que je dois me tirer une balle dans la tête ? »

Simone resta tranquille. « Ce que tu fais m'est égal. Je vais demander le divorce. »

Pendant un moment elle crut qu'il allait éclater en vociférations. Il se borna à s'esclaffer.

« Tu dis n'importe quoi. Regarde-toi un peu. Tu en seras bientôt au sixième mois.

— Pour le savoir je n'ai pas besoin de me regarder.

— Qu'est-ce que tu t'imagines ? Nous avons un enfant et nous divorçons, le tout en même temps ?

— Tu préférerais peut-être qu'on fasse les choses l'une après l'autre, comme ça se pratique d'habitude ?

— Ni l'un ni l'autre. Je ne veux pas de divorce du tout. Il n'en est pas question. Je ne veux même pas en discuter.

— Très bien. Moi non plus. » Simone alla à la porte et mit la main sur la poignée.

« Tu ne me chasseras pas de ma propre maison des invités.

— S'il te plaît, va-t'en ! »

Urs s'assit sur le lit. « Je ne consentirai jamais à un divorce.

— Je porterai plainte.

— Pour quel motif ?

— Adultère. À sept reprises, si tu veux savoir. »

Urs écarquilla les yeux. Les preuves ?

— Je mettrai tout en œuvre pour trouver les témoins et les preuves. »

Simone était toujours à la porte, la main sur la poignée. Elle paraissait très résolue.

Urs se leva et s'approcha d'elle. « On ne me fera pas ça à moi, que ma femme enceinte divorce d'avec moi au bout de deux ans, comprends-tu ? C'est aussi simple que ça. On ne me fera pas ça et on ne nous fera pas ça. On ne fera pas ça aux Koch.

— Cela m'est bien égal ce que l'on fait ou ne fait pas aux Koch, dit Simone en ouvrant la porte.

— C'est parce que ça s'est passé quand tu étais enceinte, n'est-ce pas ? »

Simone fit un signe de dénégation.

« Pourquoi donc alors ?

— Parce que je ne veux pas passer ma vie avec toi. »

Par une fausse journée de printemps — le foehn avait balayé le ciel devenu limpide, ce qui faisait froncer les sourcils aux jardiniers — Koni peignit une "Maison pour baballe de neineige en mai".

Simone s'était manifestée un peu trop tôt pour la séance de photos. L'animatrice était encore aux côtés de Conrad, en train de peindre, tassé sur lui-même à la table.

Lorsque Simone le salua, il ne fit qu'un petit signe et se repencha sur sa feuille. Il trempa le pinceau dans le verre rempli d'eau trouble et travailla sur une feuille d'aquarelle.

Simone s'assit et attendit. Lorsque la thérapeuthe dit : « Bravo, Monsieur Lang, magnifique, cela me plaît beaucoup. Est-ce que je peux le montrer à Madame Koch ? », elle se leva et gagna la table.

La feuille était encore humide et gonflée. C'était du gris-bleu sur fond blanc complètement noyé et nuageux. Sur tout ça un large coup de pinceau, entouré d'autres traits aussi larges, brunâtres et jaunâtres, qui rayonnaient. Il avait écrit au-dessous en grandes lettres rigides d'imprimerie : « Konitomi Lang — Maison pour baballe de neineige en mai. »

« C'est vraiment très beau », dit aussi Simone. Elle s'assit à côté de Conrad et plaça les photos devant lui sur la table, tandis que l'animatrice rangeait ses ustensiles. Dans l'agitation qui allait de pair avec ce changement, elle n'avait pas entendu entrer le docteur Stäubli.

Ce ne fut que lorsque, découragée, après le troisième « Tomikoni, Konitomi », elle leva les yeux vers la caméra qu'elle remarqua sa présence à côté de la table.

Dans le salon de déjeuner d'Elvira, les fenêtres étaient ouvertes. Le soleil d'après-midi pénétrait loin dans la pièce, jusqu'au petit sofa où elle était assise avec le docteur Stäubli.

Il venait juste d'arriver de la maison des invités et il avait fait part d'une nouvelle détérioration de l'état de Conrad.

« Ce n'est donc pas quelque chose qui fera sensation dans la médecine, déclara-t-elle.

— Ça n'en a pas l'air. Lorsque je suis arrivé, il ne se reconnaissait même plus lui-même sur de vieilles photos. Konitomi et Tomikoni, c'est tout ce qu'il disait.

— Quelles vieilles photos ?

— Simone lui montrait des photos sur lesquelles, selon toute apparence, vous-même, Thomas et Conrad étiez en voyage en Europe. Les garçons doivent avoir à peu près six ans. »

Elvira se leva sans dire un mot et disparut par la porte dans sa garde-robe. Le docteur Stäubli resta assis, se demandant quelle gaffe il avait bien pu commettre.

Peu de temps après Elvira revint avec un album de photos. « Ces photos ? »

Stäubli prit l'album, le feuilleta et fit signe que oui. « Des photocopies de ces photos-là justement. »

Elvira dut s'asseoir. Elle eut soudain l'air presque aussi vieille qu'elle l'était en réalité. Le docteur Stäubli lui prit le poignet, regarda sa montre et commença à compter son pouls.

Elvira retira la main brutalement.

Le docteur O'Neill, le docteur Kundert et Simone étaient assis dans la salle de contrôle et prenaient le café. Sur le moniteur qui surveillait le séjour on voyait Conrad Lang assis dans son fauteuil. La jambe dans le plâtre était disposée en hauteur et il somnolait. Il n'avait rien mangé, ni ce matin, ni au déjeuner.

Simone posa la question qui la préoccupait depuis longtemps : « Est-il complètement exclu que le traitement ait accéléré le processus ? »

Kundert et O'Neill échangèrent un regard. « Dans

la mesure où un scientifique peut exclure complètement quelque chose, oui, répondit O'Neill.

— Ce n'est donc pas complètement exclu ?

— Dans les cultures de cellules et dans le cas des expérimentations sur les animaux, le processus a été enrayé au bout de deux trois semaines et en aucun cas seulement ralenti, ni, non plus, accéléré. Cela veut dire qu'à titre personnel je ne suis pas sûr si c'est exactement ce qui se passe avec l'homme, simplement je suis convaincu à 100 % que ce n'est pas le contraire qui se passe. Mais je ne peux pas vous le prouver scientifiquement. »

O'Neill se resservit du café. Simone et Kundert ne purent se défaire de l'impression que sa brève allocution lui avait aussi servi à se convaincre lui-même.

« Dans le cas de Monsieur Lang, cinq semaines se sont déjà écoulées, fit observer Simone.

— Je vous remercie de me le rappeler, grogna O'Neill.

— Peut-être que ce sont les 20 % qui ont manqué à cette connexion. Peut-être devrait-on faire une seconde application.

— Nous avons l'autorisation pour une seule et unique application. »

Ils fixèrent des yeux le moniteur. Conrad bougeait. Il ouvrit les yeux, regarda d'un air étonné tout autour de lui dans la pièce, les referma et se remit à somnoler.

« Je crois toujours que ça marche, renchérit O'Neill.

— Si ce n'est pas trop tard, émit avec doute Simone.

— L'être humain peut fonctionner avec seulement des fragments de son cerveau, dit le docteur Kundert.

— Encore faut-il que ce soient les bonnes parties, rectifia O'Neill.

— Et si ce sont les mauvaises qui survivent ? s'enquit Simone.

— Une équipe de chercheurs a prouvé que dans certaines conditions les cellules nerveuses pouvaient se régénérer. Nous savons aussi que dans les cultures de cellules, on peut traiter des cellules avec un certain nombre de facteurs et l'on aura pour résultat de faire naître de nouveaux contacts. Seulement nous ne savons pas si cela est bon ou mauvais, car normalement de nouveaux contacts surgissent quand les cellules apprennent quelque chose. C'est un processus très contrôlé. Si nous déclenchons celui-ci sans contrôle, il peut se faire que s'établissent des contacts que l'on ne désire absolument pas.

— C'est-à-dire que tant que ce problème n'est pas résolu, les cellules restent mortes. »

O'Neill ne voulut pas se prononcer. Kundert poursuivit.

« On connaît en neurologie de nombreux cas dans lesquels, après un traumatisme crânien ou une opération, des patients ont perdu de grandes parties de leur cerveau. Dans certains cas, il leur a fallu tout réapprendre du début, dans d'autres ils oubliaient des zones entières de leur vie. Mais le plus souvent ils recouvraient leurs fonctions, ce qui leur permettait de mener une vie normale.

« — Croyez-vous que ce serait aussi possible dans le cas de Conrad Lang ?

— Si l'on parvient à interrompre le processus tant qu'il peut encore parler et comprendre la parole, il y a une chance que les cellules qui restent soient stimulées et qu'elles puissent établir de nouveaux contacts. Il lui resterait probablement dans ce cas de grandes lacunes de mémoire et il faudrait remettre de l'ordre dans l'organisation de son savoir par un travail de détail fastidieux. Mais c'est possible. Notre point de départ est que c'est possible, sinon nous ne serions pas ici.

— Vous voulez me donner du courage, sourit Simone.

— Est-ce que j'y suis parvenu ?

— Un petit peu. »

Elvira avait convoqué Thomas et Urs dans son cabinet de travail, là même où se tenaient d'ordinaire les réunions informelles du conseil d'administration des entreprises Koch. Elle en vint tout de suite au fait.

« Urs, ta femme m'a volée. »

Urs tomba des nues. Il s'était dit à l'avance qu'il devait s'agir d'affaires.

« Je ne sais pas comment ni avec quelle aide, je sais seulement qu'elle est en possession de photos que je conserve dans un endroit sûr. » Elle montra les albums étalés sur la table. Urs prit l'un d'entre eux et commença à le feuilleter.

« Il faut qu'elle ait pénétré ici et se soit fait faire

des copies. Le docteur Stäubli l'a vue alors qu'elle les regardait avec Koni. »

Thomas prit également un album et se mit lui aussi à le feuilleter.

« Et pourquoi aurait-elle fait ça ?

— Elle veut le stimuler avec, que sais-je... Il paraît que ça aide à rétablir le contact avec la réalité. Avec la réalité !

— C'est ce que tu soupçonnes ou tu le sais ?

— Elle n'a pas arrêté de me rebattre les oreilles pour que je lui donne des photos du passé. Et à Thomas aussi. N'est-ce pas, Thomas ? »

Thomas était plongé dans l'album. Il leva les yeux. « Quoi donc ? »

Elvira se détourna et s'adressa de nouveau à Urs : « Je veux qu'elle me rende ces photos, tout de suite.

— Mais tu les as, elle s'est bornée à en faire des copies, tu le dis toi-même.

— Je ne veux pas qu'elle aille avec Conrad fouiller dans notre passé. »

Urs secoua la tête et feuilleta un autre album. « Pourquoi y-a-t-il dans celui-ci tant de photos arrachées ? »

Elvira lui prit l'album des mains. « Rends-moi ces photos ! »

Thomas éclata de rire et mit sous les yeux d'Urs l'album qu'il en avait en main. « Qu'est-ce que tu vois là-dessus ? »

— Elvira devant un cabriolet.

— Et moi et Koni, tu ne nous vois pas ? » s'esclaffa-t-il.

Elvira lui arracha l'album des mains.

Thomas lui jeta un regard ahuri. Puis il se pencha vers son fils. « La Mercedes faisait du cent dix à l'heure.

— Rends-moi ces photos ! ordonna Elvira et elle se leva.

— Y a-t-il quelque chose dans le passé qu'on n'a pas le droit de savoir ? demanda Urs avec méfiance.

— Rends-moi ces photos ! »

Urs se leva avec agacement. « Et moi qui croyais qu'il s'agissait de la firme !

— Il s'agit aussi d'elle. » Elvira quitta la pièce.

« Petit à petit elle se fait vieille », expliqua Thomas à son fils.

Conrad Lang continuait sa grève. Il ne mangeait rien, on ne pouvait pas l'amener à tracer quelque chose au pinceau, et il avait donné une gifle à son kiné, qui voulait, avec ménagement mais fermeté, le forcer à un mouvement plutôt anodin. Le docteur Kundert avait ordonné que Conrad soit nourri artificiellement la nuit s'il venait aussi à refuser de dîner.

Ils avaient décidé que Simone lui montrerait ce jour-là les photos de l'album le plus ancien. Ils espéraient ainsi le tirer de son apathie.

Koni était assis en robe de chambre dans le fauteuil du séjour. Il n'avait pas été possible de l'habiller. Lorsque Simone pénétra dans la pièce il ne réagit pas. Il ne réagit pas non plus quand elle tira une chaise vers elle et s'assit à ses côtés.

« Koni, commença-t-elle, j'ai ici quelques nouvelles

photos pour lesquelles j'ai besoin de ton aide. » Elle ouvrit l'album.

La première photo montrait Elvira jeune dans le jardin d'hiver de la *Villa Rhododendron*. Elle portait une jupe qui lui descendait jusqu'aux mollets et un pull-over sans manches, boutonné jusqu'au cou, qui laissait tout juste passer une petite cravate blanche et ronde. Elle était assise dans un fauteuil pliant et tricotait. Au premier plan on voyait l'appui du fauteuil Louis-Philippe qui, recouvert autrement aujourd'hui, se trouvait dans le boudoir de la villa.

« Cette femme par exemple : qui est-ce ? »

Koni ne regardait même pas.

Simone lui présenta l'album sous les yeux. « Cette femme ? »

Koni soupira. « Mademoiselle Berg », répondit-il, comme le fait un enfant difficile.

« Ah, je pensais que c'était Elvira. »

Koni secoua la tête avec irritation devant une telle incapacité à comprendre les choses les plus simples.

À côté de la photo d'Elvira on voyait la trace d'une déchirure blanche qui témoignait qu'il y avait eu là une photo. Simone continuait de feuilleter.

La photo suivante avait été prise depuis le côté de la villa exposé au midi. Elle montrait l'escalier qui menait à la grande terrasse, et sur cet escalier il y avait Wilhelm Koch. Il portait un pantalon de couleur claire, une chemise blanche avec une cravate et un gilet sombre, mais il n'avait pas de veston. Il avait le crâne rond et chauve et il souriait d'un air rigide à l'appareil photo.

« Et cet homme ? »

Koni s'était résigné à devoir expliquer à cette éternelle questionneuse même les choses les plus évidentes.

« Papa Directeur, répondit-il patiemment.

— C'est le papa de qui ?

— De Tomitomi. »

Sur la page en regard, à côté d'une photo arrachée, on pouvait voir le pavillon. Les rhododendrons n'étaient encore que de petites plantes et les pins que l'on voyait au fond n'existaient plus aujourd'hui. Deux vieilles femmes se tenaient près de la rampe en fonte ; elles portaient des chapeaux à larges bords et des robes informes, larges, aussi longues que leur corps.

« Tante Sophie et Tante Clara », déclara Koni sans être sollicité. Son intérêt était maintenant éveillé. Le docteur le remarqua avec soulagement sur le moniteur.

Simone et Conrad parcoururent ensemble tout l'album, page après page. Il y avait des photos du parc, de « Papa Directeur », de « Mademoiselle Berg », de « Tante Sophie et Tante Clara ». Et des photos dont il ne restait qu'un lambeau de papier arraché.

L'une des dernières photos de l'album montrait Elvira dans un ensemble deux pièces d'été, à fleurs et à manches courtes, dans l'avancée de la terrasse. Près d'elle il y avait Wilhelm Koch qui avait posé son bras autour d'elle en signe de possession — ce qu'il ne faisait sur aucune autre photo. À l'arrière-plan on voyait le lac dans le talus de la vallée et les ondulations des collines sur l'autre rive, à peine construites encore.

« Papa Directeur et Maman, commenta Conrad.

— La maman de qui ?

— De Tomitomi, soupira Conrad Lang.

— Est-ce que mademoiselle Berg est la maman de Tomitomi ?

— C'est ça. »

Pour la dernière photo, autour de laquelle toutes les autres avaient été arrachées, il se produisit quelque chose de bizarre. On y voyait une plate-bande devant une haie et un cuveau avec un laurier rose en fleurs, qui avait été tout à fait propice au photographe. Koni étudia longuement et de près la photo. À la fin il émit ce constat : « Papa Directeur et Tomitomi. »

Simone lança un regard à l'objectif caché.

« Papa Directeur (Koni montra un endroit dans le laurier) et Tomitomi. » Il montrait un emplacement juste à côté.

En y regardant de plus près, Simone remarqua que le photographe avait oublié de tourner sa pellicule, et qu'il avait donc pris deux photos superposées. Dans la haie elle pouvait discerner comme une ombre le crâne chauve de Wilhelm Koch. Et sur ses genoux les contours d'un enfant.

Le docteur Kundert et Simone restèrent long-temps à réfléchir autour des photos, se demandant quelles déductions il fallait en tirer. Ce n'était nullement un secret que le nom de jeune fille d'Elvira était Berg. Mais si ce nom était familier à Conrad, il fallait qu'il l'ait connue avant que sa mère Anna Lang ne vienne prendre son service à la *Villa Rhodo-*

dendron. À ce moment-là Elvira était déjà devenue Madame Koch, l'épouse du directeur.

Il n'y avait naturellement rien d'invraisemblable à imaginer qu'étant la femme d'un homme tellement plus âgé qu'elle, la jeune Elvira ait engagé pour lui tenir compagnie quelqu'un qu'elle connaissait déjà d'avant.

La superposition des deux photos était bien plus étrange. Plus leurs yeux s'habituaient à regarder l'autre photo, celle qui était la moins exposée, plus elle devenait claire. Il n'y avait pas de doute qu'en ce qui concernait l'homme il s'agissait bien de Wilhelm Koch. Mais l'enfant n'avait pas l'allure de Thomas. On ne retrouvait pas dans ses traits la forme caractéristique du crâne ni les yeux très rapprochés. Si ce petit-là ressemblait à quelqu'un, c'était bien plutôt aux photos de Conrad Lang enfant.

« Pourquoi n'y a-t-il pas dans tout cet album la moindre photo de Thomas ? demanda le docteur Kundert.

— Ce sont peut-être ces photos-là qui manquent.

— Mais pourquoi quelqu'un les aurait-il arrachées ? »

Simone dit tout haut ce qu'ils pensaient tous deux : « Parce que l'enfant sur les photos n'est pas Thomas Koch. »

La même nuit, Urs téléphona à Simone depuis la villa. « Je dois te parler. Je viens.

— Il n'y a rien à discuter.

« — Et qu'en est-il des photos que tu as volées à Elvira ?

— Je les ai seulement empruntées et j'en ai fait des copies.

— Tu t'es introduite chez elle.

— J'ai utilisé la clé.

— Tu as pénétré dans son domaine privé. Il n'y a pas d'excuse possible à ce que tu as fait.

— Je ne demande pas à être excusée.

— Tu vas tout simplement restituer les photos.

— Elle a peur de ces photos. Et peu à peu je commence à comprendre pourquoi.

— Pourquoi ?

— Il y a quelque chose qui cloche en ce qui concerne le passé. Elle craint que Conrad ne soit en état de le révéler.

— Que pourrait bien révéler un homme malade dont le cerveau tombe en morceaux ?

— Demande-le à Elvira ! Demande-lui qui était sur les photos qu'elle a arrachées ! »

Tomi était couché dans la tourbe dans l'appentis du jardinier, bien couvert par des sacs de jute, sans faire aucun bruit. Dehors il y avait de la neige et il neigeait des fazonetli. Elle le cherchait.

Si elle le trouvait, elle allait lui faire une piqûre. Comme à Papa Directeur.

Il l'avait vue faire.

Il était éveillé parce que Papa Directeur parlait comme il parle toujours quand il a bu du schnaps. Il l'entendait monter l'escalier et tout le vacarme qu'il faisait dans la chambre où il dormait avec Maman.

Tomi se leva et regarda à travers la fente de la porte qui restait toujours ouverte jusqu'à ce qu'ils aillent se coucher. Sa maman et celle de Koni aidaient Papa Directeur à s'installer et elles l'asseyaient sur le lit. La maman de Koni lui donnait du schnaps. Elles le déshabillèrent et l'allongèrent sur le lit.

Puis la maman de Koni le piqua avec une aiguille. Elles le couvrirent, éteignirent la lumière et sortirent de la chambre. Koni ouvrit la porte plus grand et alla près de Papa Directeur. Il sentait le schnaps.

Soudain la lumière s'ouvrit et la maman de Koni revint. Elle le prit par la main et le ramena au lit.

« Pourquoi as-tu piqué Papa Directeur ? demanda-t-il.

— Si tu répètes ça encore une fois, je te pique toi aussi », répondit-elle.

De bon matin le lendemain, il entendit de nombreuses voix dans la pièce d'à côté. Il descendit du lit et courut voir ce qui se passait. Il y avait beaucoup de gens dans la chambre, y compris sa maman et celle de Koni. Papa Directeur était couché et ne faisait pas un bruit.

À ce moment-là, la maman de Koni le vit et le fit sortir. « Qu'est-ce qu'il a, Papa Directeur ? demanda-t-il.

— Il est mort », répondit-elle.

Dehors la neige tombait. Elle était de plus en plus haute. Elle allait engloutir les arbres et les toits.

Tomi ferma les yeux. Ici elle ne pourrait pas le trouver.

Mais lorsqu'il se réveilla, son bras lui faisait mal,

et lorsqu'il regarda, il vit qu'il était attaché et qu'une aiguille y était fichée. Elle l'avait donc quand même trouvé.

Il arracha l'aiguille. La lumière s'alluma. Il ferma les yeux. « Ne pas piquer ! »

Au *Stöckli* aussi la lumière brûlait toujours. Urs était venu rendre une visite tardive à Elvira. Ils étaient assis au salon. Dans la cheminée rougeoyaient les restes d'un feu.

« Elle dit que tu redoutes ces photos parce qu'il y a quelque chose qui ne colle pas dans le passé. D'après elle tu aurais peur que Koni puisse s'en souvenir.

— Et qu'est-ce qui ne colle pas dans le passé ? »

Urs n'aurait pas su dire si Elvira était ou non préoccupée.

« Je dois te demander qui était sur ces photos qui ont été arrachées. »

Maintenant à n'en pas douter elle était inquiète. « Je ne sais pas ce qu'elle veut dire.

— Moi, si. J'ai vu cet album chez toi. Celui aux photos arrachées.

— Je ne me souviens pas. Probablement je ne suis pas tombée dessus. »

Elvira regarda Urs. Il était différent de son père. Il n'esquivait pas les problèmes. Il voulait savoir ce qui lui arrivait pour pouvoir prendre les mesures qui s'imposaient. Urs Koch était bien l'homme qu'il fallait pour les entreprises Koch. Il les maintiendrait comme Elvira les avait faites : fortes, saines et au-dessus de tout soupçon.

« S'il y a quelque chose que je dois savoir, tu devrais me le dire. »

Elvira fit oui de la tête. Elle ne laisserait pas les choses en venir au point qu'il dût apprendre quelque chose.

Le lendemain matin, Elvira se rendit à la maison des invités. Simone était auprès de Conrad avec le docteur Kundert. Elle tentait justement de le convaincre de prendre son petit déjeuner. Mais il se bornait à fixer le plafond.

Irma entra. « Il y a là dehors Madame Senn, elle veut parler avec Madame Koch. »

Simone et Kundert échangèrent un regard. « Faites-la entrer », dit Simone.

L'infirmière Irma revint peu après. « Elle ne veut pas entrer, il faut que ce soit vous qui sortiez, dit-elle. Elle a l'air assez furieuse.

— Si elle veut me parler, il faudra bien qu'elle entre.

— Il faut que je lui dise ça ? Elle va me tuer.

— Vous êtes plus forte qu'elle. »

Irma sortit à nouveau et resta un long moment dehors. Lorsqu'elle revint, Elvira était à ses côtés. Elle était blême et elle avait de la peine à se contenir. Elle ignora Conrad et le docteur Kundert et elle se cabra devant Simone. Elle dut faire un effort pour se ressaisir avant de pouvoir parler.

« Rends-moi les photos ! Tout de suite ! »

Simone était également blême. « Non. Elles sont utilisées dans un but thérapeutique.

— Rends-moi tout de suite ces photos ! »

Les deux femmes se défiaient du regard. Aucune des deux ne paraissait prête à céder.

Alors, venant du lit, on entendit la voix de Conrad : « Maman, pourquoi as-tu piqué Papa Directeur ? »

Elvira ne voyait pas Conrad. Elle laissa son regard errer de l'infirmière Irma au docteur Kundert et à Simone. Puis elle fit demi-tour et quitta la pièce.

Simone alla au lit de Conrad. « Elle a piqué Papa Directeur ? »

Conrad posa son index sur ses lèvres. Chut.

Depuis que Simone n'était plus nourrie artificiellement et que Conrad Lang ne mangeait plus, Luciana Dotti se concentrait sur Simone. Par sa formation elle était cuisinière diététicienne, mais quand il s'agissait de femmes enceintes, elle faisait bien peu de cas des régimes. Elle lui préparait des *fettuccine al prosciutto ed asparagi*, des *pizzocheri della Valtelline*, des *penne ai quattro formaggi*, et à chaque fois qu'entre les repas Simone s'approchait de la cuisine, elle tentait de lui mettre en bouche un petit rouleau de jambon de Parme ou une tranchette de salami mou. « *Per il bambino.* »

Aujourd'hui, elle avait préparé des *conchiglie alla salsiccia e panna*, et Simone s'était laissé convaincre d'en prendre deux parts. Comme elle était encore en train de débarrasser la table dans la pièce de contrôle, Luciana annonça : « Ce soir je ferai des *maccheroni al forno alla rustica*. Nappés d'aubergines et de mozzarella fumée, un vrai poème. »

Simone réagit très vite. « Oh, pardon, est-ce que je ne l'ai pas dit ? Ce soir je suis invitée à dîner. »

Luciana le prit avec dignité. « Bien du plaisir », souhaita-t-elle sans faire de phrase et elle continua de desservir. Irma, l'infirmière, l'aidait.

Le docteur Kundert regarda longuement Simone. Lorsqu'elle sentit son regard, elle leva les yeux. « Des aubergines à la mozzarella fumée. Je n'ai rien trouvé d'autre pour m'en sortir.

— Vous n'êtes même pas invitée ? »

Elle secoua négativement la tête.

« Comment allez-vous faire alors ? »

Elle haussa les épaules.

« Est-ce que je peux vous proposer mon aide ? »

Elvira Senn passa toute la journée dans sa chambre à coucher et ne permit à personne de venir auprès d'elle. Le soir, lorsque le moment fut venu de faire son injection d'insuline, elle alla à son petit réfrigérateur de la salle de bains, prit son stylo à injections, le tint au-dessus du lavabo et pressa sur la cartouche. Puis elle tourna les deux robinets et les laissa longuement couler.

Tomi était au lit et pleurait. Mais tout doucement. Si la maman de Koni venait à l'entendre, elle viendrait et elle le piquerait. Elle l'avait dit elle-même.

La maman de Koni dormait maintenant juste à côté. Aussi c'était bien possible qu'elle l'entende. Elle s'appelait maintenant Maman Anna. Et Maman s'appelait maintenant Maman Elvira. Parce que la maman de Koni et la sienne s'appelaient toutes deux

Maman, on ne savait plus sans ça de quelle maman ils parlaient.

Tomi pleurait parce qu'il devait maintenant dormir dans le petit lit de Koni, dans la chambre de Koni.

C'était un jeu. Parfois Tomi jouait à être Koni et Koni à être Tomi. Dans ce cas Koni avait le droit de dormir dans le petit lit de Tomi et Tomi dans celui de Koni.

Mais Tomi n'aimait pas ce jeu-là. La chambre de Koni était dans la petite maison derrière la villa, là où la maman de Koni dormait. Maman Anna. Il avait peur d'elle.

Il entendit des voix qui se disputaient dans l'escalier. La porte s'ouvrit et la lumière s'alluma.

« Ne pas piquer, dit Tomikoni.

— Personne ne te piquera, mon enfant, dit la voix. Nous te mettons maintenant dans ton petit lit. »

Tomi était gai. Ce n'était pas Maman Anna. C'étaient Tante Sophie et Tante Clara.

Elvira était dressée bien droite dans son immense lit. Le foehn s'était dissipé et le mois de mars montrait de nouveau son vrai visage. Les rideaux de crêpe vieux-rose étaient tirés et ne laissaient entrer que peu de lumière de cet après-midi gris.

Sur le secrétaire Louis-Philippe près du lit et la commode Empire brûlaient deux lampes aux abat-jour de soie qui plongeaient tout l'espace dans une lumière nacrée.

Urs était assis sur un petit siège rembourré au

bord du lit. Elvira l'avait prié de lui rendre visite parce qu'elle avait des choses importantes à lui dire.

« Tu m'as demandé hier s'il y a des choses du passé que tu dois savoir. Il y en a. »

Lorsque deux heures plus tard, Urs jeta un regard depuis la villa vers la maison des invités, il n'était pas aussi tranquille qu'il l'avait fait croire à Elvira. Il ne rendit qu'un bref salut au docteur Stäubli qui lui faisait signe en passant en se rendant au *Stöckli*.

Elvira avait appelé Stäubli et lui avait communiqué son taux de glucose. « Il y a quelque chose qui ne va pas du tout », avait-il dit et il s'était aussitôt mis en route.

En prenant de nouveau la mesure, il fronça les sourcils et sortit une ampoule de vieille insuline. Un type d'insuline qui agissait rapidement mais pour peu de temps, et que l'on utilise pour rétablir un premier équilibre quand il y a un manque absolu d'insuline.

Il tira une seringue et lui fit une piqûre dans le haut de la cuisse. « Vous n'avez quand même pas mangé un kilo de bonbons. »

Elvira fit un signe de dénégation. Elle détestait les sucreries.

« Et vous êtes certaine de ne pas avoir manqué une piqûre ?

— Je pense bien. Mais peut-être le contrôlerez-vous mieux que moi. Je suis une femme âgée. Dans la salle de bains, dans le petit réfrigérateur. »

Le docteur Stäubli entra dans la salle de bains. Elvira se pencha sur le lit et prit quelque chose dans sa serviette de médecin. Lorsqu'il revint après un moment, il paraissait perplexe : « Tout semble en ordre. Les relevés et l'usage effectif concordent. J'enverrai la cartouche utilisée au laboratoire. »

Le docteur Stäubli promit de revenir la voir le lendemain.

Lorsqu'elle fut seule, Elvira fouilla sous la couverture, en sortit l'ampoule d'insuline et la posa sur le secrétaire.

Simone et le docteur Kundert avaient réservé une table au Fresco, l'un de ces nombreux anciens restaurants de quartier que les nouveaux propriétaires avaient réduits à leur plus simple expression et qu'ils avaient transformés en locaux sympathiques à la mode avec leur couleur blanche, leurs nappes en papier, leur personnel plein d'entrain et leur cuisine internationale et sans prétention.

Ils commandèrent une salade grecque et comme plat principal des tacos. La serveuse les tutoyait et Simone fit remarquer au docteur Kundert : « Je crois bien que nous sommes les seuls ici à se vouvoyer. » À partir de ce moment eux aussi se mirent au tutoiement.

« Il y a une chose que je voulais te demander depuis longtemps. Pourquoi fais-tu ça pour lui ? À vrai dire, tu ne le connais pas.

— Je ne sais pas. » Elle réfléchit. « J'éprouve tout simplement de la compassion pour lui. Comme pour un ours en peluche qui a trop servi. Que l'on ressort encore de temps en temps par ennui, mais qu'on finira un jour ou l'autre par jeter tout à fait. Ce n'est pas possible que sa vie n'ait été que ça. »

Kundert fit un signe d'assentiment. Simone sentit ses yeux se gonfler de larmes. Elle prit un mouchoir dans son sac à main et le porta à ses paupières pour les essuyer. « Excuse-moi, ça m'arrive souvent depuis que je suis enceinte. Qui crois-tu qu'il y avait sur les photos qui ont été arrachées ?

— Conrad Lang, répondit Kundert sans hésiter.

— C'est bien ce que je pense aussi. »

Kundert servit du vin. « Cela expliquerait aussi pourquoi il confond Koni et Tomi sur les vieilles photos.

— On lui a dit qu'il était Koni alors qu'en fait il est Tomi.

— Comment est-ce possible ?

— Pour un enfant de quatre ans ce n'est absolu-ment pas impossible : Tomikoni, Konitomi, Maman Vira, Maman Anna. » Kundert paraissait un peu surexcité. « Les deux femmes ont semé la confusion parmi les enfants, elles ont joué avec leur identité jusqu'à ce que ceux-ci ne sachent plus qui ils étaient. Après quoi elles ont interverti ces identités.

— Et maintenant, du fait de la maladie, la pre-mière identité resurgit chez Koni ?

— On peut penser que chez lui la structure du savoir sémantique connaît une telle confusion que ces informations ont une priorité plus grande aujourd'hui. Ou peut-être aussi que, du fait de la maladie, des capacités de remémoration ont été libé-rées. Ainsi, de très anciens souvenirs pourraient réapparaître en première ligne.

— Mais pourquoi ces deux femmes auraient-elles échangé les enfants ?

— Pour l'enfant d'Anna Lang. Afin qu'il hérite des Entreprises Koch. »

L'ensemble ne faisait pas sens pour Simone. « Qu'est-ce qui aurait bien pu pousser Elvira à faire cette faveur à Anna ? »

Le *Fresco* s'était rempli. Le bourdonnement des conversations, les rires de gens détendus et le bruit de fond des tangos, des airs de bel canto et de classiques du rock étouffèrent la monstruosité que Simone prononça à voix basse : « Si cela était, alors Koni serait le véritable héritier des Entreprises Koch. »

Même à l'heure avancée de l'apéritif, le bar du *Grand Hôtel des Alpes* ne connaissait pas la grande foule. Il y avait quelques clients de l'hôtel, quelques hommes d'affaires, un jeune couple, dont la relation n'était pas encore affirmée au point qu'ils aient envie de se montrer dans des bars mieux fréquentés, et les sœurs Hurni, qui profitaient de la pause du pianiste pour signer leur note dans les formes.

Charlotte, la serveuse de l'après-midi, avait été relayée par Evi, qui elle aussi avait dépassé la cinquantaine et qui était manifestement l'une des rares clientes régulières du solarium particulier de l'hôtel.

C'était la pause et l'on entendait un enregistrement de Dean Martin, *You're nobody till somebody loves you*.

Urs Koch était assis dans une niche avec Alfred Zeller. Tous deux avaient un whisky devant eux, Urs avec de la glace et Alfred avec de la glace et de l'eau. Tous deux se connaissaient depuis leur jeunesse. Ils avaient été ensemble à Saint-Pierre, tout comme leurs pères. Après l'internat, Alfred avait étudié le droit, il avait repris le cabinet très réputé de son père, dont le client le plus important étaient les entreprises Koch. Outre son activité pour la société Koch en général, il était devenu le conseiller juridique personnel d'Urs, et pour autant qu'on pût parler d'une telle chose dans ce milieu, il était également son ami.

Urs l'avait appelé au téléphone et lui avait demandé si par hasard il était libre ce soir. « Par hasard oui », avait répondu Alfred et il avait laissé tomber la première au théâtre.

Urs ne savait pas par quel bout commencer.

« C'est dommage pour cette vieille boîte », fit observer Alfred, pour dire quelque chose. Comme Urs ne comprenait pas ce qu'il disait, il lui expliqua : « Le *Grand Hôtel des Alpes*. Ça fait des années qu'il est en déficit. Le Crédit national a réclamé les hypothèques. C'est-à-dire qu'il va le reprendre à son compte pour en faire un centre de formation. Le bar va me manquer. C'est assez calme ici pour qu'on puisse parler de quelque chose. Et assez bruyant pour ne pas craindre d'être espionné. On est entre soi. »

Ces derniers mots suffirent à Urs pour entamer son propre discours. « Ce que je veux te demander doit aussi rester entre nous. Ce que je vais te dire va te paraître étrange et cela pourrait t'amener à tirer de fausses conclusions. Considère-le simplement comme un cas de figure purement théorique. Je ne peux pas t'en dire davantage sur les arrière-fonds que ceci : ce n'est pas comme tu pourrais le croire.

— Très bien.

— Imagine le scénario suivant : une jeune femme épouse dans les années trente un chef d'entreprise qui a du bien au soleil, veuf avec un enfant de cinq ans. Il meurt un an plus tard. Il n'y a pas de testament, ses uniques héritiers sont sa femme et son fils. Elle substitue à ce fils le fils d'une amie, ce que personne ne remarque à ce moment-là. Qu'est-ce qui se passe si la chose vient à être connue aujourd'hui ?

— Pourquoi ferait-elle ça ?

— Comme ça. Une hypothèse. Qu'est-ce qui se passe ? »

Alfred réfléchit un moment. « Rien.

— Rien ?

— Une escroquerie est prescriptible après dix ans.

— Tu en es sûr ?

— Excuse-moi, je connais quand même les délais de prescription pour escroquerie. »

Urs remuait le liquide dans son verre avec une girafe en plastique. Les cubes de glace tintaient. « Question subsidiaire, encore plus hypothétique : l'homme n'est pas mort de mort naturelle, mais la femme y a quelque peu aidé, sans que personne le remarque.

— L'homicide est prescriptible après vingt ans, l'escroquerie après dix ans. Si dans cet intervalle rien n'a filtré, l'affaire est close.

— Et l'héritage ?

— En tant que meurtrière la femme est déchue à

vie de tout droit à l'héritage. C'est-à-dire que si l'affaire sort aujourd'hui, elle perd automatiquement tout droit à l'héritage.

— Et elle doit le restituer à l'héritier légitime.

— Ne serait-ce que de droit. »

Urs opina du chef. — C'est bien ce que je pensais.

— Mais si elle ne le fait pas, lui ne peut rien faire. La plainte pour spoliation d'héritage s'éteint après trente ans.

— Et le faux fils ?

— Son cas fait encore moins problème. La spoliation s'éteint dans son cas après dix ans. et comme il n'y est pour rien s'il a été échangé en tant qu'enfant, il n'est même pas indigne d'hériter.

— Tu es sûr ? Urs fit signe à la serveuse.

Alfred Zeller ricana. — Notre droit de succession protège bien mieux les biens que les personnes.

— La même chose ? » demanda Evi.

À peu près à la même heure, Elvira s'était levée et habillée pour sortir. Elle prit dans la salle de bains tout le contenu de l'ampoule qu'elle avait dérobée au docteur Stäubli et le répartit dans trois petites seringues.

Elle les enveloppa dans un chiffon sec et mit celui-ci dans son sac à main. Puis elle gagna le vestibule, retira du vase qui était près de la penderie le bouquet de printemps et sortit. Les lanternes qui étaient dispersées parmi les rhododendrons formaient des plaques jaunes sous la bruine.

Konitomi était au lit. Dans le lit au-dessus il y avait Tomikoni. Les mamans dormaient à côté.

Les lits étaient secoués et ballottés. Ils étaient dans un train de nuit. Ils étaient partis pour un long voyage.

Il faisait sombre, le rideau de la fenêtre était baissé. Lorsque le train s'arrêtait, on entendait du bruit devant la fenêtre, des voix et, devant la porte, des voix et des gens qui passaient et qui parlaient ensemble sur un ton excité dans des langues étrangères.

Au bout d'un moment, les lits remuaient à nouveau, tout gémissait et crissait et le train repartait avec son chahotement... d'abord lentement puis de plus en plus vite. Popom, popom, popom.

Lui et Tomikoni avaient maintenant chacun deux mamans : Maman Anna et Maman Vira. Pour qu'ils ne soient pas trop tristes de ne plus avoir de papas et plus de tantes.

Lui était triste malgré tout. Mais pas Tomikoni.

Ranjah fut surprise d'avoir à ouvrir à la dame âgée qui portait un grand bouquet.

« Je suis Elvira Senn. Je voulais apporter quelques fleurs à Monsieur Lang. Est-ce qu'il est encore debout ?

— Il est au lit, mais je crois qu'il est encore éveillé. Votre visite lui fera sûrement plaisir. »

Elle laissa Elvira entrer, lui prit les fleurs des mains et l'aida à ôter son manteau de pluie. Puis elle frappa à la porte de Conrad et ouvrit : « Une surprise, Monsieur Lang. »

Conrad avait fermé les yeux. Lorsqu'il entendit la voix de Ranjah, il les ouvrit. Dès qu'il vit Elvira il les referma.

« Il est très fatigué parce qu'il ne mange rien, chuchota Ranjah.

— Je vais juste m'asseoir un petit moment ici, si vous n'y voyez pas d'inconvénient. »

Lorsque Ranjah eut disposé les fleurs dans un vase et qu'elle revint dans la chambre, Elvira était assise sur la chaise au bord du lit et regardait Koni endormi.

Ce tableau toucha Ranjah. Elle était contente que la vieille dame se soit enfin donné la peine de venir jusqu'à lui. Une fois ressortie elle résista à l'impulsion de les observer tous deux sur le moniteur dans la chambre de surveillance. Elle décida d'attendre discrètement dans le séjour que la visiteuse de Koni décide de prendre congé.

Simone Koch et Peter Kundert en étaient au troisième café. La nappe en papier était barbouillée de symboles et de mots écrits. « Konitomi — Tomikoni était là et Tomi — Koni et Maman Vira — Maman Anna... » Kundert arrivait mieux à penser quand il prenait des notes.

Plus ils en parlaient et plus l'ensemble prenait peu à peu sens.

« C'est pour cela qu'elles ont fait ce long voyage. Pour pouvoir inverser l'identité des enfants sans que rien les dérange, disait Simone.

— Et Elvira a pu congédier le personnel et

embaucher du nouveau personnel à leur retour, supposait Kundert.

— Il fallait également éloigner les enfants des deux vieilles tantes. Elles auraient pu remarquer quelque chose.

— Et pourquoi n'ont-elles rien remarqué à leur retour ?

— Peut-être parce qu'elles étaient déjà mortes. Sur les photos elles ont l'air très âgées. »

Kundert écrivit : « Tantes mortes quand ? », arracha cette note à la nappe de la table et la rangea parmi les autres qu'il avait déjà mises dans la poche intérieure de sa chemise.

Le *Fresco* s'était peu à peu vidé. C'était l'heure de la sortie des cinémas et le restaurant se remplit à nouveau. Parmi tous ces gens qui s'étaient assis aux tables et essayaient de s'expliquer ce qu'ils avaient compris au film qu'ils venaient juste de voir, Simone Koch et Peter Kundert n'étaient nullement déplacés.

« Il y a quand même quelque chose qui ne marche pas, grommelait Kundert. Anna Lang. Ou plutôt : qu'est-ce qui a bien pu amener Elvira à tremper dans cette substitution ?

— Il l'a appelée Maman. "Maman, pourquoi as-tu piqué Papa Directeur ?" »

Kundert hésita un instant. « Peut-être qu'elle a fait à Wilhelm Koch une injection de quelque chose ?

— Elle l'a assassiné, déclara fermement Simone.

— Est-ce que nous pouvons exclure cette hypothèse ? » Il écrivit : « Cause de la mort de Koch ? », arracha le papier et le joignit aux autres.

« Je crois qu'il vaudrait mieux que nous rentrions »,
dit Simone.

Deux heures après le départ d'Elvira Senn, Ranjah
remarqua que quelque chose n'allait pas du côté de
Conrad Lang.

Alors qu'elle jetait les yeux par routine sur le
patient, elle remarqua qu'il était tout en sueur, pâle
comme un cadavre, que son cœur battait à tout
rompre et qu'il tremblait de tout son corps. Il
remuait les lèvres, il voulait dire quelque chose.

Elle mit son oreille très près de sa bouche, mais
ses murmures et ses ânonnements lui restaient
incompréhensibles.

« *What is the matter, baby, tell me, tell me !* » Elle
tentait de lire sur ses lèvres.

« *Angry ? Why are you angry, baby ?* »

Conrad remuait la tête, pour dire non. À nouveau
il chercha à former un mot sur ses lèvres.

« *Hungry ? You are hungry ?* »

Conrad fit signe que oui.

Ranjah sortit précipitamment et revint avec un
pot de fruits en conserve. Elle l'ouvrit, y pêcha une
amande qui dégoulinait de miel pour la lui mettre
en bouche. Puis une autre. Puis une autre.

Conrad engloutissait les amandes avec une avidité
qu'elle n'avait presque jamais vue chez aucun
malade. En dehors peut-être des diabétiques dont le
taux de sucre a trop brusquement baissé. Mais
Conrad n'était pas diabétique.

Ce qui était étrange, c'est qu'à chaque nouvelle
amande il allait un peu mieux. Son pouls se norma-

lisait, les sueurs se calmaient et il reprit un peu de couleurs.

Ranjah était en train de mettre sa dernière amande dans la bouche de Ranjah, lorsque la porte s'ouvrit et que Simone et le docteur Kundert entrèrent. Tous deux avaient l'air soulagé.

« Ranjah a encore fait des miracles, dit Simone, Conrad mange de nouveau. »

Ranjah expliqua ce qui s'était passé. C'étaient les symptômes d'une hypoglycémie. Le docteur Kundert mesura le taux de glucose de Conrad et constata qu'il était encore à la limite inférieure. Ranjah lui avait certainement sauvé la vie avec ses amandes. Lorsqu'il instilla du glucose dans le latex de la perfusion de Conrad, il y trouva des traces d'injection. Pour sa part, il n'avait fait aucune injection de médicaments depuis vingt-quatre heures.

« Lorsque Monsieur Lang a arraché la perfusion la nuit dernière, j'ai changé toute l'installation. »

Le docteur Kundert cherchait une explication. Un patient dont les taux de glycémie sont normaux ne subit pas comme ça, par miracle, un choc hypoglycémique. « Sinon, durant la soirée vous n'avez rien remarqué de particulier en ce qui le concerne ?

— Seulement qu'il était très fatigué. Même que quand Madame Senn est venue, il a continué de dormir.

— Madame Senn est venue ?

— Oui. Et elle est restée une heure près de lui.

— Vous n'avez rien noté de spécial ?

— Je n'étais pas dans la chambre.

« — Et sur le moniteur ?

— Non. Je ne le suivais pas, puisqu'il y avait quelqu'un avec lui. »

Kundert et Simone avaient déjà bondi dans les escaliers.

Thomas était tout retourné et bouffi quand il arriva à deux heures du matin à la maison des invités. Simone l'avait tiré du lit.

« S'il ne s'agit pas d'une question de vie ou de mort, tu entendras parler de moi », avait-il menacé, lorsqu'elle avait insisté pour qu'il prenne ses lunettes et pour qu'il vienne sur-le-champ.

« C'est justement de ça qu'il s'agit, lui répondit-elle. De vie et de mort. »

Elle téléphona également à Urs. Il n'était pas encore rentré, lui assura Candelaria tirée de son sommeil.

Elle conduisit Thomas à la salle de surveillance et lui présenta le docteur Kundert et Ranjah qu'il salua brutalement. Il refusa un siège. Il n'avait pas l'intention de rester longtemps. Kundert fit défiler le film de la vidéo de surveillance depuis le moment où Ranjah entrait avec le bouquet puis laissait Elvira seule avec Conrad.

« Elle a rendu visite à Koni ? s'étonna Thomas. Quand cela s'est-il passé ? »

Simone regarda l'horloge. « Il y a sept heures. »

L'image resta longtemps égale. Conrad Lang était couché sur le dos et il avait les yeux fermés. Elvira Senn était assise à côté de lui.

Le docteur Kundert fit défiler la bande jusqu'à un

moment où l'on voyait en accéléré Elvira se lever de son fauteuil et y retourner. Il arrêta, fit redéfiler dans l'autre sens, puis la fit passer à vitesse normale.

On vit alors Elvira se lever avec précaution, se pencher sur Conrad et se rasseoir. Cette scène se répéta deux fois.

Au bout de la quatrième fois qu'Elvira se levait en accéléré, on la vit s'arrêter et tâtonner près du lit. Kundert refit passer la même scène à vitesse normale.

Elvira se lève. Elle se penche sur Conrad. Elle se redresse. Elle ouvre son sac à main. Elle y prend un mouchoir de couleur claire. Elle le pose sur la table de nuit. Elle le déploie. Elle prend quelque chose dans sa main droite. Elle se dirige vers le ballon de la perfusion. Elle prend celui-ci dans la main gauche. Ce qu'elle fait à ce moment est caché par son épaule droite.

Elle retourne à la table de nuit. Elle repose l'objet sur le mouchoir de couleur claire. Elle en prend un second en main. Elle revient vers le ballon de perfusion. Elle tient l'objet contre la lumière. Un moment il se distingue nettement sur la couverture. C'est une seringue.

Ce qu'elle fit alors fut de nouveau caché par son épaule.

Ce ne fut qu'à la troisième fois qu'on put voir distinctement : c'était bien une seringue et elle piquait nettement dans la liaison de latex rattachée au ballon de perfusion.

Elvira remit le mouchoir dans sa poche et elle quitta la pièce sans même se retourner sur Conrad.

« Qu'est-ce que c'était ? demanda Thomas époustouflé.

— Une tentative de meurtre. À l'insuline. Monsieur Lang devait être tué par un choc hypoglycémique. Cela ne laisse pas de trace. Il n'a survécu que grâce à Ranjah. »

Thomas Koch s'assit. Longtemps il parut étourdi. Puis il regarda Simone. « Pourquoi a-t-elle fait ça ?

— Demande-le-lui.

— Elle est peut-être devenue folle.

— Espérons qu'elle pourra le prouver », dit le docteur Kundert.

Le lendemain matin Elvira se sentait dans une forme merveilleuse. Elle avait magnifiquement dormi, et elle se réveilla dès l'aube avec un sentiment de grand soulagement. Elle se leva d'un bond et se fit couler un bain.

Lorsque trois quarts d'heure plus tard elle entra dans son salon de déjeuner, elle remarqua que quelque chose ne tournait pas rond. Thomas était couché tout habillé sur le petit sofa et dormait la bouche ouverte. Elle le secoua pour le réveiller. Il se remit sur son séant et tenta de mettre un peu d'ordre dans sa présentation.

« Qu'est-ce que tu fais ici ? »

Thomas dit en réfléchissant : « Je t'ai attendue.

— Pourquoi ?

— Il faut que je te parle.

— De quoi ? »

Il avait oublié.

Elvira l'aida. « Est-ce que ça a quelque chose à voir avec Koni ? »

Thomas réfléchit. Puis soudain resurgirent les souvenirs de la dernière nuit. « Tu as voulu le tuer.

— Qui a dit ça ?

— Je l'ai vu. C'est enregistré sur la bande. »

Elvira dut s'asseoir. « La chambre de Conrad est sous surveillance vidéo ?

— Tu as toi-même demandé qu'on fasse le maximum.

— Que voit-on ?

— On te voit injecter à trois reprises quelque chose dans sa perfusion.

— Et il est vivant ?

— L'infirmière de nuit l'a sauvé. En lui donnant du miel, à ce que j'ai compris. »

Elvira devint silencieuse.

« Pourquoi as-tu fait ça ? »

Elle ne donna pas de réponse.

« Il est dangereux.

— Koni ? Dangereux ? Pour qui ?

— Pour nous. Pour toi, pour Urs et pour moi. Pour les Entreprises Koch.

— Je ne comprends pas.

— Son cerveau démoli s'est souvenu de choses que personne n'a le droit de savoir.

— Quelles choses ? »

On voyait le jour se lever derrière la fenêtre, plein de brumes comme la veille. Elvira n'avait plus la force de se taire.

« Sais-tu quel âge j'avais quand je suis entrée auprès de Wilhelm Koch comme gouvernante pour les enfants ? J'avais dix-neuf ans. Il en avait cinquante-six. Pour une fille de dix-neuf ans, c'était un vieil homme. Il était pressant, il buvait et il avait cinquante-six ans.

— Mais tu l'as épousé.

— À dix-neuf ans on fait n'importe quoi. Surtout quand on n'a pas d'argent et qu'on n'a rien appris. »

On sonna. C'était Montserrat qui entrait avec un plateau. Lorsqu'elle vit Thomas, elle prit un second plateau sur la desserte. Elvira et Thomas se turent jusqu'au moment où ils furent de nouveau seuls.

« J'ai fait venir Anna à la maison pour ne pas être seule et complètement livrée à lui. Elle a eu alors l'idée (Elvira fit une pause), elle a eu alors l'idée de le faire passer de l'autre côté. »

Thomas étendit la main pour prendre sa tasse de café, mais elle tremblait tant qu'il y renonça. Elle attendit qu'il dise quelque chose. Thomas cherchait à saisir toute la portée de l'aveu qu'elle venait de faire.

« Anna avait interrompu la formation d'infirmière qu'elle avait commencée. Elle savait comment s'y prendre sans que personne le remarque : avec de l'insuline à haute dose. On meurt d'un choc. On ne peut pas prouver ultérieurement la présence d'insuline. Tout au plus qu'il y a eu piqûre. À condition qu'on la cherche. »

Thomas Koch eut alors cette phrase : « Vous avez tué mon père ? »

Elvira prit son verrre de jus d'orange, sa main ne tremblait pas. Elle le tint un moment en l'air puis elle le reposa sans avoir rien bu. « Wilhelm Koch n'est devenu ton père qu'après qu'il fut mort. »

Thomas ne comprenait pas.

« Après sa mort nous vous avons échangés. Wilhelm Koch était le père de Conrad. »

Tandis qu'elle donnait à Thomas le temps de formuler sa prochaine question, elle se saisit de nouveau de son verre. Mais cette fois-ci sa main tremblait, au point qu'elle dut le reposer.

« Pourquoi avez-vous fait ça ? parvint à demander Thomas.

— Nous voulions que tu sois l'héritier de tout, et pas Conrad. »

Il fallut de nouveau un bout de temps à Thomas pour comprendre ça. « Mais pourquoi ? demanda-t-il alors, Pourquoi moi ?

— Rien ne m'attachait à Conrad. Il me rappelait seulement Wilhelm Koch.

— Et moi ? Qu'est-ce qui te rattachait à moi ?

— Anna et moi nous étions demi-sœurs. »

Thomas se leva et alla à la fenêtre. Une pluie monotone avait commencé de tomber. « Anna Lang est ma mère, murmura Thomas. Et toi, ma tante. »

Elvira ne dit rien.

Thomas ne resta planté là que quelques minutes, regardant fixement les rhododendrons gorgés de pluie. Puis il secoua négativement la tête. « Comment une mère a-t-elle pu, comme ça, abandonner son enfant à sa demi-sœur, alors que je n'étais rien pour toi et que tu n'étais rien pour moi ?

— Il n'était pas du tout prévu qu'elle reste à Londres. Elle était tombée amoureuse. Et à ce moment la guerre est survenue.

— Et qui est donc mon père ? demanda-t-il finalement.

— Ça n'a pas d'importance. »

Thomas se détourna de la fenêtre. Et que se passera-t-il si tout cela vient à se savoir ?

— Cela ne se saura pas.

— Mais les autorités vont intervenir.

— Toi et Urs, vous allez parler avec Simone. Vous essaierez de lui ôter ça de la tête. À tout prix. »

Thomas fit signe que oui. « Et toi ?

— Il vaut mieux que je parte en voyage pour quelques jours. »

Il secoua négativement la tête et voulut partir, mais il se reprit, la prit dans ses bras et l'embrassa sur les deux joues.

« Va maintenant », lui répondit-elle en le pressant contre elle.

Lorsqu'il fut parti, elle avait les larmes aux yeux. « Imbécile », murmura-t-elle. Puis elle alla prendre son bain.

Urs avait la gueule de bois lorsque son père le réveilla peu après sept heures. La nuit dernière avait été très longue. Il avait fêté d'une manière assez débridée l'avis favorable qu'avait rendu Fred Zeller, et à deux heures du matin il avait échoué dans une boîte qu'il s'était en principe interdite depuis qu'il était entré au grand conseil d'administration. À quatre heures du matin, il s'était retrouvé dans une chambre d'hôtel de la vieille ville avec une Brésilienne à tomber par terre qui s'était révélée par la suite posséder un pénis. Ce qui sur le moment ne l'avait pas vraiment dérangé. Au contraire, comme il lui fallut se l'avouer par la suite avec une certaine épouvante, une fois redevenu lucide.

Cela faisait à peine deux heures qu'il était revenu, il avait réglé le réveil sur dix heures et il voulait déjeuner avec Elvira pour la rassurer en ce qui concernait le passé.

Il était désormais trop tard pour cela, comme il le déduisit de l'explication hésitante de son père.

Il ne lui restait plus qu'à tenter d'avoir la tête la plus claire possible et de faire tout son possible pour limiter les dégâts.

Il n'était pas levé du lit qu'il appelait déjà Fredi Zeller. Il fallait espérer qu'il avait la tête moins embrumée que lui.

Pendant ce temps-là, tout le monde s'affairait autour du patient. Une chose surtout donnait des soucis au docteur Kundert : les cellules nerveuses du cerveau n'ont que le glucose pour récupérer leur énergie. Ses réserves en sucre n'allaient pas au-delà de dix à quinze minutes. Selon la durée et le degré de l'hypoclycémie, les pires détériorations pouvaient survenir. Et même des modifications de la personnalité, y compris dans le cas d'un cerveau sain.

Dans le cas d'un cerveau comme celui de Conrad Lang, il pouvait y avoir des conséquences catastrophiques.

Les tests psychologiques auxquels Kundert avait procédé en attendant le retour de Simone (elle était allée chez son avocat pour y déposer la bande vidéo) l'avaient un peu tranquillisé. Les capacités de

Conrad ne s'étaient pas affaiblies. Eu égard aux événements de la nuit passée, il restait même étonnamment présent.

Mais maintenant que Simone repassait les photos avec Conrad, il sentit son courage l'abandonner.

Celui-ci ne reconnaissait rien ni personne sur aucune des photos. Il ne reconnaissait aucun mot clé. « Papa Directeur » était pour lui un mot étranger, « Konitomi » et « Tomikoni » lui arrachaient un sourire poli et « Maman Vira » un haussement d'épaules.

Simone s'obstinait. Par trois fois, elle recommença depuis le début, toujours avec aussi peu de résultat.

À la quatrième fois, comme elle montrait Elvira jeune dans le jardin d'hiver et demandait : « Et ça, est-ce que ce n'est pas Mademoiselle Berg ? » il lui répondit avec une légère irritation :

« Comme je l'ai dit, je ne sais pas.

— Comme je l'ai dit ? »

À l'intérieur de la Daimler noire, c'est à peine si l'on entendait le bruit de l'eau de neige et de pluie que faisaient gicler les pneus du lourd véhicule.

Elvira Senn regardait par la fenêtre ces bourgades désolées de la Suisse de l'Est et les rares personnes emmitouflées qui circulaient sous la neige fondante.

Schöller n'était pas à proprement parler le chauffeur d'Elvira, mais il était arrivé plus d'une fois que, pour un court laps de temps, elle lui intime de l'accompagner dans un de ses voyages surprises. Elle ne lui disait pas la destination, cela aussi faisait partie du jeu. Certaines fois, c'était parce qu'elle voulait le surprendre, d'autres parce qu'elle-même ne connaissait pas le but.

Mais cette fois-ci elle semblait le connaître très précisément. Elle connaissait bien les différentes localités qu'ils traversaient, Aesch près Neftenbach, Hengart, Andelfingen, Trüllikon. Elvira Senn guidait Schöller par de courtes indications. Après Basadingen, un patelin dont Schöller connaissait le nom à cause des tiques contre lesquels on mettait en garde les promeneurs et les joggeurs, elle lui fit prendre un chemin de campagne.

Ils passèrent auprès de quelques maisons isolées et de quelques fermes, puis l'asphalte s'arrêta. Par deux fois le pot d'échappement de la Daimler heurta le sol cabossé. Il y avait une petite maison pour le transformateur, une cabane construite pour la fontaine, puis c'était la forêt. Schöller regarda dans le rétroviseur. La main d'Elvira fit signe de continuer.

Tout au long du chemin il y avait des tas de bois bien numérotés qui venaient d'être sciés. Elle lui dit de s'arrêter le long d'une série de grumes. Schöller coupa le moteur. De lourdes gouttes tombaient des branches des sapins.

« Où sommes-nous ? demanda Schöller.

— Au commencement », répondit Elvira.

Par une belle matinée de dimanche de mars 1932, un couple très mal assorti se promenait dans le Geisswald. L'homme avait à peu près quarante ans, vigoureux, les cheveux blonds, peu fournis, la moutache tortillée. Il avait le visage rougi à cause de la bière qu'il avait prise de bonne heure avec les paroissiens à l'auberge du village. Il portait un habit du dimanche assez grossier et il enfonçait ses poings dans les poches de son pantalon.

La femme était une fille de quatorze ans, blonde, avec un joli visage d'enfant, tout rond. Elle portait une jupe qui lui descendait jusqu'aux mollets, des bas de laine, des bottines à lacets et un gilet tricoté. Elle avait les mains dans un manchon en peau de lapin râpée.

La jeune fille habitait avec ses parents et sa demi-sœur dans une maison jaune à bardeaux à la lisière du village de Basadingen. La mère cousait à la maison des épaulettes pour une fabrique de vêtements de Saint-Gall. Son père travaillait à la scierie. L'un des rares à avoir encore ses dix doigts, comme il se plaisait à le souligner.

L'homme était un collègue de travail du père. Il passait chez eux quand il voulait, et personne n'avait rien contre, car c'était un plaisantin et ils n'avaient pas beaucoup l'occasion de rire. À la main droite il n'avait plus que le pouce et l'index. La scie à ruban avait emporté les autres. Lorsque c'était arrivé, un apprenti tout blême lui avait tendu les trois doigts. « Donne-les au chien », avait-il dit ; c'était ce que disait l'anecdote.

Cette main droite avait quelque chose d'obscène qui fascinait la jeune fille. Un jour qu'il remarquait combien elle regardait fixement ses doigts, il lui dit : « Je peux faire avec eux tout ce qu'on fait avec une main droite. » Elle devint toute rouge. Depuis, il s'arrangeait toujours pour se retrouver seul à seul avec elle. Il s'empressait alors de l'embarrasser par des tas d'allusions scabreuses.

Comme toutes les filles, elle était curieuse. Il ne fallut pas longtemps pour la convaincre d'aller se promener avec lui au Geisswald un dimanche après la messe. Il voulait lui montrer quelque chose qu'elle n'avait encore jamais vu. Elle n'était pas si naïve pourtant pour croire qu'il s'agissait d'un champignon peu banal.

Maintenant qu'ils avaient pris un chemin qui se perdait et qu'ils avaient quitté la petite route de forêt, elle sentait son cœur battre. Lorsqu'ils arrivèrent à un espace entre les bois tout saupoudré de sciure, et qu'il lui intima de s'asseoir à côté de lui sur un tronc de sapin, elle dit : « Je préfère rentrer. »

Pourtant elle ne se défendit pas lorsqu'il commença à la peloter avec sa pince de crabe toute calleuse. Elle ne dit mot non plus lorsqu'il lui tomba dessus. Elle ferma les yeux et attendit que ça se passe.

Lorsqu'elle eut remis ses vêtements en ordre et qu'elle eut cessé de pleurer, il l'accompagna jusqu'à la lisière de la forêt. Il la renvoya alors à la maison. « Tu ne raconteras ça à personne », lui dit-il pour la centième fois. À vrai dire, ce n'était pas nécessaire qu'il le répète. Elvira Berg n'aurait pas pensé, même en rêve, à le raconter à quiconque.

Elle venait d'avoir ses premières règles depuis peu. Lorsqu'elle aurait dû constater qu'elles ne revenaient pas, elle ne s'en préoccupa pas outre mesure. Au mois de mai, elle commença à souffrir de vertiges soudains. Puis elle eut des malaises. En juin, sa mère la conduisit à Constance, chez un médecin qu'elle connaissait depuis l'époque de son premier mariage. Elvira était enceinte de quatre mois.

Elle entra dans un foyer du canton de Fribourg qui était dirigé par des sœurs de la Charité. On y avait l'expérience des cas de ce genre. Au mois de novembre, Elvira mit au monde un garçon vigoureux. Les sœurs le baptisèrent du nom de Conrad. Ce nom patronymique lui venait de saint Conrad qui avait été évêque de Constance au IXe siècle.

En janvier 1933, Elvira fut envoyée au pair en terre romande. Elle aboutit dans une famille de Lausanne pour laquelle elle tenait la maison, payée au lance-pierre. Conrad resta sous la garde de la mère d'Elvira. On le fit passer pour l'enfant naturel d'Anna, la demi-sœur plus âgée d'Elvira. Les ragots étaient impitoyables à Basadingen.

Anna était la fille d'un premier mariage de la mère d'Elvira avec un coiffeur de Constance, mort en 1918 sur le front de la Marne. Elle s'appelait Lang, comme son père, elle avait dix-neuf ans et elle fréquentait l'école d'infirmières de Zurich. Ce ne fut que la veille de Noël 1933, lors de sa première visite de l'année à Basadingen, qu'elle apprit que Conrad, qui avait maintenant plus d'un an, passait au village pour son enfant naturel. Elle partit la même nuit. Mais elle ne mit pas à exécution sa menace de faire savoir à tous ce qu'il en était réellement.

Deux ans plus tard, Elvira se retrouva de nouveau enceinte. Cette fois, le responsable était "*Monsieur*", le père de la famille pour laquelle elle travaillait. Elle connaissait désormais les symptômes et elle était fermement résolue à ne pas laisser la chose se faire comme la première fois. Elle prit le train pour aller voir sa sœur qui en était à sa dernière année de formation d'infirmière. Lorsque Anna sut ce qu'Elvira attendait d'elle, elle refusa avec indignation. Mais Elvira s'était découvert, ces dernières années le talent d'obtenir ce qu'elle s'était mis en tête. Le lendemain de sa visite, sa sœur consentit à l'aider.

Au cours de sa formation Anna avait eu par deux fois à assister à un avortement. Elle pensait être en mesure d'y procéder elle-même. Elle fit sortir en douce, de la clinique, les instruments qui, selon ses souvenirs, étaient nécessaires pour cette opération. Sur le matelas à ressorts de sa chambre mansardée, elle se mit à besogner Elvira endormie par une demi-bouteille d'alcool de prune.

Ce fut un désastre. Elvira perdit énormément de sang et elle n'aurait pas survécu si au dernier moment Anna ne s'était pas résolue à appeler une ambulance.

Elvira Berg passa quatre semaines à l'hôpital. Lorsqu'on lui annonça qu'elle n'aurait plus jamais d'enfants, elle soupira : « Dieu soit loué ! »

Anna Lang perdit la place qu'elle occupait dans son école et fut condamnée à une peine de prison avec sursis.

À la Noël 1935, les deux demi-sœurs se retrouvèrent à la maison des courants d'air de Basadingen. Elles ne savaient pas ce qui était le plus décourageant : leur présent ou leur avenir.

Peu après le nouvel an, leur destin changea. Elvira

se présenta à la suite d'une petite annonce qui cherchait une gouvernante d'enfants pour un veuf « excellent sous tous rapports ». Elle fut présélectionnée et autorisée à se présenter chez Wilhelm Koch, un riche entrepreneur. Lorsqu'elle obtint la place, elle ne se fit aucune illusion sur le fait qu'elle ne la devait pas seulement au certificat de travail enthousiaste que "*Monsieur*" avait rédigé pour elle au moment de son départ.

Thomas Koch était un garçon de quatre ans, simple et tranquille, qui n'exigeait pas beaucoup d'elle. Tout au contraire de son père. Mais cette fois-ci, ce fut Elvira qui posa ses conditions. Un an ne s'était pas écoulé qu'elle était la femme de Wilhelm Koch. Et peu après Anna Lang entrait dans le personnel de la maison au titre de femme de chambre. Elle amenait avec elle le petit Conrad qui passait toujours pour son fils.

Elvira resta longtemps au fond de la Daimler plongée dans ses pensées. Les vitres s'étaient couvertes de buée et la pluie tombait toujours de manière irrégulière sur le toit. Lorsqu'elle se disposa à ouvrir la portière, Schöller sortit, ouvrit un parapluie et l'aida à descendre de voiture.

« Laissez-moi un moment seule », le pria-t-elle. Schöller lui tendit le parapluie et suivit du regard la fragile silhouette avec le grand sac à main qui s'éloignait d'un pas incertain sur le sol détrempé du chemin forestier et disparut finalement au tournant derrière un fourré de jeunes sapins. Il retourna s'asseoir derrière le volant et attendit.

Vingt minutes plus tard, juste au moment où il

s'était résolu à se porter à sa rencontre et comme il mettait le moteur en marche, elle réapparut. Il fit lentement les quelques mètres qui la séparaient d'elle et l'aida à monter. On aurait dit qu'elle venait de faire un brin de toilette. Seules ses chaussures étaient en piteux état.

Lorsqu'il lui en fit la remarque, elle sourit et lui dit : « Conduis-moi au soleil ! »

Schöller roulait à cent trente, conformément au code. Il n'était pas inhabituel qu'Elvira ne parle pas. Mais il était insolite qu'elle ne fasse pas de signes de tête.

Dans le tunnel du Saint-Gothard — cela faisait juste deux heures qu'ils avaient quitté Basadingen pour prendre la direction du sud — il remarqua dans le rétroviseur que ses paupières semblaient appesanties. « Réveillez-moi à Rome », lui dit-elle lorsqu'elle sentit qu'il l'observait. Puis elle s'endormit.

Lorsque à la sortie du tunnel il lui fallut ralentir assez brusquement parce qu'il avait été surpris par la forte pluie du côté méridional, elle ne se réveilla pas de son sommeil qui d'habitude était si léger.

L'essuie-glaces luttait en vain contre les flots de la pluie et des éclaboussures lorsqu'il traversa presque au pas la Leventina en colonne serrée. Elvira Senn dormait toujours.

Peu après Biasca, il fut surpris de sa pâleur. Elle avait la bouche légèrement ouverte.

« Madame Senn », cria-t-il à voix basse. Puis un peu plus fort : « Madame Senn ! » Et puis finalement assez fort : « Elvira ! »

Elle ne réagit pas. En freinant pour s'arrêter sur l'aire de repos suivante, il surprit la voiture qui le suivait et qu'on entendit longtemps klaxonner.

Schöller était déjà sorti sous la pluie et ouvrait la porte arrière.

Le maquillage d'Elvira avait fondu sous l'effet de la sueur. Elle était inconsciente, mais Schöller tâta son pouls. Il la secoua, d'abord avec précaution, puis vigoureusement. Comme elle ne donnait pas signe de vie, il se remit au volant et démarra. Cette fois-ci sans tenir compte des limitations de vitesse. Peu après Claro, il atteignit enfin une sortie, il connaissait le numéro de l'hôpital de Bellinzona et il appela au téléphone le médecin des urgences. Mais tandis que — à grande vitesse sur la voie de dépassement —, sur le téléphone de bord, il détaillait les symptômes et informait le médecin de l'importante position sociale de la patiente, il vit surgir le dernier panneau de sortie annonçant Bellinzona-Sud. Il écrasa le frein, tourna le volant à droite, remarqua qu'il coupait la route à un camion, qui venait sur la droite, et tourna le volant dans l'autre sens. La Daimler quitta la chaussée, franchit la bande médiane, fracassa les deux glissières de sécurité, fit plusieurs tonneaux, manqua de peu un camion qui venait dans l'autre sens et vint s'échouer sur la bande d'arrêt d'urgence de l'autre côté de la route. Le moteur dans la bonne direction mais les quatre roues en l'air.

Deux heures après que le décès eut été annoncé, Urs Koch expliqua à sa femme Simone la situation juridique telle que Fredi Zeller la lui avait exposée. Il s'était refusé à avoir cet entretien dans la maison des invités. Elle avait finalement consenti à venir à la villa, mais elle avait exigé que cela se passe dans sa chambre "Laura-Ashley".

Il était entré d'un air très déterminé et très énergique, mais elle le connaissait assez bien pour savoir que ses yeux rouges ne venaient pas des pleurs qu'il avait versés sur Elvira.

Elle écouta tranquillement toutes ses explications et lui laissa le temps de récapituler comme on le fait en affaires. Ce ne fut que lorsqu'il dit : « Tu vois : du point de vue juridique l'affaire est close, qu'elle lui demanda : « Et du point de vue humain ?

— Du point de vue humain elle est naturellement tragique. Pour tous les protagonistes.

— Tu n'as aucune idée du degré de tragique que ce sera quand j'en aurai fini avec votre famille. »

Urs se gratta le nez. Il avait mal à la tête. « De quoi nous menaces-tu maintenant ?

— De tout rendre public. » Simone se leva. « Tu liras et tu entendras tous les détails de cette sordide histoire dans tous les journaux et sur toutes les radios du pays et de la moitié du monde au point de te dégoûter toi-même.

— Que veux-tu ? »

Simone se rassit.

Les funérailles n'eurent lieu qu'une semaine après la mort d'Elvira. Il avait fallu tout ce temps pour fixer la date qui convenait à la cérémonie funèbre, parce qu'il fallait tenir compte des agendas de toute la crème de l'économie, de la politique et de la culture.

Des gens à l'air très grave se pressaient en habit de cérémonie sur la place de la cathédrale. La plupart d'entre eux se connaissaient. Ils s'adressaient silencieusement des signes de tête. Lorsqu'ils se donnaient la main, ils le faisaient d'un air réticent pour qu'on ne crût pas que le destin d'Elvira Senn les laissait froids.

On se retrouvait par petits groupes et on s'entretenait à voix basse. Quelques fonctionnaires de la police municipale veillaient à ce que l'on reste entre soi.

Au milieu de cette gêne, les lourdes cloches de la cathédrale se mirent à sonner. La communauté endeuillée se mit lentement en mouvement en direction de l'église. Elle s'agglutina un moment au portail puis elle se répartit dans les travées des dures banquettes de bois, foule chuchotante, toussotante et reniflante qui se préparait sereinement à l'heure et demie qui allait suivre.

Les rangs se remplissaient depuis deux directions : à l'avant, c'étaient les membres de la famille, les amis, les connaissances ; à l'arrière c'étaient les relations d'affaires, la bonne société, les gens de la politique, de l'économie, de la presse. Lorsque ces deux mouvements se furent rejoints et confondus au milieu de la nef, les travées commencèrent à se remplir des gens pressés qui voulaient rester près des sorties pour ne pas perdre de temps après l'office.

Tandis que, avec toute la dignité qui était de mise, on évoquait le souvenir de la défunte, sans oublier Schöller qui, en tentant de sauver Elvira, avait sacrifié sa vie, les gens qui étaient sur le devant fixaient la mer de fleurs qui s'étalait devant eux et tentaient de déchiffrer ce qui était écrit sur les bandeaux de soie. Les autres continuaient à se laisser aller à leurs pensées.

Personne en dehors du docteur Stäubli n'était au courant des six ampoules d'insuline U100, qui manquaient dans le réfrigérateur d'Elvira.

Aux accents pesants et en même temps réconfortants de l'orgue et sous les regards compatissants de la communauté, la famille quitta la cathédrale par la travée centrale. Il fallut près d'une heure aux flots serrés de l'assistance pour défiler devant Thomas, Urs et Simone Koch et leur présenter leurs condoléances.

Lorsque finalement Simone put quitter la place de la cathédrale, le soleil réapparut à travers les nuages. On commençait à sentir le printemps, le monde se mettait à oublier Elvira Senn.

À son retour du repas offert après les obsèques (il faisait partie de son accord avec les Koch qu'elle devait y assister), l'animatrice avait une surprise pour Simone.

« Venez, Monsieur Lang a un cadeau pour vous. »

Simone posa son manteau et se rendit dans le séjour où depuis quelque temps Conrad passait de nouveau une partie de ses journées et où, depuis que Ranjah lui avait sauvé la vie avec ses amandes au miel, il prenait également ses repas. Il était assis à la table et il peignait.

La thérapeute prit une feuille sur la table et la tendit à Simone.

C'était l'aquarelle gris-bleu intitulée « Maison

pour baballe de neige en mai. » Mais maintenant il y avait écrit dessous : « Pour Simone. »

Simone fut touchée. Moins à cause de Conrad que de l'animatrice qui lui avait dicté son nom pour la réconforter un peu après les obsèques.

« Merci beaucoup, Koni, c'est magnifique. Qui est Simone ? »

Koni la regarda avec son regard compatissant. « C'est toi, voyons. »

Le lendemain O'Neill était là. Durant trois heures il étudia avec Kundert la bande vidéo de cette visite de la thérapeute, sur quoi il se convainquit lui aussi que l'animatrice n'avait pas triché.

Cela signifiait donc que Conrad Lang avait appris un nouveau nom et s'en était souvenu.

Le lendemain, à l'heure habituelle, Simone fit sa séance de photos avec Conrad. Mais cette fois avec les quatre albums. Et donc aussi avec les trois auxquels il n'avait plus réagi depuis longtemps.

Tout souvenir de sa vie qui était représentée dans ces scènes avait été effacé.

Lorsqu'elle en vint au dernier album et montra la première photo — celle d'Elvira jeune dans le jardin d'hiver —, il lui dit d'un air de reproche : « Mademoiselle Berg. Tu le savais bien hier. »

Ce soir-là, toute l'équipe de la maison des invités organisa une petite fête. Luciana Dotti prépara six plats de pâtes différents, et Simone alla chercher à la cave de la villa huit bouteilles de château-yquem 1959, une rareté qui remontait à l'époque d'Edgar Senn.

« Au POM 55 ! lançait Ian O'Neill, chaque fois que Luciana resservait.

— S'il n'y avait pas l'insuline, s'esclaffait à chaque fois Peter Kundert.

— Ou les noix au miel », ajoutait Ranjah.

Peter Kundert s'en alla le dernier. Lorsque Simone le reconduisit à la porte, ils s'embrassèrent.

Il manquait à Conrad Lang des périodes entières de sa vie, mais, grâce à un entraînement intensif, il parvint de manière fragmentaire à réorganiser ce qu'il savait de son passé et à rétablir sa relation avec la réalité.

Il lui fallut de nouveau apprendre à accomplir des séries de mouvements, d'abord simples, puis toujours plus complexes.

Après quelques mois, il put de nouveau se lever sans aide, faire sa toilette, se raser et s'habiller. Même si la dernière opération laissait toujours un peu à désirer.

Plus il apprenait et plus les choses revenaient d'elles-mêmes. Tout se passait comme O'Neill et Kundert avaient pu le souhaiter dans leurs rêves les plus audacieux : du seul fait que la maladie était enrayée, les cellules du cerveau se trouvaient stimulées et elles se stimulaient réciproquement, elles établissaient de nouveaux contacts avec des parties du cerveau depuis longtemps négligées, qui se trouvaient soudain réveillées de cette manière.

Bien des choses restaient ensevelies, mais constamment de nouveaux souvenirs refaisaient surface, comme des bouchons longtemps retenus prisonniers dans les algues de sa mémoire.

La maison des invités de la *Villa Rhododendron* devint le centre qui focalisa l'intérêt de la recherche internationale sur la maladie d'Alzheimer. Et sur Conrad Lang, sa star incontestée.

En juin, l'union de Simone et d'Urs Koch fut officiellement dissoute.

En juillet, Simone mit au monde une petite fille en bonne santé qu'elle baptisa Lisa.

Au mois de septembre, par l'une des dernières belles soirées de l'été — cela sentait le gazon fraîchement tondu, et plus bas l'on voyait les lumières des banlieues qui scintillaient, invitant à la promenade —, Conrad Lang eut l'idée de se mettre au piano dans le séjour de la maison des invités. Il l'ouvrit et plaqua une note de la main droite. Il joua quelques accords et puis tout doucement il attaqua à la main droite la mélodie du nocturne n° 2 en fa dièse majeur, opus 15 de Frédéric Chopin. D'abord incertain, puis avec une conviction plus grande et plus de facilité.

Lorsque Ranjah entra doucement dans la pièce, il lui fit un sourire.

Puis il eut recours à la main gauche.

Et la gauche se mit à accompagner la droite. Elle restait un peu en l'air, manquait quelques mesures, rattrapait la droite, lui reprenait la mélodie, la prolongeait toute seule, la lui restituait, bref : elle se comportait comme un être autonome, doué de sa propre volonté.

Deux ans plus tard, le POM 55 fut autorisé et lancé sur le marché international sous le nom d'"Amildetox". Ce médicament constituait la première intervention majeure dans le traitement de la maladie d'Alzheimer. Il permettait dans la plupart des cas de stopper ses progrès, ou pour reprendre les termes du docteur O'Neill, de les ralentir indéfiniment.

Le grand problème restait le dépistage précoce. En dépit d'une intense recherche menée au niveau international, on n'était pas encore parvenu à créer un instrument d'étude qui permette de diagnostiquer en toute certitude le stade premier de la maladie d'Alzheimer. Ainsi l'Amildetox restait un médicament efficace, mais employé toujours trop tard.

La recherche se concentra sur la régénération des cellules nerveuses perdues.

L'espoir d'O'Neill et Kundert — à savoir que le simple fait d'enrayer l'inflammation fournirait suffisamment de stimulant de croissance pour les cellules — ne se réalisa qu'en partie. Les deux médecins avaient toutefois des résultats prometteurs à montrer dans leur centre de réhabilitation. Après un traitement à l'Amildetox, des patients récupéraient beaucoup de leurs fonctions perdues, ce qui leur permettait d'une certaine façon une vie autonome. Mais l'on n'était pas parvenu à obtenir des résultats aussi remarquables que dans le cas de Conrad Lang.

Conrad Lang était frappé d'une amnésie totale pour ce qui était de la plus grande partie de son passé, mais il ne semblait pas en souffrir particulièrement. Ses souvenirs étaient comparativement presque sans lacunes pour la seule période des deux ans et demi qui venaient de s'écouler, c'est-à-dire depuis le moment où le traitement thérapeutique avait réussi pour lui. Cela avait aussi pour avantage qu'il était un monsieur âgé content et d'humeur égale.

Il maîtrisait ses fonctions corporelles, il avait de l'esprit et il était financièrement indépendant et avec les mêmes étonnements qu'un enfant, il faisait des voyages, grands et petits, en des lieux où il était déjà souvent allé dans sa vie passée. Toujours en compagnie d'une charmante Asiatique, une jeune femme qui avait été infirmière au Sri Lanka, et qui devait être bien plus jeune que lui.

Le centre nerveux de l'élocution et du langage était presque complètement rétabli chez lui, il avait retrouvé le sens de l'orientation et si quelqu'un voulait se convaincre de sa capacité à coordonner ses mouvements, il lui suffisait d'entendre le moelleux de son toucher quand il abordait une œuvre de Chopin.

Le docteur O'Neill et le docteur Kundert inclinaient à penser que le stimulant décisif à l'étonnant rétablissement de Conrad Lang pouvait bien avoir été cette hypoglycémie — le manque de sucre des cellules nerveuses — provoquée par la tentative de meurtre d'Elvira Senn avec son injection d'insuline. Il leur arrivait même parfois de regretter de ne pas être autorisés à recommencer cette expérience.

Le portrait d'Elvira Senn était placé bien en évidence dans le lobby du centre de rétablissement "Clinique des Alpes", la "Fondation Elvira-Senn pour la maladie d'Alzheimer", où Conrad Lang habitait la suite de la Tour. Un séjour agréable pour lui tant qu'il pouvait éviter le patient à la tête carrée et aux yeux très rapprochés qui habitait la chambre au-dessous de lui. Celui-ci l'appelait « Koni », ce que personne d'autre ne se permettait, et n'arrêtait pas de l'ennuyer avec des souvenirs de jeunesse de son invention — qu'il prétendait être communs.

Le *Grand Hôtel des Alpes* était plein de résidents bizarres, qui s'habillaient quelquefois de manière extravagante ou qui venaient avec des poupées dans la salle du restaurant et parlaient avec elles. Mais existe-t-il de grandes maisons dans lesquelles il n'y a pas de drôles de résidents ?

La clinique était placée sous la direction du docteur Kundert et de sa femme Simone dont la petite fille Lisa entretenait une relation très affectueuse avec Conrad Lang. Il arrivait qu'il jouât pour elle La *Noce des Mouches*, une mélodie amusante de Bohême qui lui était revenue en tête un jour, remontant du fourré perdu de sa mémoire.

Quand il était dans cette humeur, il jouait aussi au bar de la "Clinique des Alpes", à l'heure du cocktail, à l'intention des hôtes singuliers des lieux quelques vieilles mélodies d'une époque dont lui-même ne pouvait pas se souvenir.

« Depuis qu'il y a le nouveau pianiste, c'est bien plus animé », telle était l'opinion des sœurs Hurni.

REMERCIEMENTS

J'adresse mes meilleurs remerciements à ceux qui m'ont soutenu dans ce travail : le docteur Esteban Pombo, qui m'a permis de bien connaître la recherche actuelle sur la maladie d'Alzheimer et qui m'a conseillé pour la vraisemblance de mon récit sous l'angle médical. Le docteur Andreas U. Monsch, qui m'a prêté son concours pour les questions de diagnostic et de thérapie et m'a aidé à mieux individualiser cette maladie. Stephan Haag, qui a répondu rapidement, avec compétence et complètement, aux questions juridiques que je lui ai posées. Jean Willi, qui s'est donné la peine de ne pas trouver tout bien. Peter Ruedi, qui s'est engagé pour ce livre. Ursula Baumhauer-Weck, qui a bien voulu passer à la loupe cette histoire du point de vue de la langue et de la logique. Et ma femme, Margrith Nay Suter, qui après la lecture de la première version, s'est aventurée à me demander de tout recommencer depuis le début.

Martin SUTER.

Dès mai 2011,
rendez-vous avec J.F. von Allmen,
le nouveau héros
de Martin Suter.

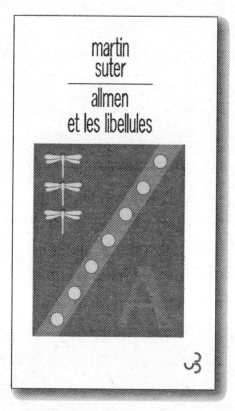

En mai 2011,
savourez
un nouveau roman de
Martin Suter
en poche chez Points :
Le Cuisinier

P●INTS

CRÉATEUR DE LECTEURS

Cet ouvrage a été imprimé en France par
CPI Bussière
à Saint-Amand-Montrond (Cher)
en février 2011.
N° d'édition : 103879. - N° d'impression : 110101.
Dépôt légal : janvier 2000.

Éditions Points

Le catalogue complet de nos collections est sur Le Cercle Points, ainsi que des interviews de vos auteurs préférés, des jeux-concours, des conseils de lecture, des extraits en avant-première…

www.lecerclepoints.com